ユーリ・クロードベル
勇者パーティーを追放された雑用係。
勇者の守護者として育てられ、
男装していた。美少女。
ロイロット・ブレイク
慎ましく冒険者生活を送っている
しがないB級冒険者。
（ただし実力はそれ以上。）
前世が[redacted]だった男。
前世がアレだった
B級冒険者のおっさんは、
勇者に追放された
雑用係と暮らす
になりました
［著］秋作
［イラスト］星らすく

俺の足をグリグリ踏んづけていた
男の台詞が終わらないうちに、
俺は右の肉球でそいつの顔を平手打ちする。

……手加減したつもりだったのだが。

完全に白目を剝いて気絶していた。

「お前ら、彼女に何か用か？」

「い……いえ、何の用事もありません」

一部始終を見ていた冒険者たちがざわつく。

「あそこに倒れている奴、確かB級じゃなかったか？」

「いや、この前A級に昇級したって自慢していたような」

「あの縫いぐるみのクマに一撃でやられていたぞ!?」

「油断していたとはいえ……クマ、怖ぇな」

「俺的には地味で目立たない感じでいきたかったんだけど」
「ロイ……すっごい今更だけど、その格好を選択した時点で、地味で目立たないでいるのは無理だと思うよ？」

「あの……ロイ」
「……ベッドに一緒に寝るの、やっぱり駄目かな？」
「――っっ!?」
「駄目……かな？」

［著］秋作　［イラスト］星らすく

B-class adventurer who was "that" in his previous life ends up living with a handyman who was banished by the hero.

前世がアレだった B級冒険者のおっさんは、勇者に追放された雑用係と暮らすことになりました

CONTENTS

第一章　B級冒険者のおっさん、追放された少年を保護する

俺の名前はロイロット・ブレイク。

通称ロイ。しがないB級冒険者だ。

上のクラスであるA級やS級、更に上のSS級が華やかな活躍をしている中、とても慎《つつ》ましく暮らしている。俺はそんな生活を大いに満喫していた。

前世はアレだったからなぁ……長いこと超ド派手な生活を送って疲れちまった。だから今世はのんびり生きたいと思っているんだ。

え……？　前世は何かって？　いやいや、そんな立派なもんじゃないさ。

人にはなかなか言えない職業だ……いや職業と言っていいのか分からんが。

とにかくB級冒険者でも、実力と実績さえありゃA級冒険者が請け負うような金になる仕事が入ってくることがある。

今日も村を荒らしていたギガントリザードを駆除したので、冒険者ギルドの館へ向かう途中だ。

今は腹ごしらえのため、酒場に寄って飯を食べているところ。

全長が人間の五倍近くある魔物を普通に持って帰るのは困難なので、収納玉《ストレージボール》に収めておく。

収納玉《ストレージボール》は小ぶりな卵ほどの大きさの魔石だ。魔石とは魔法の力が込められた石のこと。

この収納玉《ストレージボール》の場合は物を収納する魔法が込められているため、呪文を唱えると物を収納するようになる。

収納魔法《ストレージ》と唱えると、この大きな生物が一瞬にして小さな玉の中に入っちまうんだ。便利だろ？

この玉はアイテムや魔物を収納するのに使われている旅人必須のアイテムだ。

冒険者ギルドの館にこいつを届ければ、賞金はくれるし、倒した魔物を買い取ってくれるからな。ギガントリザードは牙と角、あと皮が金になるのだ。

これでしばらく遊んで暮らせる。そう、俺は今、それで充分満足なのさ。

ある程度の収入があって、美味《おい》しい食べ物、美味しい酒を飲めたらそれで充分――

「お前は役立たずなんだよ。お前に代わるＳＳ級の冒険者を仲間に入れたんだ。お前はもう用なし。分かったか!?」

……そう。俺は、今、酒場の席で勇者様一行が、仲間を解雇しようとしている光景を目の当たりにしている冴《さ》えないおっさんだ。

その光景を絵にすれば、矢印でもつけないと分からないくらいの地味っぷりだと、自分でも思う。

勇者様の横には……なるほど、強そうな女戦士がいるな。

しかも肉感的な美女、波打つ長い髪は銀色、目の色はゴールド。ビスチェタイプの鎧《よろい》、帯剣の柄《つか》には金色に輝く魔石がはめ込まれている。額にはプラチナのサークレット。

女戦士は妖艶な笑みを浮かべ、勇者様の肩に手を置いてクスクス笑っている。

あー、よく見たら『渡りのローザ』か。次々と強いパーティーに鞍替《くらが》えすることで有名な女戦士だ。

ついに勇者様一行までたどり着いたってわけか。

一方、ローザに代わって解雇されたのは、十七、八歳くらいの小柄な少年だ。装備も古く、服装もボロボロだ。あれは初心者用の旅人の服じゃないか。勇者の連れにしてはあまりにも粗末だ。

「そうそう。ユーリってさ、戦闘の時いつも突っ立っているだけだもんね」

小馬鹿にしたように笑うのは魔法使いらしき少女だ。彼女はオレンジ色の髪の毛を耳にかけながら、クスクスと笑っている。

すると少年が小さな声で反論をする。

「でも僕は武器を持っていないから、補助魔法でしか手助けできない……」

「誰が口答えしていいって言った!? お前ごときに武器を買ってやる余裕なんかないんだよ！」

「……」

おいおい、仲間に武器を与えないってどういうこった？

持ち金、そんなにないのか？ それだったら、ローザを雇う余裕なんかあるわけないのに。

この女は法外な報酬をふんだくることで有名だからな。実力はあるから、需要はあるのだが。

そのローザが口を開いた。

「ねぇ、ロイ。あんたがこの坊やの面倒見てやってよ」

馬鹿女が、いきなり俺に振ってきやがった。

うぉぉぉい！ 何、俺を表の舞台へ引きずり出そうとしてんだよ!? 俺の素晴らしき地味生活をぶっ壊すな!!

「万年B級の地味ロイにぴったりじゃない？ その子」

ローザの言葉に、その場にいた客たちが可笑《おか》しそうに笑う。

おい、コラ。B級を笑うんじゃないよ。俺は今のポジションが気に入っているんだよ。

笑っている客のほとんどはB級以下の冒険者だ。自分のことを棚に上げてよくそんなに笑えるな。

俺はちらっと俯《うつむ》く少年の方を見る。

前髪は長く伸びていて顔全体は見えないけど、鼻筋、口元は整っているな……前髪を上げたら男前と見た。

一方、仲間を見下す勇者様。茶金の髪、鋭く切れ長の青い目、顔は良《い》いが何とも軽薄な印象——いや、これ以上は申しますまい。

俺は溜《た》め息《いき》をついて、酒代と飯代をテーブルの上に置いてから立ち上がった。

そして解雇された少年の肩を叩《たた》く。

「行くぞ。次の職を探しにギルドまで案内する」

「で、でも……」

俺は先立って歩きながら掌《てのひら》のコインへ目をやった。そいつを親指にのせると軽くはじき飛ばした。コインは目に見えない速さで真《ま》っ直《す》ぐに飛んでいく。

バシャーンッッ！

コインは後ろに座っている勇者のワイングラスを粉々に砕いた。コインがぶつかった衝撃で、中にある酒が勇者の服にかかる。

「……何!?」

勇者は驚いて、ワインで濡《ぬ》れた自分の服と割れたワイングラスを見比べる。奴《やつ》は何が起こったのか分かっていなかった。

「え？　急にグラスが割れた？」

目を丸くする魔法使いの少女。

勇者は目を見開き、テーブルの上にあるコインを手に取る。

「何でコインが？　く……っっ！　誰かがこいつを投げてきたのか⁉」

「コインが飛んできたように見えなかったよ？」

「じゃあ、なんでグラスがいきなり割れるんだよ⁉」

「そんなの知らないわよ」

勇者をはじめ、他の奴らも俺がコインを投げたことには気づいていない。ただ一人、少年だけは俺の方角からコインが飛んでいったのが見えたようで、まじまじと俺を見ていた。

俺は少年に告げる。

「さっさと行くぞ。いつまでもこんな胸くそ悪い場所にいてもしょうがないだろ」

「う、うん……」

少年は恐る恐る頷《うなず》いて俺の後についてくるのだった。

◇・◇・◇

まずは冒険者ギルドの館に向かわないとな。

ここの近場にもギルドの館はあるが、新たな職を探すのであれば都会の方がいいだろう。

酒場から少し離れた広場に出ると、俺はウエストバッグから収納玉《ストレージボール》を取り出し、呪文を唱えた。

「解放魔法《リリース》」

収納玉《ストレージボール》からもくもくと煙が出る。やがてその煙から現れたのは一頭のワイバーンだ。

乗馬用の馬より二回りは大きい。ドラゴンの亜種、と呼ばれるだけに、パッと見た目ドラゴンによく似ているが、二本足なのが特徴だ。身体《からだ》の色は緑色なのがほとんどの中、ごく希《まれ》に黒い身体のワイバーンが生まれる時があって、他のワイバーンより一回りデカく力も強い。

少年は呆気《あっけ》に取られる。

「ワ、ワイバーンだ……しかも大きい」

「ああ、ギルドから借りているから、俺の乗り物じゃないけど」

「……でもワイバーンって確かS級でも乗るの難しい魔物じゃ……」

「細かいことは気にするな」

ブラックワイバーンに騎乗した俺は一度手綱を引いた。

オォォォォォッ!!

咆哮《ほうこう》と同時にブラックワイバーンは蝙蝠《こうもり》のような翼を上下にはためかす。

すると思わず顔を庇《かば》いたくなるほどの突風が生じた。

「落ちるから、俺の前に乗れよ」

差し伸べた俺の手を少年は頷いてから摑《つか》んだ。そして、恐る恐る鐙《あぶみ》に足をかけ、鞍に乗る。

「まずはエトに行くぞ」

俺がもう一度手綱を引くと、ブラックワイバーンは空へ飛び立つ。

追い風が吹いているから、半時間もしないうちにエトにたどり着くだろう。

「うわぁ、あっという間に雲の上だ」

「飛空生物《ひくうせいぶつ》に乗るのは初めてか？」

「僕はもっぱらランリザードに乗ることが多かったから」

「……」

ランリザードとは二足歩行の足が速いトカゲ型の魔物だ。馬よりも安くて速いが、あまり人の言うことは聞かないし、乗り心地は最悪だ。

勇者のパーティーが飛空生物で移動しているところは町で何度か見かけたことがあるし、確かさっきもワイバーンとミディアムドラゴンで移動してここに来ていた。

多くの冒険者は飛空生物貸出所《ひくうせいぶつかしだしじょ》で、飛空生物を借りる。もちろん勇者も例外じゃない。一般的な飛空生物として一番多いのはミディアムドラゴンだ。安定していて乗り心地が良い。ただ貸出料金は高い。

ワイバーンは貸出所に一頭いるかいないかだ。S級でも乗るのが難しいからな。

自分専用の飛空生物を持っている冒険者もいるが、ぶっちゃけ飼うのが難しい。

餌代も馬鹿にならないし、魔物との意思の疎通が図れないと逃げられてしまうこともあるので、魔物使いによってちゃんと調教された飛空生物を借りる方が安く済むし、無難なのだ。

飛空生物を貸し出す店は大きな町なら必ずあるから、多くの冒険者はそこで借りている。

この少年は武器や新しい服すら買ってもらっていなかったみたいだからな。彼のために高い飛空生物を借りるお金を出すわけがないか。

乗り心地の悪く、操縦もしにくいランリザードで空を飛ぶ勇者たちを何とか追いかけていたのだろう。

勇者たちのムカつく顔を思い出し、俺は手綱を持つ手をグッと握りしめた。

今すぐ戻って、あのすかした勇者の顔をぶっ飛ばしたい。

「空から見える景色、綺麗《きれい》だな」

「……」

まぁ、今は空の景色に感激している少年のために、遠回りしてやるのが一番だな。

少しでも長く空の光景を見せてやる方が良いだろう。

彼からすれば、自分を捨てた仲間のことなんか一刻も早く忘れたいだろうから。

取りあえず回り道をしつつ、商都エトへ向かうことにしよう。

◇・◇・◇

この世界はゼノリク・エネリスと呼ばれている。

創造神ゼノリクが創った世界、という意味だ。

ここルメリオ大陸は四方海に囲まれていて、東海には魔族が住むネルドシス大陸、西海にはエルフ族が住むフェリアナ大陸、北海と南海は、ルメリオ大陸同様人間をはじめ、様々な種族が住んでいる大陸や島国がある。他にも小さな島国から大きな無人島まで色々あったりする。

俺が今住んでいる所はルメリオ大陸の西南にあるエトワース王国。

商都エトは海に面した都なので貿易が盛んだ。多くの冒険者も出入りしているので、冒険者ギルドの館も大規模だ。

館の敷地内が小さな町のようになっていて、武器屋、防具屋、道具屋から、銀行、魔物取引所、薬草取引所、飛空生物貸出所《ひくうせいぶつかしだしじょ》、宿泊施設、そして薬屋、食料品売り場は、冒険者に特化したものが置いてある店が多い。

すぐにでも少年を冒険者として登録したいところだが、今日の受付窓口は終了してしまっているからな。

明日の朝、登録しようと思う。

今日はもう遅いので少年と共に冒険者ギルドの館の敷地内に建てられた宿泊施設に泊まることにした。

取りあえず風呂だな。風呂。魔物を倒した後は、服を含めた全身に清浄魔法《クリーン》をかけるようにしているものの、ここまで来るのに汗臭くなっちまったからな。

ギルドの宿泊施設は風呂がいいんだよな。露天風呂付きの部屋。それに湯は源泉掛け流しだ。お肌もつるつるになるってもんよ。

風呂から上がると、俺の方を見て少年が顔を赤くしている。

うん？　……ああ、タオル一枚しか巻いてないからな。

俺の肉体美に見惚《みと》れたか？　外見は冴えないおっさんかもしれんが、脱いだら凄《すご》いぞ？　魔物狩りが日常だからな、身体はある程度鍛えておかないとな。

少年よ、お前もこれくらいは鍛えておけ……と言うのも余計なお世話か。

「お前も風呂に入ってこいよ」

「……そこまで世話になるわけには」

「そんなボロボロでうろつかれる方が迷惑だ。早く入れよ」

「……はい」

俺に促され、少年はのろのろと立ち上がり、ふらふらした足取りで風呂場に向かう。何だか疲れた老人みたいだな。若いのに。

それにしてもボロボロの服はもう着られたもんじゃないな。下の店で新しい服を調達しておくか。確かオーソドックスな冒険者の服を売っていたはず。

一階の売店に行って尋ねてみると、冒険者の服は今在庫を切らしているらしく、魔法使いのマント、チュニックならあるのだそう。

まぁ仕方がない。何も着ないよりはマシだろう。

俺は青いチュニックと紺のマントを購入し、ついでにヘアピンも買っておいた。あの前髪じゃ前が見えないからな。後で散髪するとして、取りあえず前髪をヘアピンで留めるようにした方がいいだろ。

それらを脱衣所の前に置いておいた。

「お風呂、出たよ。本当にありがとう……お風呂に浸《つ》かるって、気持ちが良いな」

今まで満足に湯にも浸かれていなかったんだな。

魔法使いの服を着た少年はほっこりした表情を浮かべ、濡れた髪をタオルで拭いていた……

あれ？　少年？？

男じゃ絶対にあり得ない胸の膨らみがある。

――――え⁉　まさか女の子⁉

さっきまでの服はだぼついた麻の服だったから気がつかなかったが、少年じゃなくて少女

だったのか？

最初は十七、八歳の印象だったが、もう少し年上なのかもしれない。

ヘアピンで前髪を留めているので、顔もはっきりと見える。

か……可愛《かわい》い。

サラサラの紺碧色《こんぺきいろ》の髪の毛に、長いまつげに覆われたブルーパープルの目。ややボサついたボブカットが野暮ったいものの、どこからどう見ても可愛い。

「す、すまない……君がその男だと思って、男物の服を用意してしまった」

「あ、気にしないで。僕……いえ私自身、女であることを隠していたから。バレないよう胸もずっと布を巻いていたし」

さっきより声のトーンも高い。女であることを隠していたほどだ。声のトーンもわざと低くして喋《しゃべ》っていたのだろう。

「隠して？　じゃあ、君が女性だってこと、勇者たちは知らないのか？」

「バレていないと思う……幼い頃、女であることは捨てるように育てられたから」

聞くところによると、彼女は勇者と同じ村出身で、幼い頃、勇者の守護者になるように、村長に命じられたのだという。

だけど勇者のパーティーを追放された今、男装の必要もなくなったので、本来の姿に戻ったらしい。

まぁ、村長が性別を隠せと言いたい気持ちも分かる。こんな可愛い娘《こ》と一緒に旅をしていたら、勇者が恋にかまけて魔王退治も怠りそうだ。

でも勇者と共にいたローザも美人だし、魔法使いの女の子も可愛かったし。結局女を侍《はべ》らせながら旅をしているんだよな。村長の気遣い、無駄に終わっているじゃねぇか。

あ、宿の部屋別々にしないとな。女子と同じ部屋に泊まるわけにはいかないからな。

「服まで用意してくれてありがとう……宿代と一緒に後で必ず返すから」

「返すって、見たところ一文無しみたいだが？」

「う……いや、働いて返すから」

「働いてねぇ。君、冒険者ランクはいくつなんだ？」

「……E級」

E級!?　勇者のパーティーの一員なのに最下級ってか!?

……ああ、まぁ、そりゃ解雇されるか。E級の冒険者が請け負える仕事ってなかなかないんだよな。普通に食えるくらいになるにはせめてC級にならないとな。

しかし剣も持ってなさそうだし、どうやって魔物と立ち向かうんだ？

身体つきを見た限りじゃ、それなりに鍛えていそうだけど、素手で戦う格闘家ではなさそうだし。魔法でも使うのかな？

そうだとしても、武器を持たずに冒険をするのは無謀というもの。

「今使ってない剣があるからやるわ」

この前購入したものの、俺には使い勝手が悪かった代物だ。

剣の柄の真ん中には赤い魔石がはめ込まれている。

通常、攻撃魔法を使う時、杖《つえ》を持っているのが原則だ。そうじゃないと攻撃力が半減するからな。魔石がはめ込まれた剣は魔法使いの杖と同じ役割を果たす。

俺も一応魔法が使えるから買ってみたのだが、剣として使うには小さく、短剣として使うには中途半端な長さだったので、全然使っていなかった。女子ならちょうど良いサイズだろう。

俺は鋼の剣を彼女に渡した。

「い、いいの!?」

「ああ、俺にはちょっと小さいからな。その剣は」

「……何で僕……いえ、私のためにここまで？　今日出会ったばかりなのに」

うーん、確かに。自分でも気がつかなかったが、俺は結構世話好きだったのか？　しかし、あのぼろ姿を見たら、普通は放っておけないだろう？　ただ、剣まで渡すのは、少し入れ込みすぎたかもしれない。

取りあえず素直な気持ちを言葉にしてみる。

「そうだな……君が可愛いからかな？」

「え……？」

「おじさんは、可愛い娘には弱いんだよ」

「か、揶揄《からか》わないでよ!! ぼ、僕……いえ私は、ちょっと前まで男として生きてきたんだ。全然可愛くなんかない!!」

「無理に、一人称を〝私〟に直さなくてもいいぞ」

「い……いや、で、でも」

「僕という一人称の女の子も可愛いと思うけどな」

「だから、可愛くないって!!」

俺の言葉を聞いて、彼女は焦ったように否定する。

思った以上に初々しい反応だ。あまり可愛いって言われたことがないのかな？ 男装して今まで生活をしていたのだから無理もないか。

照れているのか、恥ずかしそうに俯く彼女の顔は、お世辞抜きで可愛い。

地味な生活を続けるのであれば、これ以上勇者の元仲間とは関わらない方がいいのは分かっちゃいるんだけどな。

パーティーから追放されて、突然独りぼっちになってしまったこの娘をこのまま放ってはおけない。

もう一緒の宿に泊まっているし、剣までやっちまったし。ここまでしておいて、名前も知らないってのも変だろう。

俺は彼女に名前を尋ねた。

「名前、何て言うんだ？」

「ユーリ……ユーリ・クロードベル」


……ドクンッ！


な、何だ？

名前を聞いただけだ。なのに何故《なぜ》か胸を突かれるような衝撃を覚えた。

特にユーリという名が引き金のように感じた。

まさか俺の前世に関係しているのだろうか？　何しろ前世のことを全部覚えているわけじゃない。

前世アレだったことは覚えているし、理由があってこの世界に転生したことも覚えているけど、一番大事なことを忘れているような気がする。

ユーリ……。

心の中でその名前を呟《つぶや》いてみる。何か一瞬思い出せそうだったんだけどな。

自分でもわけが分からない動揺を巧みに隠し、俺もまた自己紹介をした。

「俺はロイロット・ブレイク。ロイって呼んでくれ」

◇・◇・◇

～ユーリ視点～


僕の名前はユーリ・クロードベル。

先ほど勇者のパーティーを追放されてしまったE級の冒険者だ。

その場に居合わせていた冒険者、ロイに助けてもらわなかったらどうなっていたことか。

本当に助かった……あのままだと一文無しで路頭に迷うところだった。

ロイはB級冒険者だって言っていたけど、S級の冒険者でもなかなか乗れないワイバーンに軽々と乗っていた。

本当の実力はB級じゃないってことかな？　でもローザは万年B級だって言っていたし……何だか不思議な人だ。

ちょっと謎めいた人だけど、とても親切な人であることは確かだ。

今日も一緒の宿に泊めてもらうことになったし。

こっちの宿代も立て替えてもらっているから、できるだけ早く宿代を返したい……と思った時、ロイがタオルを一枚腰に巻いてお風呂から出てきた。

は……初めて、男の人の裸を見てしまった。

僕と違って鍛え抜かれた鋼の身体だ。

唯一、一緒に行動していた男性——勇者とは寝食は共にしていたものの、野営の時はテントの中には入れてもらえなかったし、宿の時も僕だけは違う宿だったから。

異性の身体をまともに見たのは初めてだった。

男の人の身体ってそうなんだよね……鍛えたらあんな風になるんだ。

一つ気になったのが、ロイの右肩に痣《あざ》のようなものがある。痣にしては模様がくっきり描かれている。

歯車のような形をしたその模様は、古代から伝わる神文字に似ていた。

確か、勇者が持っていた石にも似たような模様があったような……？

肩の模様について尋ねてみたかったけど、初対面だし、あまり裸を見るのは失礼だと思い尋ねることはできなかった。

ロイにお風呂に入るよう勧められたので、脱衣所に入った僕は、ふうと長い溜め息をついた。

改めて自分の身体を見る。どう頑張って鍛えても、僕はあんな屈強な身体にはなれない。

男として生きてきたせいか、年頃になってもなかなか女らしい身体つきにはならなかった。

だけど最近になって　胸が大きくなり、身体も丸みを帯びてきた……もう男として生きるのに無理があったんだ。

ローザはロイのことを地味だって言っていたけど、僕から見たら彼は全然地味じゃない。凄く男らしい人だ。無精髭《ぶしょうひげ》が目立つけど、よく見たら顔は整っているし、ダークブラウンの髪もサラサラだ。

それにこちらに気配を感じさせない立ち振る舞い、あの大きなワイバーンを軽々と乗りこなす姿を見て、僕よりも強いことが分かった。

……何でだろう？

颯爽《さっそう》とワイバーンを乗りこなすあの人の姿を思い出したら、何故か胸がドキドキしてきた。

あ、そうだ。胸といえば、もう胸を隠す必要はないな。

僕は胸に巻き付けていた布を全部取ってから、ふうっと息をつく。

もう勇者のパーティーを解雇されたんだし、男のふりをする必要はない。これからは堂々と女として生きられるんだ。

浴室に入ると……わ、お風呂だ。木の良い香りがする。

村ではお風呂というものがなくて、基本的には魔法で身体を綺麗にするか、泉で汗を流していたくらいだ。旅に出るようになってからも、僕が泊まっていた宿は風呂なしが当たり前だったから、お風呂自体が初めてだった。

身体を洗ってから、僕はドキドキしながら湯船に足を入れた。

ああ…………あったかい。

身体全身、温かさに包まれている。今までの疲れが取れる感覚がした。

お湯に浸かるって何て気持ちがいいのだろう？　とても幸せな気持ちになる。

僕は役立たずとして仲間に追われた人間なのに。

こんな幸せな気持ちになってもいいのかな？

ずっと湯船に浸かっていたいけど、さすがに逆上《のぼ》せそうになったので僕は浴室を出た。

脱衣所で服を着ようと思ったら、あれ……服がない？　代わりに真新しい服が用意されていた。

ロイが用意してくれたのかな？　このまま着るのは悪い気もするけど、元の服もなくなっているし、この服を着るしかないよね。

恐る恐るシャツに手を通してみる……ああ、新しい服って、こんなに肌触りがいいんだ。しかも厚手なのに軽い。

そして僕は初めて胸に布を巻かない状態で服を着た。

ああああ……すっごい身体が軽い。これからはもう胸をきつく巻かなくてもいいんだ！

勇者のパーティーを解雇された時は凄く落ち込んだけど、今は解放感の方が勝っている。

僕はもう自由なんだ。

お風呂から出た僕を見たロイは僕が女だと知って、とても驚いていた。同時に申し訳なさそうな表情を浮かべていた。僕自身、女だとバレないようにして暮らしていたし、気にしなくてもいいんだけどね。

一人称も僕から私に変えようとしたけど、ロイは無理して直さなくていいって言ってくれる。

ロイは優しいな……。

一緒に話をしていても楽しいし、何より僕に笑いかけてくれる。

今まで一緒にいた仲間は、笑いかけてくれたことなんかなかった。

『ユーリ、邪魔だからあっち言って』

『お前は俺の視界に入ってくんな』

『まだそこにいたのですか？』

……あんなに煙たがられていたんだから、僕があのパーティーにいる必要はなかったんだよね。

ずっと一緒にいた仲間たちより、初対面であるロイと一緒にいる方が居心地良く感じるなんて。

勇者ヴァンロストには立派な仲間がいる。

皆S級以上の冒険者ばかりだ。それに僕ができることといったら、戦いの時に補助魔法で皆を助けたり、野営の時環境の良い寝床を整えたり、温かい料理を提供するぐらいしかない。

そういった雑用は僕じゃなくてもできるって、他の仲間たちは言っていたし。

もう僕の役割は終わったんだ。

これからは自分一人で生きていけるようにならないといけない。

ただ、その前に、ロイに借りている宿代と服代を、やっぱりただでもらうわけにはいかないから、剣代も返さないといけないけどね。

第二章　昇級試験

俺はロイロット・ブレイク。
前世は……だった男だ。
今、俺は夢を見ている。もう、何度も何度も見ているから分かっている。
これが夢だってことくらい。
白い天井。
白い床。
ここは裁きの間。足元に描かれた円陣には神紋や神文字が描かれている。
魔法使いが使う魔法陣のようなものだな。
あーあ、何度同じ夢を見たら気が済むんだろ、俺って。
「お前は異界へ追放することが決まった」

ああ、大罪を犯したんだよな？　罪状はいろいろありすぎるから詳しくは説明できない。とにかく多くの人々に恐怖を与えてきたし、時には破壊し尽くしたこともあった。きっと色々な奴らに恨まれてきたと思う。


「お前は人として転生することになる」

「ヒト？」

「罰として人という脆弱《ぜいじゃく》な存在として生きろ、ということだろう」

「……」


人として生まれ変わるのか……それも悪くないな。

もう争いの絶えない日々に疲れ切っていたところだ。

その時、一匹の仔犬《こいぬ》がトコトコと俺に歩み寄ってきた。

俺はその仔犬の頭をよしよしと撫《な》でる。

「この円陣が光った瞬間、お前は人として転生することになる」

「分かった……ウッド、お前はここから離れていろ」

俺は言うが、仔犬のウッドは首をぶんぶん横に振る。

馬鹿だな……お前も一緒に行くってか？

あくまで離れようとしないウッドの頭を俺はもう一度撫でる。

俺は覚悟を決め、目を閉じた。

円陣が光り始める。

もし生まれ変わることができるのなら、今度はもっとのんびりした生活を送りたい。

地味でささやかな生活を……。

◇・◇・◇

朝。

目を覚ました俺は、何ともいえない疲労感に息をつく。

時々見る前世の夢。

俺の有罪が決まった時の夢だ。

あの夢を見た朝は、何とも言えないくらい気が重い。

顔を洗うべくのろのろとベッドから立ち上がる。

洗面台の前に立った俺は鏡に映る自分の顔を見る……見てくれは、まぁ、悪くはないと思う。

可もなく不可もない容姿だ。

やや垂れ目がちな目、反対に眉は細くつり上がっている。三白眼なせいもあって、目つきが悪いと言われることもある。少し無精髭が目立ってきたな。明日こそは剃《そ》るか。サラサラの髪の毛はダークブラウンだ。背は高い方だと思う。

三年前に計測した時には百八十五センチあったか。

ちなみに、センチとは長さの単位の一つで、細かい単位だとミリ、もっと長い単位だとメートル、キロメートルで表す。何故、この単位が使われるようになったか知らんが、創造神《ゼノリク》がどこかの世界で使われている単位を参考にしたという説がある。

百八十五センチという身長は平均よりやや高めではあるが、巨漢な人間や長身な人間が多い冒険者たちの中にいると全く目立たない。

年は多分三十代半ばから後半くらい。幼い頃の記憶がないんでね。正確な年齢は分からない。

孤児院に拾われた時が二、三歳ぐらいの頃だったらしい。

慎ましい生活を満喫している俺を見た他の冒険者たちからは、年齢にしては覇気がない、野心がない、達観した老人のようだと言われることがある。

前世の記憶が俺を老成させているのだと思う。

そんな俺にもまだ、ときめきというものが残っていたらしい。

「ロイ、おはよう」

既に身支度を整えたユーリが隣の部屋から出てきて、挨拶をしてくる。

朝日の光が後光に見えるのは気のせいか。眩《まぶ》しいほど綺麗な笑顔だ。

「あ、ああ……おはよう」

笑顔に見惚れながら、俺は上ずった声で挨拶。

俺は自分の気持ちを落ち着かせるために一度咳払《せきばら》いをし、今日の予定を彼女に告げることにする。

「朝食が終わったら受付に行くぞ。冒険者の登録をしておかないといけない」

「あ……う、うん」

首都や王都などをはじめ大きな町には必ずギルドの館がある。

勇者のパーティーから追放されたユーリは、働くために冒険者としてギルドの館で名前を登録しないといけない。

「宿代と服代、それからただでもらうわけにいかないから剣代も早く返すね」

「別にそんなに急がなくてもいいぞ。剣はいらないからあげたものだし」

真面目なユーリの言葉に俺は肩を竦《すく》めた。

実際、金に困っているわけでもないので、そんなに急いで返してもらわなくても構わない。

無理のない範囲で返済して欲しいところだ。

◇・◇・◇

冒険者ギルドの館　エト支部。

俺たちは早速受付へ行って、ユーリの名前を登録してもらうことに。

ここに登録しておけば、魔物討伐の依頼をもらうこともできるし、討伐した魔物の賞金や魔物を買い取ってもらったお金も手に入れられる。

受付嬢であるエリンちゃんはまだ十二歳だが、しっかりした娘だ。

登録が初めてのユーリにも、書類の書き方や手続きの仕方なども親切に教えてくれる。

ふと名簿のリストに目を通していたエリンちゃんはユーリに尋ねる。

「ユーリ君、もしかして以前、勇者様のパーティーにいませんでした？」

ギルドの名簿には、勇者の名前も登録されている。

全世界のギルドの名簿に勇者の名前は書かれているのだそう。旅の先々で、勇者をサポートできるようにするためだ。

当然ユーリの名前も入っているのだ。

「僕は役立たずだと言われて、パーティーを追われたので」

エリンちゃんは何とも言えない複雑な顔になる。

ユーリは話を続けた。

「幼なじみが勇者で。村を出る時、彼を護衛するために僕もついて行ったんだ。でもだんだん戦いの役には立たなくなって」

「……」

最初は勇者の守護者として彼を守ってきたのだろうが、勇者のレベルが上がり、凡人だった彼女はそれについていけなくなった……ということか。だからパーティーを追われることになったのか。

エリンちゃんは気遣うようにユーリに言った。

「元気を出してください。ユーリ君が請け負えそうな仕事ができたら、真っ先に回しますから」

「あ、ありがとう」

「ちなみにユーリ君はどの職業で登録されていましたか？　こちらには名前は登録されているのですが、職業の欄は何も書かれていないので」

「……前は雑用係として登録していました」

ユーリの答えにエリンちゃんは戸惑いの表情を見せる。

雑用係って……そんな名称で登録する奴なんかいないぞ？

俺は何とも言えない嫌な気分になりつつ、ユーリに尋ねる。

「まさか、勇者にそう登録しろ、と言われたのか？」

「はい。僕は剣も、魔法も際立って得意なものがなかったもので」

だからといって、雑用係はないだろう？　そいつは職業の名前じゃない。

それで登録するギルドの館も問題だな。エト支部は恐らく職業名じゃなかったから空欄にしておいたのだろう。

「でも剣も魔法も使えるってことだろ？」

「はい、一応」

「エリンちゃん、ユーリには魔法剣士として登録しておいてくれ」

エリンちゃんは大きく頷いて職業欄に魔法剣士と書いた。

「勇者様、最低……」と小声で呟きながら。

「ちなみにユーリ君、治癒魔法は使えますか？」

「あ、はい。少しでしたら」

「では診療所や病院の依頼も入ったら知らせますね」

「あ、ありがとうございます」

こうして無事に登録は済んだわけだが、ロビーの壁に張ってある求人や募集、依頼書を見た限り、E級ができそうな依頼はなさそうだな。

これじゃいつ仕事が来るか分かったもんじゃない。依頼が来たとしても、弱い魔物退治の仕事はあまり金にならないしな。

俺はユーリの肩を叩いて言った。

「ユーリ、取りあえず俺を手伝ってくれないか？　パートナーとしてお前を雇うことにする」

「え……でも」

戸惑うユーリに俺はニッと笑う。

「その方が手っ取り早く宿代や服代も回収できる」

「だ、だけど、僕は役立たずなので……」

「心配するな。無理そうなら遠くから補助呪文を唱えてくれときゃいい。Ｅ級でもそれくらいのことはできるだろ」

「それくらいなら。足を引っ張らないように頑張る」

頰を上気させ、両手の拳を握りしめるユーリ。よしよし、張り切っているな。

可愛い娘はやっぱり明るい顔がよく似合う。

勇者一行といた時は目が死んでいたもんな。

いくら役立たずだからといって、こんな可愛い娘を、あんな見せしめのように解雇するなんて、勇者は何を考えているんだか。

登録を済ませた俺たちは、その足で宿屋の隣に建つ理髪店に行くことに。

ユーリのボサついた髪を整えてもらうことにしたのだ。

「あ……あの、どう？」

髪を整えたユーリが理髪店から出てきた。

恥ずかしそうに頬を染め、上目遣いでこっちを見てくる。

俺は極力クールな態度で「いいんじゃないか」と答えてみせた。前髪を切《き》り揃《そろ》え、短く整えてもらった彼女は、少し少年の面影を残した凛々《りり》しい美少女に。

やばい……とんでもなく可愛い……思わず壁をバンバン叩きたくなっちまうくらいに可愛い。

もちろんいい大人なのでそんなことはしないが。

俺があと十年……いや二十年若かったら、本当に壁を叩いていただろうな。

こっちを見て首を傾《かし》げてくるユーリに、俺はドキドキする胸を押さえる。

——……何、浮かれているんだ、俺は。

俺はあくまでユーリの保護者のようなものだ。彼女の自立を手助けしているに過ぎない。

あまり情を抱かないようにしないといけない……そうしなきゃ別れが辛《つら》くなる。

心の中でそう言い聞かせるものの、ユーリと目が合うと自然と頬が緩んでしまう。

「髪、すっきりして良かったな」

「うん、何か世界が明るくなったような気がするよ」

今まで視界が前髪に覆われていたもんな。心なしか表情も明るくなったような気がする。

まぁ、いいか。一緒にいられる間は素直に浮かれたって。

まずは彼女が明るく楽しく生きていけるようにしないといけない。

だったら一緒にいる俺がまず、明るく楽しく過ごさないとな。

◇・◇・◇

今回の仕事はトワイ村近隣の森に生息するサーベルホワイトウルフたちの退治だ。

トワイ村は酪農を生業《なりわい》とした人々が多く住む村だ。最近羊を襲いにサーベルホワイトウルフが村の牧場にやってくるらしい。

一度目を付けられたら、村中の羊がいなくなるまでやってくるからな。

サーベルホワイトウルフは魔物にしては知能が高い。個体だとB級の魔物ではあるが、あいつらは仲間と連携して狩りをする。奴らの住み処《すか》は森の中にある洞窟。中は迷路のように入り組んでいる。

ただ、中はライトマッシュという名のキノコが自生しているので明るい。このキノコは暗闇の中で光る性質を持つのだ。

「聖なる光《ホーリーライト》」

両手を組んで呪文を唱えたのはユーリだ。

聖なる光《ホーリーライト》は周辺に魔物を寄せ付けない光のベールに覆われる魔法だ。

……確か、上級の神官が唱える高度な魔法だったような？　俺の記憶違いか。

洞窟にはサーベルホワイトウルフ以外の魔物も住んでいる。

蝙蝠型の魔物がこっちに近づいてくるが、聖なる光《ホーリーライト》を嫌がりすぐに逃げていく。

こいつはいいな。

治癒魔法と解毒魔法以外、俺はあんまり神官が使うような魔法は使わない。聖なる光《ホーリーライト》がこんなに便利だとは知らなかった。

「ユーリは神官だったのか？」

「いや神官じゃないよ。勇者のパーティーの中に神官はいたけどね。彼女の方がもっと凄い使い手だから」

「神官なんかいたっけ？　あの中に」

「ああ、僕が追放された時、彼女はあの場にはいなかったよ」

「神官は女性なのか」

「うん。僕は一応男として加わっていたけど、実際はヴァン以外のメンバーは女性だったなぁ」

何だよ、そのハーレム状態は。

まさかユーリを追い出したのって、チームを完全なるハーレムパーティーにするためだったんじゃ――――いやいや、たまたま実力あるメンバーが女性ばっかりだった、と思いたい。

実際、ローザは金銭至上主義ではあるが、実力は確かだからな。

そんな不純な動機で追い出されたとしたら、ユーリの方はたまったもんじゃないだろ。

聖なる光《ホーリーライト》のおかげで、魔物に行く手を阻まれずに済んでいるため、俺たちは話をしながら歩けるくらい余裕があった。

「ロイはどこのパーティーに所属しているの？」

「俺は無所属《フリー》だよ」

「そうなんだ……あの……冒険者って無所属《フリー》でも食べていける？」

「ある程度実力があればな」

パーティーを追放された身としては、しばらくの間は一人でやっていきたいと思うわな。

となると、無所属《フリー》冒険者の先輩としては、一人で冒険生活をやっていく上での心構えとか伝授してやらねぇとな。

しばらくして俺たちは同時に立ち止まる。

グルルルル……

ガルルルル……

グル……グルルル……

ガルルルル……ガルルル……

洞窟の中は明るいものの、先が見通せるほどではない。先の方は暗くて見えない。

その先にある闇の中、いくつもの唸《うな》り声が聞こえてきた。

洞窟の最奥地にあるサーベルホワイトウルフの住み処に近づいてきたようだ。

闇の中から数頭のサーベルホワイトウルフが姿を現す。ウルフと名前がついているが、狼《おおかみ》の姿に似ているからその名前がついただけ。

実際は狼とは似て非なるもの。

まず全長が人間の数倍だからな。銀色がかった白の毛は、明かりに照らされ美しく輝いている。そして剣のような剝《む》き出しの牙。

奴らは相手が人間二人と分かると、躊躇《ちゅうちょ》なく飛びかかってきた。

食い殺そうと突き立ててくる牙を俺は剣で受け止める。そして力任せに押し返す。

巨体の魔物の身体は後退し、一瞬よろめいた。

まさか人間に押し返されるとは思わず、やや怯《ひる》んだ表情を浮かべているな。

その間に俺の横を走り抜けるサーベルホワイトウルフがいた。後方支援をしていたユーリをめがけてそいつは走っている。

「落雷《サンディス》」

俺が呪文を唱えると、ユーリを狙っていたサーベルホワイトウルフの脳天めがけて雷が落ちる。

魔物の身体が海老《えび》のように反り返った。

感電し、ぴくりとも動かなくなったサーベルホワイトウルフ。

更に岩陰から多数のサーベルホワイトウルフが出てくる。

思った以上に数が多い。なかなかの大家族だったようだ。まともに剣で相手にするには数が多すぎる。

俺一人ならともかく、ユーリを守りながらだと少し面倒だ。

(大火炎魔法《デスファイア》で片付けるか……)

広範囲の敵を一気に片付けることができる炎の魔法呪文を唱えようとしたが、ユーリの方が先に呪文を唱えていた。

「衝撃波魔法《ウェイブショック》」

次の瞬間サーベルホワイトウルフの身体は見えない何かにぶつかったかのように、跳ね返った。

俺は目を瞠《みは》る。

ユーリの目が鋭い。俺があげた剣を引き抜き、次々と襲いかかってくるサーベルホワイトウルフを斬り捨てる。そして群れのボスであろう、一際大きいサーベルホワイトウルフがユーリに飛びかかってきた時、彼女は剣を横に薙《な》ぎ、躊躇なくその首を刎《は》ねた。

サーベルホワイトウルフは首がない状態で歩いていたが、しばらくして崩れるように倒れた。
五、六頭のサーベルホワイトウルフがあっという間に倒されてしまった。
おいおいおい、あっさりB級クラスの魔物を倒しているじゃねぇか。しかも五、六頭をたった一人で。

どこがE級なんだ!?　下手すりゃA級……もしかしてS級なんじゃないのか？

しかし驚く間もなく、残る数頭のサーベルホワイトウルフが一度に襲いかかってきたので、俺も剣を振るった。常人の目からは剣の光がいくつかの弧を描いたようにしか見えないだろうが、俺は一瞬にして魔物たちを斬り伏せた。彼女に負けてはいられないからな。

ちょっとした対抗心が芽生えかけたその時、ユーリはびくついたように俺の方を見た。

「ご、ごめん。僕が敵を片付けて」

「へ……？　いや……俺としては助かったけど」

「え……でも、ロイの見せ場を取るような真似《まね》をしてしまったし」

「見せ場!?　んなもんいるかよ。自分の身は自分で守ってくれた方が俺だって助かるし」

そう言いかけて俺はハッと目を瞠る。

……まさか。いや、まさかそんな馬鹿な話、あるだろうか？

「なぁ、もしかして前のパーティーにいた時、仲間の見せ場を残すように戦えって言われていたのか？」

「う、うん。勇者がとどめを刺さなければ、周りに示しがつかないと、言われていたので」

「…………」

どんな小物だよ、そりゃ。そんな奴が勇者とは笑わせるな。

もしかしてE級なのにも事情がありそうだな。実力が本当にE級だったら、サーベルホワイトウルフを倒せるわけがない。

「ユーリ、昇級試験は受けないのか？　今の実力ならS級でもいけると思うけどな」

「え!?　そんなわけないでしょう？」

「いや、この魔物はB級冒険者が相手にする魔物だぞ？」

「そうなの？　仲間たちはほんの雑魚だし、僕が倒せるのは当たり前だって言ってたけど」

「そりゃ勇者様たちからすりゃ雑魚かもしれないが……何故、昇級試験を受けてこなかったんだ？」

俺の問いかけに、ユーリは悲しそうに俯き震えた声で答える。

「……僕のような役立たずには、試験を受ける資格はないとヴァンに禁じられていたから」

「ヴァン？」

「ヴァンロスト・レイン。勇者の名前だよ。僕は幼なじみだったからヴァンと呼んでいたけど」

現世の勇者はかなりのクズだな。昇級を禁じるなんて、仲間のすることじゃねぇ。

何でそんなことをするんだよ。ユーリが自分と同等になるのが嫌だったとか？

ユーリが魔物を完全に倒すことすら嫌がっていたからな……その可能性が一番高い。

俺は首を横に振ってから、ユーリの肩を叩いて言った。

「俺はそんなこと禁じない。お前は全く役立たずじゃない。今日のように自分の身は自分で守ってくれた方が俺も助かる」

「ほ……本当に？」

「俺は見せ場なんかいらないからな。昇級試験も受けとけよ。E級のままじゃ、ろくな仕事が入ってこないからな」

「……」

ブルーパープルの瞳を潤ませて泣きそうになるユーリの背中をトントンと叩いた。

こいつはしばらくの間、俺が守らないといけないな。クズ勇者によって間違った概念を植え付けられているみたいだし。

ユーリが潤んだ目で俺の顔を見詰める……う……可愛い……そんなにじっとこっちを見るな！

君に見詰められると、おじさんは、目のやり場に困るんだよ。

今回の仕事で、多くのサーベルホワイトウルフを倒すことができた。依頼料の他に魔物を売ることで得る収入も多額になる。

これで俺への借金も返済できるし、新たに住む所も得られるはず。

今はまだE級だから、俺も何かとフォローしてやらなきゃいけないが、彼女ならすぐにでも上級の資格を取れるだろう。

こんだけ可愛い娘だ。きっと華やかな舞台で活躍できる冒険者になれるはず。

あの馬鹿勇者たちが後悔するぐらいの冒険者になって欲しい。

◇・◇・◇

冒険者ギルドの館　エト支部。

俺たちは計十頭のサーベルホワイトウルフを収納玉《ストレージボール》に回収し、ギルドの館敷地内に建つ魔物取引所を訪れた。

ここでは倒した魔物の牙や皮、肉などを買い取ってくれる。

血なまぐさい場所かと思いきや、カウンターは小綺麗《こぎれい》にしてある。

俺は収納玉《ストレージボール》を店員である眼鏡をかけた猫獣人の青年に渡すと、彼は頷いてカウンターの奥にある扉の向こうへ消えていった。

あっちは解体作業場に繋《つな》がっているんだよな。

しばらくすると、猫獣人の青年はただでさえ大きな猫の目を更に大きくして、こっちにやってきた。

「あ……あのたくさんのサーベルホワイトウルフ、お二人で倒したのですか!?」

「ああ、そうだけど？」

「失礼ですが階級は」

「B級とE級だ」

「……」

青年はしばらくの間疑わしげな眼差《まなざ》しを向けてから、またドアの向こうへ消えた。

上役と相談でもするのかな？　魔物自体が本物かも疑っているのかもしれないな。

少し経《た》ってから、上役であるドワーフ族の爺《じい》さんがドアを開けて出てきた。彼は俺の姿を認め、パッと顔を明るくした。

「何じゃ、ロイロットかいな。お前さんだったら、あの数のサーベルホワイトウルフくらい片付けられるわな」

「ああ、今回は彼女もいたけどな」

「彼女？　お前さんの女房かの？」

「違う！　仕事のパートナーだ」

俺は顔を真っ赤にして否定した……少しムキになっちまったか。

隣にいるユーリも恥ずかしそうに俯いている。

「あの孤高のロイが相方ねぇ……」

意味深に笑うな、ジジイ。何が言いたいんだよ。

俺がこそばゆい気持ちになりかけた時、猫獣人の青年が出てきて、恐る恐る老人に伺う。

「あの……この人たちが、本当にあの魔物を」

「おう、新人。よく覚えておけ。こいつは自称B級だ。本当はそれ以上の実力があるのに、面倒くさがって、昇級試験を受けてないんだ」

「そ、そうだったんですか!?」

「こいつ以外にも、名乗っている階級と実際の実力が違っていたりする奴が、たまにいたりするからな。よく見る目を養っておけよ」

「は、はい！」

二人の会話を聞いていたユーリは頬をポリポリ掻《か》いて尋ねる。

「えーと、ロイって本当は何級なの？」

「俺も分からん。まぁ細かいことは気にするな」

実際B級より上の昇級試験を受けたことがないので、現在何級に当たるのか自分でもよく分からない。だからそうとしか答えようがなかった。

ドワーフの老人と猫獣人の青年は作業場に戻り、サーベルホワイトウルフの査定をしてくれている。

その間俺たちは、兎《うさぎ》獣人の店員である女性が出してくれたお茶を飲みながら、店内に設置されたベンチに腰掛けて待つことに。

お茶を飲み終わった頃、猫獣人の青年がノートを手に持ってこっちにやってきた。

「サーベルホワイトウルフは計十頭、毛皮は六十万ゼノス……牙は五百万ゼノスで買い取らせて頂きます」

ゼノスというのは、この世界の通貨だ。

創造神《ゼノリク》のゼノから取っているという説があるが、その点については諸説あるようではっきりしていない。

とにかく魔物の毛皮と牙が高く売れたので、かなりの額の金が手に入ったわけだ。

「計五百六十万ゼノスだったら、悪くない買値だね」

「そうだな」

ユーリも今まで勇者のパーティーと冒険している時に、魔物取引所は出入りしているみたいだな。

世間知らずなお嬢さんってわけじゃないから、そういう点では話が早い。

報酬金とサーベルホワイトウルフが売れたお金は、きちっと折半することに。

その中から宿代、服代、あと剣代も返してくれた。

剣代はいらん、と言ったのだが、ユーリはそれでは申し訳なさ過ぎると言うもので、結局剣代も受け取った。

◇・◇・◇

「あ、あの……住む所を探しているんだけど、どこか空いている部屋はない？」

ギルドの受付嬢であるエリンちゃんに尋ねるユーリ。

エリンちゃんは頷いて、賃貸物件の資料を持ってきて調べてくれる。

報酬金と魔物を売ったお金で、剣代、宿代、服代を俺に返しても、まだまだ余裕がある。

ギルド館内には、宿泊施設とは別に、冒険者が共同生活をする寄宿舎がある。そこでしばらく部屋を借りて暮らすこともできるだろう。

とはいっても一生そこに暮らすわけにはいかない。いつかはちゃんとした自分の家が持てるようになった方がいいだろう。

生活が軌道に乗るまでは、しばらく相方として雇うことにしようか。

俺がそんなことを考えていた時、住宅資料とにらめっこしていたエリンちゃんは申し訳なさそうにユーリに言った。

「ユーリ君、ごめんなさい。ギルドの館にある寄宿舎は今、空いている部屋がないの。それに下宿先も今、空きがなくて」

「そ……そっか」

がっくり肩を落とすユーリ。

ギルドの寄宿舎は安い割に綺麗だし、設備も整っているから人気なんだよな。

下宿先もないんじゃ、しばらくどこかの安宿ってことになるけど、女の子一人を泊めるにはちょっと不安なくらい治安が悪い所にあることが多い。

ユーリは冒険者だし、今までも安宿に泊まった経験もありそうだから大丈夫な気もするが。

とその時、にこやかな顔のエリンちゃんと目が合った。

え？　何、その顔。

「そういうわけで、ロイさん。よろしくお願いします」

「は？」

「ロイさんの家、一人で住むには広いって、以前愚痴ってたじゃないですか」

それって、ユーリが俺の家に下宿するってか!?

エリンちゃんは手を合わせ、お願いのポーズを取る。

「しばらくの間ユーリ君の面倒を見てあげてください」

「……」

エリンちゃんはユーリのことをまだ男だと思っている。今もチュニックの上に胸部を覆うプレートで武装しているからな。

そのことを説明しようと口を開きかけたが、ユーリが俺の袖を引っ張る。

何事かとそっちへ顔を向けると、ユーリは捨てられた仔犬みたいに縋《すが》るような目でこっちを見ていた。

うぐっっ……そんな目で見るんじゃない。き、君はこんなおじさんと一緒に暮らしてもいいってか!?

言っておくが、むさ苦しいことこの上ないぞ。

それに一人気ままだった俺の生活が…………いや、だから、そんなうるうるした目はやめろ。

う――ん……ここで見捨てるわけにもいかないしな。

こんな可愛い娘が野宿をしていたら、瞬く間に飢えた狼どもの餌食になるし、ろくでもない野郎の家に転がり込むようなことがあってはならない。

「仕方ねぇな。しばらくの間、うちにいろよ」

「い、いいの？」

「その代わり飯は当番制な。掃除も当番制だぞ」

「あ、ありがとう!!　ふつつか者ですが、よろしくお願いします」

ふ、ふつつか者って、改まった口調で嫁入りするみたいに言うな！

あー、いい年こいて顔を熱くさせてんじゃねえよ。俺も。

こうして気ままな一人暮らしとおさらばすることになったわけだが……何だろうな、このソワソワ感は。

俺はひょっとして嬉《うれ》しいのだろうか？

平穏で地味な生活を続けるのなら、勇者の元連れだった奴と深く関わらない方がいいのだろうが。

それでもユーリの笑顔を見たら、この先何が起こっても構わないと思っている自分がいた。

◇・◇・◇

「お前は人として転生することになる」

「ヒト？」

「罰として人という脆弱な存在として生きろ、ということだろう」

「……」


……また、あの夢だ。


「この円陣が光った瞬間、お前は人として転生することになる」

「分かった……ウッド、お前はここから離れていろ」


もう見飽きた夢だ。

分かったからこれ以上俺の夢に出てくるな。

そんなことを思いながら俺はウッドの頭を撫でた。

足元の円陣が輝きだしたその時。

「待って……っ!!」

一人の女性が光る円陣の中に飛び込み、俺に抱きついた。

え……!?

いつもの夢と違う。

一体誰だ、この女性は。

彼女は顔を上げ、俺の目を見詰めてきた。

綺麗なブルーパープルの瞳が俺の姿を映す。

ユーリ!?

◇・◇・◇

「……………」

目を覚ますと見慣れたベッドの上だった。

いつもなら、何ともいえない疲労感が襲ってくるのに、今日は妙に頭がすっきりしている。

俺はゆっくりと起き上がりながら、今日見た夢の内容を思い返していた。

もう飽きるほど見た前世の夢に、ユーリが登場してきた。夢と現実がごっちゃになっているな。

彼女と一つ屋根の下で暮らすことになったことが、俺にとってはそれだけ衝撃だったのだろう。

名も無い山の中にある、俺の自宅は今日も長閑《のどか》だ。

商都エトから徒歩だと一日以上かかるから、都会の喧騒《けんそう》とは無縁だ。

山ごと俺が買い取っているので山全体が一応私有地だ。近くには小川が流れ、家の裏手には温泉もある。

家は木造の一軒家で、魔石により室温も調整できるから快適そのものだ。

今日も平穏な朝。

外から聞こえる山鳩《やまばと》の声。

涼しげな小川のせせらぎ。

窓を開けると爽やかな風。

前世の時は寝覚めから世界が殺伐としてたからなぁ。

平和な世界っていいよな。

二階の寝室から一階に下りると何だか良い匂いがする。

「ロイ、おはよう」

窓から差し込む朝日を浴び、今日も後光全開のユーリ君。彼女は今、朝食を作っている。

エプロン姿、よく似合っているな。白い無地のシンプルなエプロンは俺が今まで使っていたものだけど、やっぱおっさんが着るよりは可愛い女子の方がよく似合う。

「ロイ、コーヒーにする？　紅茶にする？」

ユーリは小首を傾げて尋ねてくる……お前は俺の奥さんかよ!?

内心動揺しつつも、平静を装って「コーヒーを頼む」と答える。

ユーリは頷いてから、調理場へ向かった。

いつもと違う雰囲気に、俺はぐるりと周囲を見回す。

よくよく見ると、ダイニングが綺麗になっている。清浄魔法《クリーン》でもかけたのだろうか？

何だか部屋がキラキラしているような気がする。

そして席につくと、テーブルの上に置いてあるバラエティー豊かな料理に目を瞠った。

見るからにふわふわそうなオムレツ、柔らかそうなパン、それに野菜がたっぷり入った鶏《とり》のスープは湯気がたっている。胡桃《くるみ》のサラダ、果物もこの山で採れる新鮮な山ぶどうだ。どれも美味《うま》そうで、思わず涎《よだれ》が出そうになる。

「冷めないうちに食べようか」

「あ……ああ」

ユーリに勧められ、俺はドキドキしながらも早速スープを一口頂く。

「!?」

大袈裟《おおげさ》な反応かもしれないが、衝撃的なくらいに美味い。一体どこをどうしたら、こんな美味いスープができるんだ?

「あ……あの、口に合わなかったかな?」

「まさか! こんな美味いスープ初めてで驚いたくらいだ」

「お世辞を言わなくてもいいよ。仲間からも色々文句を言われてきたし」

「は!? この激うまスープに文句を言う奴がいるのか!? 相当な贅沢《ぜいたく》をしてきたんだな。こいつはSS級の料理人並みのスープだぞ!?」

「そ、そんな、褒めすぎだよ!!」

照れているのか顔が赤い。そんなに褒められたことがないのか?

スープはじっくり煮込んだ野菜と鶏の出汁《だし》と旨《うま》みがよく出ている。鶏肉も柔らかく、程良い弾力感がある。オムレツも極上のふんわりとろとろ感。口に入れた瞬間、バターと卵の味が同時に広がり夢見心地になる。

パンは焼きたてで香ばしく、柔らかすぎでもなく、硬すぎでもない。スープに浸しても美味しく食べられる。

「こんなに美味しいのは、ユーリの気持ちが込められているのもあるかもな。自分の料理が皆

の力になって欲しい……そんな気持ちで作っていたんだろ？」

「……ロイ」

「ありがとな。この料理食べたら一日中元気でいられる」

俺は素直な気持ちをユーリに伝えると、彼女のブルーパープルの目からぽろぽろと涙がこぼれ落ちる。

え!?　褒めたつもりなのに……泣かせてしまった!?

焦る俺に対し、ユーリは指で涙を拭いながら言った。

「料理……こんなに喜んでもらえたの初めてで」

「勇者たちは喜んでいなかったのか？　美味いもん食べたら自然と笑顔が出てくるもんだろう？」

「僕の味付けが至らなくて……皆にはなかなか満足してもらえなくて……」

はぁ!?　こんな美味い料理のどこに不満があるんだ!?

あいつら救いようがないぐらい馬鹿舌なんじゃないのか？　そうとしか思えない。

「だから、お世辞でも、嬉しい……」

「だからお世辞じゃねぇって。勇者たち以外の奴らも美味しいって言うはずだ」

「そうかな？」

「それとも俺の言うことが信じられないか？」

「ち、違うよ!! 信じていないわけじゃない!! でも……実感が湧かなくて」

ユーリの言葉に、俺は拳を握りしめた。

あいつら彼女が心を込めて作った料理に、どんだけ不満を言っていたんだ!? 絶対これ以上の料理を作れる奴なんかなかなかいねぇぞ!? 俺からすれば金を出してでも食べたいくらいに美味い。あっという間に胃袋を掴まれちまったのに。

どう考えても勇者とその仲間が揃いも揃って味音痴だったとしか思えない。

「毎日ユーリのスープ、飲んでいたいぐらいだ」

「毎日……?」

目をぱちくりさせて首を傾げるユーリに、俺も無意識に言ってしまった自分の言葉が恥ずかしくなって顔が熱くなった。

今の台詞《せりふ》、まるで結婚の申し込みみたいじゃないか?

「い、いや、それだけ美味しいってことだ」

「あ、う、うん……喜んでもらえて良かった!」

「メシは前にも言ったが当番制だから、毎日じゃなくていいんだけど、また、このスープ作ってくれないか」

「もちろん。ロイに美味しく食べてもらえたら僕も凄く嬉しいから」

本当に嬉しそうなユーリの笑顔、そしてその言葉に俺もまた嬉しくなる。

いい娘だよな……優しいし、思いやりもあって。

黙々と食事をする今の時間もなんだか心地が良い。

パンをちぎって食べるユーリの顔を見ながら俺は複雑な表情になる。

思い出すのはあのすかした勇者の顔だ。

あいつは彼女のことを役立ずだと罵っていたが、こんな美味い飯を作ってくれる仲間に対しよくそんなことが言えたな。勇者の仲間も彼女のことを小馬鹿にしていた。

あいつら食の大切さを分かってないいんじゃないのか？

ユーリはもっと称《たた》えられてもいい存在だ。勇者たちに馬鹿にされていい存在じゃない。

まずはユーリを自立させることから始めないとな。

E級じゃろくな依頼が来ないから、昇級試験を受けさせて、より条件の良い仕事にありつけるようにしないといけない。

「ユーリ、朝食を食べ終わったらギルドの館に行くぞ」

「新しい仕事？」

「いや、昇級試験を受けに行くんだ、お前のな」

「……!?」

頬を紅潮させ、目を輝かせるユーリ。本当はずっと自分の可能性を試したかったんだろうな。

しかしすぐに不安な表情になる。

「でも、本当にいいの？　僕が昇級試験を受けても」

「昇級試験は誰でも受ける資格がある。勇者の言葉は忘れろ」

「うん……」

追放された時のことを思い出したのか、やや暗い表情になるユーリの肩を俺はトントンと叩いた。

試験を受けたら、彼女は分かるだろう。自分の実力が本当はどのくらいなのか。

勇者やその仲間に植え付けられた認識が間違っていることに気づかせるのが一番の目的だ。

「試験も難しくはないから、気構えずにやればいい」

「う、うん……頑張るよ」

やや緊張した面持ちになるユーリは頷いた。

そんなに緊張しなくても、彼女なら余裕だと思うんだけどな……でも、俺がそれを言うことで余計に緊張してもいけないので、取りあえず黙っておくことにした。

◇・◇・◇

冒険者の昇級試験は至ってシンプルなもので、特定の魔物を倒せたら合格だ。

エトから歩いて一時間の場所にあるテール山は、最近になって魔物が増えてきて、近隣の村や町から討伐依頼が来ている。

試験では、討伐依頼の魔物を倒すことになる。

ようはいつものように仕事をすればいいだけの話だが、自分の級より上の魔物に挑むこと。傍《そば》に試験官がいるという部分がいつもと違う。

テール山の麓では、ユーリの他にも昇級試験を受ける人間がいるようで、いずれも屈強な男ばかり。

「お、坊やも試験を受けに来たのかい？」

「やめるんなら今だぜ、小僧」

小柄で細いユーリを見て、露骨に小馬鹿にする男たち。確かにごつい野郎どもからしたら、か弱い少年にしか見えないよな。

ユーリは今、胸当てをして男性用の服を着ているので、中性的な美少年に見えた。

俺はやや自信なさそうに俯くユーリの背中を安心させるように叩いた。

「頑張れよ。お前なら間違いなくA級以上は堅いからな」

「ロイ……！」

ホッとした表情を浮かべるユーリ。

俺の姿を見た男たちはそそくさとその場から離れる。いや、俺ではなく、俺の後ろに試験官である男が来たからか。

試験官の名はウォルク・グレース。

冒険者ギルドの館エト支部の支部長でもある。身長二メートルを超えた大男、頭には尖《とが》った耳、ふさふさの尻尾がある犬型の獣人族だ。

「よう、ロイ。この前はギガントリザード討伐、ありがとな」

「あれぐらいわけないさ。ワイバーン、もうしばらく借りるけどいいか？」

「俺はしばらく乗る用事がないから構わんよ」

移動で使っていたブラックワイバーンは元々ウォルクの持ち物だ。

あのワイバーンを乗りこなすことができる冒険者は数えるほどしかおらず、ウォルクもその一人だ……まぁ、俺もそうなんだけどな。

ウォルクは俺の肩を叩いて言った。

「お前も万年B級クラスを卒業して、そろそろS級の試験を受けたらどうだ？」

「俺はいいよ。だってS級になっても、あんまメリットなさそうだし」

「メリットはあるだろう？　王室からの依頼も来るし、法外な報酬が約束された依頼も多いぞ」

「俺がそんなことに興味がないのはお前も分かっているだろ？」

「お前まだ三十代だろ？　もう少しギラギラしていてもいいんじゃないのか？」

はっはっは、笑いながらウォルクは俺の背中をバンバン叩く。本人は軽く叩いているつもりだろうが、背中はなかなかいい音がしている。

俺はユーリの肩に手を置いてウォルクに紹介する。

「今日は彼女の付き添いで来たんだ。ユーリ・クロードベル。かなり見どころがあるから強い魔物の所に案内しても大丈夫だぞ」

「彼女？　少年だと思ったら女の子だったのか……」

ウォルクは驚いたように目を瞠った。そして俺と彼女を見比べてから「なるほど」と一人納得したように頷く。

「お前ら、付き合っているのか？」

いきなりの質問に、俺とユーリは同時に顔を真っ赤にした。

な、何を言いだすんだよ、この男は。

「一昨日《おととい》が初対面だ。そんなわけがないだろう？」

「ほう……初対面か？　前からの知り合いじゃないのか？」

「そんなわけがないだろう」

「なんとなく昔からの知り合いみたいな匂いがしたぞ？」

「俺に女の知り合いがいないのはお前が一番よく知っているだろ。揶揄うのも大概にしてくれよ」

そもそも昔からの知り合いみたいな匂いって何だよ。獣人族ならではの感覚なのか？

ウォルクは受験者たちの前に立つと、端的に説明をした。

「ルールは至極単純だ。C級に昇級したい場合はマッドラビットを。B級に昇級したい場合は、サーベルホワイトウルフを。A級に昇級したい場合はサンダースネークを、S級に昇級したい場合はウィンドウッドドラゴンを一人で倒すことだ。アイテムは使用しても良いが、たくさん使いすぎるとマイナスになるからな」

……そういやアイテム持たせてなかったな。

俺はポケットから体力回復薬と魔力回復薬を取り出す。豆粒ほど小さな丸薬で冒険者必須のアイテムだ。

「ユーリ、あんまり必要ないと思うけど一応持っておけ」

「あ、ありがとう！」

俺たちのやり取りを聞いて、他の連中はニヤニヤと馬鹿にしたような目でユーリを見る。

「もっと貰《もら》っておいた方がいいんじゃやねぇの？」

「そうそう。薬も強力なやつにしとけよ？　あ、強力なやつ使うまでもなく、そこまで体力ねぇかっ!!」

可笑しそうに笑う連中。あーあ、完全に見た目だけで判断しているな。

そんな連中の頭をバンバンバンと平手で軽く叩くウォルク。

「いだぁぁい！」

「ぬおっ!?」

「いたたたた」

軽く叩いたつもりなのだが、奴らは痛みのあまり頭を押さえて、蹲《うずくま》っている。

「お前ら静かにしろ。とっとと現場に向かうぞ」

C級試験の魔物はマッドラビット。人里に下りては村の畑にある農作物を盗むのだという。

テール山の麓にあるマッドラビットの住み処まで来ると、既に人の気配を感じているのか、二頭の魔物が身構えてこっちを睨《にら》んでいた。

マッドラビットは小柄な大人ほどの大きさで、中型の魔物だ。目は赤く光り体毛は茶色。

「ちょうど二頭いるな。じゃあ、C級受験者の二人、試験を開始する」

C級の受験者であろう青い髪の男と大柄な男が前に出て魔物と対峙《たいじ》する。

二頭は同時に冒険者の男たちに襲いかかってきた。青い髪を後ろに縛った男は剣を振り上げ斬りかかる。

やれやれ、闇雲に立ち向かうもんじゃないぞ？

マッドラビットは青髪男の頭上をジャンプし、数メートル先まで飛んだ。そしてUターンして男に向かって突進する。

「わ、わ、わっ！　ひぃっっ」

青髪男は驚き戦《おのの》きながらも、剣を振り下ろす。剣は見事にマッドラビットの頭にヒットした。

「……ま、多少のまぐれ感は否めないが合格」

目を回して倒れるマッドラビットを見てウォルクは判断する。

後は実戦で頑張れってことだな。ビビる気持ちがなくなれば、倒せると考えたのだろう。

もう一人は一際大柄な男だ。恐らく拳士なのだろう。素手で魔物の眉間に拳を入れ、気絶させた。

もちろん大柄の男もC級は合格だ。

次はB級のサーベルホワイトウルフだ。この前トワイの森で相手にした魔物で、奴らは洞窟や洞穴の中に巣を構える。

今回は洞穴の中に住んでいるサーベルホワイトウルフが一頭……一頭だけか。仲間で行動することが多いのだが、群れから逸《そ》れたか。あるいはボス争いで群れを追われることもあるようだからな。

サーベルホワイトウルフは洞穴から出てきて威嚇をする。

「火炎弾《ファイアボール》！」

B級受験者である紫のフードマントを纏《まと》った魔法使いの男が呪文を唱えた。

握り拳サイズの小さな炎の玉が一発。この魔法は込められた魔力によって、何発もの炎の玉を放てるのだが、彼は一発が精一杯のようだ。

サーベルホワイトウルフは炎の弾丸をぶつけられ、苦痛に顔を歪《ゆが》めるがすぐに牙を剝いて飛びかかってくる。

込められた魔力がかなり弱いな。鶏の丸焼きでも半焼け程度の威力だ。

魔法使いの男は剣を抜きサーベルホワイトウルフに斬りかかる。剣術も使えるということは魔法剣士か。

キィイン!!

しかし剣は牙によって受け止められてしまう。

サーベルホワイトウルフはそのまま突進し男にぶつかる。男の身体は軽く吹っ飛んだ。

「はい、そこまで。まだB級まではいかないな。おい、C級合格者、お前らはこのままB級受けるか？」

毛を逆立てて唸るサーベルホワイトウルフを見た青髪男と大柄な男は顔を蒼白《そうはく》にして首を横に振る。

「む、無理です」

「俺ら、こいつほど強くないんで」

こいつと指差すのはサーベルホワイトウルフに突き飛ばされ、尻餅をついた魔法剣士だ。

ウォルクは溜め息をついてから、今にも飛びかかりそうなサーベルホワイトウルフの方を見る。

「……!?」

ウォルクがジロッと睨んだだけでサーベルホワイトウルフはビクッと身体を硬直させる。獣人族は格下の獣系統の魔物を視線だけで屈服させることができるのだ。

それにしても、あれだけユーリを笑っていた奴らなのに、大したことがないな。

ウォルクはサーベルホワイトウルフを睨んだままユーリに尋ねる。

「ユーリ・クロードベル。君はB級の試験から受けるつもりのようだが、アレを一人で倒せるかな？」

「大丈夫です。この前の仕事の時も仕留めましたので」

「……それはロイがいたからじゃないのか？」

ウォルクはちらっと俺の方を見る。

ま、普通は信じられないよな。E級の冒険者が一人で倒せるような魔物じゃないからな。

「問題ないよ」

ユーリは頷いて前へ出た。

受験者の男たちはギョッとしていた。自分たちよりも小柄な人間がB級の魔物を倒せるわけがない。

あっさり突き飛ばされるのがオチだ。下手をしたら死んでしまうかも……と顔を真っ青にする者もいた。

ウォルクが視線を逸らすと、サーベルホワイトウルフが赤い目を光らせ、威勢の良い声を上げ、ユーリに突進する。

ウォォォォオッッッ!!

今にも身体を引き裂かんと言わんばかりに飛びかかる魔物。サーベルのような牙がユーリの頭上にきた時、彼女は既に動いていた。

「────っ!!」

牙が到達するよりも先に、サーベルホワイトウルフの懐に飛び込んだユーリは一文字を描くように、剣を横に薙いだ。

魔物は声を上げることもなく倒れる。首を刎ねられたからだ。

その場にいた男たちは目を丸くし、顎が外れるのではないかというくらい、あんぐりと口を開ける。

ユーリはウォルクの方を見た。

「これで良い?」

「あ………ああ、合格だ。その分ならA級もいけそうだが、どうする?」

「もちろん挑戦する」

一方、他の受験者たちはすごすごと帰っていくことに。

散々馬鹿にした相手が、自分たちが倒せなかった魔物をあっさり倒してしまったのだ。恥ずかしくてその場にいられない心境なのだろう。

さようなら、もう二度と会うこともないだろうけど。

次に向かったのは更に山を登った先にある湿地の平原。

Ａ級の魔物の名はサンダースネーク。人里に降りて子供を攫《さら》うことがあるという。

平原のど真ん中、二頭のサンダースネークが鎌首をもたげ、頸部《けいぶ》を広げこっちを威嚇していた。

ペパーミントグリーンのツルツルした身体が特徴のサンダースネークの全長は十メートル。

口を開ければユーリなど、ひと呑《の》みだ。

こいつに触れると電撃のようなものが走るから、直接斬りつけることはできない。

「魔物が複数いる場合は、俺が相手をすることになっているのだが」

自然界に住む魔物だからな。

そう都合良く一対一の展開にはならない。冒険者の数より魔物が多い場合は、教官が残った魔物を相手にする。

ちなみに冒険者の実力と人数に対し、魔物の数が多すぎたら試験は中止となる。

ま、ウォルクが教官の場合、よっぽどのことがない限り、中止になるようなことはないが。

「二頭くらいなら一人で何とかするよ」

「おう、そうだな。さっきの戦いぶりを見ていたらお前一人で充分やれると思う」

ウォルクは大きく頷いてユーリに向かって親指を立てた。

ユーリは臆することなく、見上げるほど巨大な魔物二頭の前に立つ。

サンダースネークたちはユーリの存在に気づくと、我先にひと呑みしようと大きな口を開けて襲いかかってきた。

ユーリは軽やかに後ろへ飛《と》び退《の》きながら、呪文を唱える。

「氷柱《アイシクル》」

氷雪系の魔法だ。

唱えた瞬間、細長い氷柱が降下し、二頭のサンダースネークの身体を貫く。サンダースネークたちはしばらくじたばたしていたが、やがて力尽き絶命した。

まさに秒殺と言ってもいい。

氷柱《アイシクル》の魔法は上級の魔法使いしか使えない魔法だ。

魔法使い、もしくは神官を職業にしても、彼女なら一流でやっていけるのではないだろうか。

ユーリは以前、剣術も魔法も際立って得意なものはないと言っていた。それは全てが不得意という意味ではなく、彼女は全てが一流並みにできるから際立つものがないという意味だったようだ。

ウォルクはしばらくの間、呆気にとられていた。

「凄い……A級も合格だ。続けてS級の試験を受けるか？」

ウォルクの問いに、首を縦に振るユーリ。やる気に満ちた目だ。この分ならS級も余裕だな。

最終試験でもあるS級の魔物はウィンドウッドドラゴン。

擬態するために進化したのか、その身体は木の幹にそっくりだ。そして翼には葉とよく似た鱗《うろこ》がある。

ウィンドウッドドラゴンもまた、餌である人間を求め村や町を襲うことがある。

こいつは樹皮の身体に、樹脂の角、翼は枝の骨格が葉で覆われている。

捕食対象である人間の方からやってきたと分かるや否や、ウィンドウッドドラゴンは歓喜の声を上げた。

ケシャアァァァァァッ!!

動物というのは最初に弱そうな存在を狙う。当然狙われているのはユーリだ。

しかしウィンドウッドドラゴンは、自分もまたユーリの標的になっていることを知らない。

ウィンドウッドドラゴンが一際翼を強く羽ばたかせると、突風が生じ、葉が刃《やいば》のようになってユーリを襲う。

「防御魔法《フルシールド》!!」

ユーリが唱えた瞬間、半透明なドームが生じる。

葉の刃はドームの薄壁にぶつかると硝子《ガラス》のように砕け散る。

「火炎弾《ファイアボール》!!」

さっきの男が唱えたよりも遥《はる》かに勢いがある炎の玉がウッドドラゴンを襲う。

しかもいくつもの火の玉が生じ、翼や身体にぶつかっていく。

翼をはためかせ炎を振り払おうとするが、全く消える気配がない。

身体が瞬く間に弱点である炎に包まれ、ウィンドウッドドラゴンは絶叫を上げる。

ケシャァァァァァッ!!

燃えた身体のままウッドドラゴンはユーリに突っ込んできた。

しかし。

「鎌鼬《ウィンドシックル》」

ユーリが呪文を唱えるとつむじ風が刃のように鋭くなってウィンドウッドドラゴンを切り裂く。既に炎により身体がボロボロだった魔物はあっさり切り裂かれた。

燃えた状態で落下するウィンドウッドドラゴンを見てウォルクは興奮気味な口調で言った。

「す、凄い！　文句なく合格だ。今日から君はS級だよ」

「ぼ……僕がS級？」

ユーリは自分自身を指差し、まだ信じられない表情を浮かべている。

そして、やや心配そうにウォルクに尋ねた。

「あの……もっと強い魔物じゃなくて良いの？」

「あれ以上の魔物はこの山にはいない」

「で、でも……今まで出てきた魔物たちって、あんまり強くない魔物なんじゃ」

「いや。君が強すぎるだけで、最後の魔物は特にS級じゃないと倒せない魔物だ。さっき君を馬鹿にしていた奴らは、サーベルホワイトウルフすら倒せてなかっただろう？　だけど、あれが普通なんだよ」

「……」

ウォルクの言葉にユーリは目を瞠った。そしてしばらく考え込むように俯く。

「そっか……今までが普通じゃなかったんだな」

勇者やその仲間たちであれば、サーベルホワイトウルフも、ウィンドウッドドラゴンも当たり前のように倒していたから、そこまで強い魔物だと思っていなかったかもしれないな。

だけどこれでユーリも分かっただろう。

自分がそこまで弱くはないことが。それどころか一般の人間からしたら遥かに強いことも分かったはず。今後は自信を持って冒険者の仕事に打ち込んで欲しい。

ウォルクは両手を握りしめ、キラキラした目でユーリを見詰める。

「一日でE級からS級に上り詰めるとは、エト支部創設以来前代未聞の快挙だ。君は期待の新人だ」

「僕が？　本当に？」

まだ信じられないのか、自分を指差しているユーリに、ウォルクは何度も大きく頷いた。

「ギルドの館に戻ったらS級の名簿に君の名前を登録しておく。ＳＳ級は試験がなくて、S級の仕事を三十回こなしたら、与えられる称号だ。ＳＳ級になれるよう頑張れよ」

「は……はい！」

元気良く返事をするユーリに満足そうに頷いてから、ウォルクは俺の方を見た。

「おい、ロイ。お前もS級受けろよ。彼女よりランクが低かったら格好悪いだろ？」

「俺は別にいいって」

「本当にお前は見栄《みえ》も欲もないな」

俺がつれなく返事をすると、ウォルクは肩を竦めた。

これでユーリは晴れて今日からE級じゃなく、S級の冒険者だ。

名誉ある仕事から、多額の報酬が約束された依頼など、どんどん仕事が入ってくるだろう。

S級の魔物もガンガン倒してSS級になって、あの馬鹿勇者たちの鼻を明かして欲しいところだ。

◇・◇・◇

「S級合格、おめでとうございます！」

冒険者ギルドの館エト支部に戻った俺とユーリ。

エリンちゃんは自分のことのように嬉しそうに声を弾ませ、ユーリにペンダントが入った箱を差し出した。

無色透明だが七色に輝く雫《しずく》型のペンダント。S級冒険者の証《あかし》だ。

彼女はまだどこか信じられない表情で、じっと七色に輝く魔石を見詰めていた。

俺はユーリの首にペンダントを着けてやる。

ちなみにB級の俺の魔石は翡翠《ひすい》色の魔石。この色は気に入っているんだけどな。

こいつは身に着けても良いし、バッグの中に所持していても良い。俺はバッグの中に入れてある。

紛失したら新たに作ることはできるが、金と手続きが滅茶苦茶《めちゃくちゃ》かかる。

そして、冒険者の証である魔石を売買したら犯罪になり、冒険者ギルドの館の地下牢《ちかろう》に入れられることになる。なので、盗まれたり紛失したら、すぐ届け出を出す必要があるのだ。

魔石を見詰めていたユーリだが、ハッと我に返りこっちを振り向いた。

「あの……ロイ」

「どうした？」

「その……これからも一緒に仕事できないかな。僕はS級になったけど、まだまだ初心者だから」

……可愛い上目遣いしてんじゃねぇよ。その顔でお願いされたら、断ることなんかできるわけがないだろ？

動揺する気持ちを巧みに隠し、俺はユーリの肩を叩いて言った。

「ああ、俺も頼もしいパートナーがいてくれたら助かるよ」

「た、頼もしいだなんて」

そんなこと言われたこともなかったのだろう。照れくさそうな表情を浮かべるユーリに愛《いと》しさを覚える。

俺は思わず彼女を抱き寄せた。

「よく頑張ったな、ユーリ」

「……っ!?」

ユーリの顔が一瞬にして真っ赤になる。まるで瞬間湯沸かし器のように湯気が出るんじゃないか、というくらいに。

し、しまった！　ハグには慣れてなかったか。

孤児院にいた時には、年少の子によくしていたから、そんなノリでしたつもりなのだが。

そ、そんなに顔を赤くしなくても……何の気なしに抱き寄せたつもりのこっちまで恥ずかしくなるだろ。

今のハグは無意識。あくまで保護者としてのそれだ。

だけど恥ずかしそうにしている彼女の顔を見ていると、何故か落ち着かない気持ちになる。

どうもユーリと孤児院にいた兄弟たちとは、何かが違うような気がした。

第三章　その頃の勇者たち

～ユーリ視点～


僕の名前はユーリ・クロードベル。

つい最近、勇者ヴァンロスト・レインのパーティーを追放されたところ、冒険者のロイに助けてもらった。

あの酒場に彼がいなかったら今頃どうなっていたか……しばらくの間野宿を余儀なくされるところだった。

現在はロイと一緒に、山の一軒家に暮らしている。

冒険者ギルドからの依頼も今はないみたいで、平穏な日々が続いていた。

ここは商都エトからワイバーンに乗って一時間かかる場所にある山の中なのだけど、長閑で空気も良くて、魔物もそんなに多くはない。

僕は川で洗濯物をすすいでいた。

服は清浄魔法で綺麗にすれば済むけど、一度は水洗いした方がさっぱりする。

布団もちゃんとお日様に当てないとフカフカにはならないしね。

洗濯物を干し終わった僕は額の汗を拭う。

村に住んでいた時はこうやってよく洗濯をしていた。

村の皆は元気かな？　村長さんには勇者のことを頼む、と言われていたけど、役割を果たしたら、帰って来なさいと言ってくれたな。

でも、あの村には僕の家はない。

元々孤児で村長さんのところで厄介になっていた身だし。村長の奥さんは僕の存在をあんまり快く思ってはいなかった。自分の子供を食べさせるのに手一杯なのに……と、僕に聞こえるように言っていたしね。

早く独り立ちしないとな。

今もまだロイの家に厄介になっているところだからね。


勇者であるヴァンロスト・レインは神の石を手に持って生まれたことで、勇者であると認定された。

神の石は青く澄んだ石で神の文字が書かれている。

いつか魔王を退治するために旅立つであろう勇者として、ヴァンはとても大切に育てられていた。

だけど──

「魔法の授業なんかやってられるか！」

「ですが勇者様……」

「黙れ、勇者に口答えする気か!!」

「……」

大切に育てられすぎたせいか、剣の修行や魔法の修行を嫌がることが多く、村に来てくれた騎士や魔導師を困らせることが多かった。

修行が儘《まま》ならないまま、十六歳になったヴァン。

伝承に従い、勇者は十六歳になったら魔王討伐の旅に出ないといけない。初代勇者の時代は十六歳が成人だったからなんだけど、二十歳が成人になった今でも、そのしきたりは変わらないままだった。しかし、今のヴァンを村の外に出すにはあまりにも心許《こころもと》なかった。

そこで勇者の護衛として育てられてきた僕が、勇者が成長するまで彼のお供をすることになった。

「勇者の護衛として、自分が女であることは忘れるんだ」

孤児であり、ずっと男の子の服を着て髪も短かったから、友達の間ではずっと男の子だと思われていたし、幼い頃は僕自身も自分は男だと思い込んでいた。

自分が女であると自覚が生まれてからも、勇者の護衛としての使命が課せられたため、育ての親である村長さんからは、女であることを忘れるように、と口酸っぱく言われていた。

僕自身も自分は男だと言い聞かせ、ヴァンと、そして他の仲間と一緒に戦ってきた。

でも、剣も、杖も持っていない僕ができることは補助魔法ぐらいだ。

最初は村長さんからもらった剣で戦っていたんだけど、僕が勇者の見せ場を残さず、魔物を倒しすぎるから、という理由でヴァンに売り払われた。村長さんから貰った大事な剣だったのに。

素手で攻撃魔法も可能だけど、杖を持っている状態の半分しか威力がない。

その点、補助魔法は杖の影響に関係なく皆を助けられると思い、味方の攻撃魔法の強化や、アンデッド系の魔物を浄化させる回復魔法をかけたりしていたけど、ヴァンたちには大きなお世話みたいだった。

結局僕は役立たずと罵られ、パーティーを追放された。

もう僕の護衛がなくてもヴァンはやっていける、ということだ。

ここで僕の役割は終わったんだ。

ロイは行き場を失った僕に冒険者の昇級試験を受けるように勧めてくれた。

ヴァンと一緒にいた時には許されなかった昇級試験。一度では合格しないだろう、と思っていた。

冒険者になるには、強い魔物を一人で相手にしないといけない。

役立たずのお前には無理と、ヴァンに言い聞かされていたから。

ところがいざ試験を受けてみると、戦う相手はヴァンが雑魚と評していた魔物ばかりだった。

本当にこれでいいの？　と思いながらも、とにかく目の前の敵を確実に仕留めることだけを考えていた。

サクサクと試験は進み、一日でS級の資格を取ることができた。

ギルド支部長のウォルクが言っていた。最後に出た魔物はS級じゃないと倒せないって。

ヴァンは試験に出てくる魔物は、強すぎて僕には無理だって言っていたのに。

勇者は僕に嘘《うそ》をついていた。

薄々、騙《だま》されていることに気づいてはいた……どんなに難しい魔法が使えるようになっても、ヴァンは昇級試験を受けることを許さなかったから。

でも僕自身、無理やり自分に言い聞かせていた。

人々の希望である勇者が嘘を言うはずがない。村の人たちは、皆にとって希望の存在になるよう、ずっとヴァンのことを大切に育ててきたから。

だからこうして嘘をつかれていたという現実を突きつけられると悲しい気持ちになった。

そして、平民には横柄で、仲間を選ぶ時も容姿端麗な女性を選び、男性は寄せ付けない。

そんな勇者の現実を見せつけられるたびに、村長さんによってたたき込まれた勇者への忠誠心が冷めていく自分がいた。

追放されずにあのまま勇者と行動していたとしても、いつか僕の方からパーティーを去っていたかもしれない。

勇者への失望感はあったものの、S級の冒険者になれたことは素直に嬉しかった。

この分なら思ったよりも早く自立できそう。でも、まだまだ僕には知らないことが多くて、一人でやっていく自信がなかったから、引き続きロイの相方を申し出た。

ロイは快く引き受けてくれた上に、僕がS級に合格した時も、まるで自分のことのように喜んでくれた。

『よく頑張ったな、ユーリ』

……ロイのあの言葉を思い出してしまった。

よく頑張ったなんて言われたことなかったし。しかも軽く抱き寄せられた時、ドキドキしてしまった……向こうはただの労《ねぎら》いのつもりだったのかもしれないけど、男の人にハグされるの初めてだったから。

こんなことで顔が赤くなるなんて、変な女だと思われたかな？

……思い出したらまた胸がドキドキしてきた。

ロイの胸、広くて温かかった。

またあんな風に抱き寄せてもらえたら……いやいやいや、何を甘えている!?　そんなの、ロイが迷惑がるに決まっているよ。

変なこと考えないで早く家に戻ろう。

◇・◇・◇

家に入るとロイの顔が先ほどよりもこざっぱりとしていた。

……あ、髭剃ったんだ。前より若返ったように見える。

顔がすっきりすると、ロイの顔が端正であることがより分かる。

や、やっぱり、この人格好いいな。

向こうも何だか照れくさそうに笑っている。笑うと愛嬌《あいきょう》があって可愛い。男の人に可愛いと言っていいのかどうか分からないけど。

その時ツーッとロイの顎から血が流れる。

「久々に髭剃ったから、失敗してしまった……」

ロイは苦笑いを浮かべた。

ああ、刃で肌を少し切ってしまったのか。僕はすぐに顎の傷口に手をかざし、治癒魔法をかけた。

ふう……大した傷じゃなくて良かった。

ホッとしたのも束の間《つかま》、顎の傷を治す際、指先がロイの唇に触れていたようだ。

僕はたちまち顔を真っ赤にして「ごめん！」と慌てて謝った。

ロイは不思議そうにきょとんとしている。

「何故謝るんだ？　むしろこっちが礼を言わないといけないのに」

「あ……でも……」

「ありがとうな、ユーリ」

そう言って笑いかけてくれるロイに、僕の胸は熱くなる。

治療することなんて勇者のパーティーでは当たり前のことだったから、お礼なんか言われたことなかった。

ロイの感謝の言葉に僕は泣きたくなった。

毎日が幸せすぎて怖い。

いつか彼の元から独り立ちしないといけないのに、少しでも長くこの人と一緒にいられたら、と思っている自分がいた。

◇・◇・◇

～勇者視点～

俺の名はヴァンロスト・レイン。勇者として神に選ばれた男だ。

今まで疎ましかった腐れ縁のユーリを追い出し、新たな仲間ローザを加え意気揚々とダンジョンに挑んだ。

しかしいつもなら簡単に倒せるはずのゾンビリザードたちがなかなか倒れない。

ゾンビリザードは二足歩行の巨大なトカゲがアンデッドと化した魔物で、ＳＳ級でも苦戦することがある。いつもなら勇者である俺様の手にかかれば一撃だ。

そのはずなのに一撃で倒せない。斬っても斬っても蘇《よみがえ》ってくる。

こんな大群ぐらいイリナの火炎弾《ファイアボール》で一網打尽にできるはずなのに、彼女が一度に数十発、炎の弾丸を放ってもゾンビは倒れずに、怒濤《どとう》のごとくこっちへやってくるのだ。

「ちょっとぉぉぉ！　あたしの火炎弾《ファイアボール》が効かないんですけど」

魔法使いのイリナが信じられない、と首を横に振る。

先ほどから何度炎の弾丸を放っても、ゾンビリザードに致命傷を与えられずにいた。

「治癒魔法《ヒーリスト》」

そこに神官であるカミュラが前に出て、治癒魔法を唱えた。

ゾンビリザードは絶叫の声を上げ、まるで蒸発したかのように消える。さすがにS級の神官だ。

「よくやった、カミュラ」

「アンデッド系統の魔物は、治癒魔法と炎の魔法が有効ですからね」

ふう、と息を吐き眼鏡を押し上げてから答えるカミュラに、イリナは腑《ふ》に落ちない表情を浮かべる。

「で、でもあたしの火炎弾《ファイアボール》効かなかったよ!?」

「炎の魔法より治癒魔法の方が効き目があるのです。あと、あなたのレベルの炎じゃ、ゾンビリザードにとって軽い火傷《やけど》です。致命傷にはなりません」

「嘘……!! だって今まではちゃんと効いてたよ!?」

「当たり前です。あの時はユーリの強化魔法があなたにはかかっていましたから」

「え? そんなのかかってたの??」

「ちなみにヴァン、あなたの身体にも身体強化魔法がかかっていたはずです」

ユーリが何か呪文を唱えていることは知っていた。だが俺に身体強化の魔法がかかっているなど分からなかった。戦っているうちに力が漲《みなぎ》るような感覚があったが、アレが実はそうだったのか？

カミュラは苦々しい口調でイリナに言った。

「ゾンビリザードはＳＳ級でも倒すのが難しい魔物。本来Ｓ級のあなたが簡単に倒せる相手じゃないのよ」

「だって強化魔法がかかっているなんて知らなかったもん」

「あんたがユーリの呪文を聞いてなかっただけでしょ？」

カミュラの言葉に、俺は内心ギクッとする。

俺もまた、ユーリが遠くで何か呪文を唱えているという認識しかなく、それがどんな効果をもたらしていたか知る由もなかった。

イリナは膨れっ面になってカミュラに訴える。

「じゃあカミュラが強化魔法かけてよ！」

「私は自分を守るのが手一杯です。あなたたちにまで構っている余裕なんかありません」

淡々と答えてからカミュラはジロリとこっちを睨んできた。

「こういう重労働を押しつけるの、やめてくれません？」

「重労働？　治癒魔法をかけるぐらいお前ならわけないだろう？」

「治癒魔法を攻撃魔法として使うのは魔力の消費率が激しいのです。しかもあんな多数のアンデッド相手だったら、今の私の魔力だとすぐに底を尽きます」

苛立《いらだ》ちが隠せないのか、早口で抗議するカミュラに俺は耳を塞ぎたくなった。そんなヒステリックに怒らなくても良いではないか。

「そもそも何故ユーリを解雇したのです!?」

「あ、あいつ、そんなに役に立ってないだろ」

「いないよりいた方がいいでしょ!?　面倒で地味な作業や嫌な作業は全部やらせればいいし、魔力だけはやたらにあったから、治癒魔法も補助魔法も使い放題だったし。何故、彼を解雇したのです？　しかも私がいない間に」

「……」

もちろん、カミュラがいたら反対するに決まっているからだ。こいつはユーリの能力を過大評価しているきらいがあった。便利な手駒として重宝していたようだが、俺からすればもう少しカミュラが頑張れば良いじゃないかって思っていた。

ユーリを辞めさせるには、カミュラは邪魔だったから、不在の間に解雇してやったのだ。

「あんたら、休んでいる暇ないよ。またどんどん湧いてきてんだから」

一人元気にゾンビリザードを斬りまくるローザ。さすがに金がかかっているだけに、その働きぶりは見事なものだ。倒しても倒しても起き上がるゾンビリザードを倒れるまで斬っている。

イリナとカミュラがごちゃごちゃ言っている間に、半数のゾンビリザードを退治していた。

俺は舌打ちしながら、ゾンビリザードを斬ることに専念する。一撃では倒せないが、何度か斬っているうちには倒れる。

まさか、今まで簡単にゾンビリザードを片付けられていたのは、あいつがいたからなのか……？

にわかには信じ難《がた》い。離れた場所で、ぼそぼそ何か言っていただけにしか思えなかった。

確かにあいつも昔は優秀だった。村の連中も俺だけ旅に出すのは心許ないからという理由で、ユーリを俺に付けやがったのだから。

最初は俺もそんなに強くはなかった。幼い頃から、勇者だからという理由でやりたくもない勉強をさせられていたし、剣術や魔法も強制的にやらされていた。

何度、勇者を辞めたいと思ったか知れない。

一方、ユーリは現役の王国の騎士から天才と言われるほど、剣の才能を発揮していた。宮廷魔法使いも「自分の下で働かないか？」と熱心に誘うほど、魔法にも非凡な才能があったようだ。

村を襲撃する魔物も何度か倒していて、村人からは「ユーリが勇者だったら良かったのに」という声がしたほどだった。

村から出て旅立つ年齢になっても、俺はしばらくの間、村から出て行くのをごねていた。今の実力で旅なんか出たら、一日で死ぬ、と思っていたから。

そんなある日。

好意を寄せていた村の少女が魔物に襲われそうになった時、俺の中で光が目覚めた。

身体中から溢《あふ》れんばかりの力。それまで初級の魔法しか使えなかったのが、瞬く間に中級、上級の魔法も使えるようになった。身体の筋肉も発達し、人並み以上の体力、腕力を発揮するようになった。

王国の騎士からは「奇跡」と言われ、宮廷魔法使いからは「神の力だ」と称えられた。

村を襲う魔物もユーリが駆けつける前に倒せるようになり、ようやく自分の力に自信が持てるようになった。

そうして意気揚々と旅立つことになったわけだが、それでも村人たちは自分のことが心配だったようで、ユーリを護衛にするよう懇願してきた。

仕方がないから、奴を連れて行くことにしたが、いつかこいつを切り捨ててやろうと思っていた。

力に目覚めてからは、どんどん実力が伸び、強力な魔物をことごとく叩き斬ってやった。

しかし、まだまだユーリの方が俺より目立っているのが面白くなかった。だから勇者の見せ場を残すよう、奴に命じた。

剣があるとうっかり魔物を殺してしまうので、ユーリの剣は売り払ってやった。すると奴はあまり戦うことをしなくなった。後ろで何かをボジョボジョ唱えるだけの役立たずになった。

その間に俺は冒険者の階級も一気にE級からSS級に昇級。ユーリも昇級試験を受けたいと言ってきたが、役立たずに昇級は不要だと言ってそれを禁じた。

そして勇者に相応《ふさわ》しい仲間を増やすことにした。

可愛い魔法使いの少女イリナ。

実力はS級だ。俺が勇者であると名乗ると、簡単についてきた。彼女はとてもチョロく、少し口説いただけですぐに俺の恋人になった。

その次がカミュラ。

女性の神官でイリナと同じくS級の冒険者だ。彼女は魔物の生態や植物に興味があり、より多くの実験台となる魔物を捕らえるために俺についてきている女だ。かなりの美人だが、こちらが口説いてもどこ吹く風。それでも彼女を連れて歩くだけでも、ステイタスだし気分が良かった。

最後に仲間になったのがローザ。

肉感的な良い女だ。こっちが口説くまでもなく、仲間に入れてくれ、と向こうから誘ってきた。報酬は法外だが、それだけの仕事をする自信があると主張してきたのだ。

金がいるとなると、人件費を削減しなければならない。だから邪魔なユーリを解雇したのだ。

自分以外の男がいなくなり、今やハーレム状態。

良い気分で旅が続けられると思っていたのに――

襲いかかってくるゾンビリザードを倒しながら、俺は唇を噛《か》む。

苦戦しているのはたまただ。その証拠に、ユーリは地味な補助魔法を唱えていただけ。突っ立っていただけじゃないか。

補助魔法を唱えていたぐらい、何だというのだ。そんなことカミュラにもできることだし、いざとなれば俺だってできる。ただ勇者は補助魔法を使う機会がないし、そういう地味な技は極力使いたくなかった。

たかが補助魔法だ。

今まで苦戦していなかったのはユーリのおかげとは到底思えなかった。

◇・◇・◇

結局俺たちはいつもより数倍の時間をかけ、ゾンビリザードの群れを壊滅させた後、ダンジョン近くの森でキャンプをすることになった。

イリナは転んだ時にできた傷口から血が出ているのを見て不快そうに眉を寄せた。

「あーん、肘怪我《けが》したー。カミュラ治して」

「面倒くさいわね、何であんたの怪我を治さなきゃいけないのよ」

「何よっ！　ユーリだったら文句も言わず優しく治してくれるのにっ!!」

甲高い声でカミュラに怒鳴るイリナに、俺は歯ぎしりをする。

やはりあいつがいた方がいいというのか？

女戦士であるローザも何だか呆《あき》れたような顔でイリナとカミュラを見ている。

テントも立てるのに時間がかかった。今まではずっとユーリに任せきりだったのだ。しかも中はユーリがいた時には綺麗に寝床が整えられていたが、今は荷物がぐちゃぐちゃに置いてある状態だ。

焚《た》き火《び》をたこうとイリナに任せたら、強力な炎が出過ぎて危うく森が火事になるところだった。

いつもならテントの周りには魔物が寄りつかなかったのに、今はしょっちゅう寄ってくる。小型の雑魚中の雑魚な魔物ばかりだが、休んでいる時に相手にするのは面倒で仕方がない。

極めつきは食事で、収納玉《ストレージボール》から出てきた食料で食べられそうなものは干し肉のみ。

「ええ!? 干し肉ってショボくない？」

掌サイズの干し肉を指でつまみ、不服そうな声を漏らすイリナに、ローザは不思議そうに首を傾げる。

「何で？　野営飯といったらこんなもんでしょ？」

「今までは温かいスープがあったもん！　あと焼きたてのパンとか、サラダとか」

「じゃあ、何で今までとは違うのさ？」

「……それは……そうだ、カミュラ、何か作ってよー」

目を潤ませ手を合わせるイリナに、しかめっ面で干し肉を囓《かじ》っていたカミュラは目を三角にする。

「何で、私がっっ!? あんたが作ればいいじゃない!!」

「あたし、戦いで疲れたもーん」

「疲れているのは私も同じよ!!」

女たちの言い合いに片耳を塞ぎながら、俺は干し肉を囓る。

硬い……しかも塩辛い。先ほど立ち寄った店で買った干し肉だが、ユーリが作った干し肉とは全然違う。

同じ干し肉でもユーリが作っていたものは、程良い硬さと、スパイスが効いていて風味が良かった。

そして嚙めば嚙むほど美味い代物だったのに、この干し肉は最初塩辛いだけで、嚙めば嚙むほど味がなくなる。

その時カミュラがヒステリックな声を上げた。

「だからさっきの町の食堂で食事を済ませれば良かったのですよ!!」

「だって、食事の後にゾンビと戦ってたら気持ち悪くなるじゃない？ それに食堂の食事より野営ご飯の方が美味しかったし」

「それはユーリが作っていたからでしょ？」

カミュラの言葉に俺は首を傾げる。

ダンジョンから帰ってきて、一時間もしないうちにテーブルの上には当たり前のように夕食が並んでいた。

しかしユーリがいなくなってから、その当たり前がなくなってしまっている。

俺はイリナとカミュラに尋ねた。

「ユーリが作っていた飯くらい、お前らなら簡単に作れるのだろう？」

「「……!?」」

「だってお前ら言っていたじゃないか。ユーリの飯は大したことがない。自分たちの方がもっと上手《うま》く作れるって」

「「……」」

「お前らの飯、俺は食べてみたいんだけど」

「「疲れているからヤダ」」

イリナとカミュラは同時に答えてから、黙々と干し肉を食べ始めた。

傍で聞いていたローザは干し肉を嚙み切って、むぎゅむぎゅ食べてから、ふうと息を吐いて言った。

「結局、あの坊やは料理の腕はあったたってことだろ？　あんたら二人は見栄を張って、自分ならもっと上手くできるって言い張っていただけでしょ？」

ローザの言葉にイリナとカミュラは同時に首を横に振って、否定の声を上げる。

「ち……違うもん！　あたしだって、あれくらい作ろうと思えば作れるもん」

「わ、私だって。ただ面倒な下処理が嫌いだからやらないだけで」

「あー、分かった。分かった。あんたらに料理を期待することはないわ。気まぐれで作ったとしても、食物兵器作りかねないし」

「「どーゆー意味よ!?」」

言い合う三人の女たちに俺は深い溜め息をつき、味がしない干し肉を噛みながら考える。まともな飯にありつけないというのが、これほどモチベーションが下がるものだとは思わなかった。

いや、料理ぐらい他の女もできると思っていたのだ。しかし、三人とも料理をしたがらない。S級の料理人の店やA級の料理人の店に行けば、美味いものは食べられる。しかし野営の時に、そんな料理人たちを連れていくわけにはいかない。

やっぱりあいつがいた方がいいというのか……？

ユーリがいれば今頃、温かいスープが飲めていた。それに柔らかい肉、野菜のソテー、ふわふわの卵料理……思い出したら、あのスープが飲みたくなってきて、俺はごくりと唾を飲み込む。

ローザは溜め息交じりに言った。

「あんたら舌が贅沢になりすぎ。明日になったら、町へ行って美味いもん食べりゃいいでしょ」

「そうね……この近くの町に美味しい店があるから」

カミュラが言いかけた時、イリナが何かを思い出したのか唐突に声を上げた。

「あ、でも待って！　その前にベルギオンに行かないと駄目じゃない？」

「ベルギオンって、南の都の？」

首を傾げるローザに、カミュラが噛み切れない干し肉を水で流し込み、ふうと息をついてから説明をする。

「月に一度開催される、ベルギオンの闘技大会に参加することになっているんです」

「ああ、あそこはいいよね。いい金になるから」

ニヤッと笑うローザに、カミュラは話を続ける。

「私たちを後援して下さっている方があの闘技場のオーナー、ゴリウス・テスラード氏なのです。勇者が参加すれば宣伝効果になるから、と頼まれて大会には必ず参加することになっているんですよ」

「他ならぬ金蔓《かねづる》の願いじゃしょうがないね」

「ローザ、言い方が悪いですよ。後援者です」

イリナの言う通り、大会参加のためにベルギオンに向かわなければならない。

雑魚冒険者を相手にするのは経験値にもならないし、面倒だが報酬もたっぷり貰えるので貴重な収入源なのだ。

ベルギオンなら美味い店もたくさんある。

そこで今日食えなかった分も食べることにしよう。

その日、俺はテントで一夜を過ごしたが、寝床はいつもより寝心地が悪く、なかなか眠れずにいた。

確か床の上に何かを敷いてあったような気がする。何だったかは分からないが、テントの中でもベッドのように寝心地が良かった。

クソ……日用品は全部あいつが持っていったか。

武器や装備品、薬などはユーリから没収していたが、細々した日用品までは気が回らなかった。

テントで一夜を明かした後、俺は寝不足状態のまま仲間たちを引き連れ、南都ベルギオンに向かうのだった。

◇・◇・◇

俺の名はロイロット・ブレイク。

ギガントリザードの討伐、サーベルホワイトウルフ駆除の仕事も終わったので、しばらくの間はユーリと二人、家で過ごすことになった。

ギルドからの依頼がない間は貴重な休暇だ。にも拘《かか》わらずユーリは働き者だ。

毎日せかせか動いている。夕飯の仕込みをしたかと思えば、風呂掃除、調理場掃除を始める。

おかげで俺の家はかつてないくらいピカピカになっていた。

俺もそんなユーリを見習って掃除をしたりする。

家の前の落ち葉をホウキで集めていると、今度は洗濯物を取り込んでいるユーリの姿があった。

服はいつも清浄魔法《クリーン》で綺麗にしていたけど、ユーリは桶《おけ》に川の水をくみ丁寧に水洗いをする。

しかも柔軟エキスという、仕上がりがふんわりするという液体を入れて仕上げるので、服は花の香りがして良い匂いなのだ。

家周辺の落ち葉を集め終えると、焚き火にちょうど良いくらいの小さな山ができた。

せっかくだから芋でも焼くか。

甘みが強いこの芋はエト芋といって、焼いて食べるのが一番美味しいからな。皮が分厚いのが特徴で、直火《じかび》で焼いても燃えることはない。

俺は落ち葉の山の中にエト芋を埋めると、パチンと指を鳴らした。

次の瞬間、落ち葉に小さな火が灯《とも》り次第に燃え始める。落ち葉だけでは足りないので木の枝も追加する。

季節は春だが、風はまだ冷たい。

あー、焚き火は暖まるな。こういう時ささやかな幸せを感じられるのって平和でいいよな。

洗濯物を取り込み終わったユーリがこっちにやってきた。焚き火をつついている俺の姿が不思議だったらしい。

「ロイ、何をしているの？」

「芋を焼いているんだ」

「芋？」

「ユーリはこうやって芋を焼いたことはないのか？」

「芋は煮物やスープ、炒《いた》めものとか何でも使えるけど、そうやって焼いたことはなかったかも」

そういやこのエト芋ってエト周辺でしか栽培されていないんだよな。ユーリが知らないのも無理はない。

しばらくして芋が程良く焼けたので、木の枝で転がしてそれを取り出した。

少し冷ましてから芋を半分に割ると黄金色の中身が現れる。

俺は焼き芋をユーリに渡す。

「皮は硬いからな。少し冷ましてから剝いて食べるんだ」

「う、うん」

ユーリは恐る恐る皮を剝いてから、黄金色の芋をパクッと食べた。

たちまち彼女のブルーパープルの目がうるうると輝き、白い頬が紅潮する。

「美味しい……！」

「エト芋といって、他の芋よりも甘いんだ」

「ほくほくして、甘くて、凄く美味しい!!」

嬉しそうに焼き芋を食べるユーリに、俺も何だか嬉しくなる。

こうやって二人で食べるのもいいな……俺がそう思いかけた時だった。

ドドドドドドッ!!

地鳴りのような足音がこっちに近づいてくるのが聞こえる。

何だ、何だ!?　大型の魔物なんか滅多にここに来ないのに。

俺とユーリが身構えていると、音がする茂みの方から巨大な兎が飛び出してきた。

「アランゴーラだ!!」

俺が魔物の名を呼ぶ。こいつはとんでもなくデカいアランゴーラだな。クマよりも一回りはデカい巨大兎。毛はフワフワした銀色、目は赤くギラギラ輝いている。

アランゴーラはこっちに向かって真っ直ぐ突進してきた。

「落石魔法《ロックフォール》」

ユーリはとっさに落石の攻撃魔法を唱えた。どこからともなく人の頭よりも二回りほど大きい石が落ちてくる。

ドス――――ンッッッ!!!!

石が頭に当たった巨大兎は、目を回して俺たちの目の前で大きな音を立てて倒れた。

その衝撃は一瞬地面が縦に揺れたくらいだ。

アランゴーラはA級の魔物だ。毛皮は高く売れるし、肉も美味だ。

「魔物取引所で売ればいい金になるはずだ。しかしこいつはデカすぎて近くの町じゃ取り扱えない代物だな」

「……だよね」

「よし。ちょうど他の買い出しにも行きたかったたし、大きな都に行ってみるか」

「大きな都って、エトのこと?」

「いや、もっと魔物の取引が盛んな場所がある。そこは魔物の闘技場もあってな、冒険者たちはそこで腕試しをしたりするんだ」

「あ、もしかして南にある都……ベルギオンのこと?」

「よく分かったな」

「うん。時々そこで採取した薬草を売っていたんだ。それにあそこで行われる闘技大会には勇者も参加しているから、何度か行っていた都なんだ」

そういやそろそろベルギオンで闘技大会が開催される時期だな。

となると勇者もあの都にやってくるかもしれないな。もしかしてあのパーティーに鉢合わせする可能性もあるかな？　……いや、あんな都会だと鉢合わせどころか、逆に知り合いを見つける方が困難だろう。

あまり気にしなくてもいいか。

それに前髪も伸び放題で顔も半分しか見えず、服もボロボロだった以前のユーリと違って、今のユーリは綺麗に整ったショートボブ、服装も女性らしいチュニックを着ている。以前のユーリとでは、印象がかなり違うからな。勇者たちも気づかないんじゃないだろうか。

「ベルギオン、賑《にぎ》やかな所だよね。久しぶりに行きたいな。山で採れた薬草もあそこなら高く売れるし」

この家の周辺はどうも薬草がたくさん生えているらしく、ユーリは時間がある時に採取していた。

ベルギオンは多くの薬屋が立ち並んでいるからな。

あそこに行けば薬草が高く売れることを知っているということは、勇者たちと旅をしていた時も、薬草を売っては路銀を稼いでいたんだろうな。

勇者たちのことは、ユーリ自身もあまり気にしていないようなので、俺たちはアランゴーラと薬草を売りに行くべく、ベルギオンに向かうことにした。

第四章　魔物都市ベルギオン

南都ベルギオン。

常夏の都で海に泳ぎに来る観光客も多い。エトワース王国の南部にあるその都周辺は、昔から多くの魔物が生息していた。故に冒険者たちが魔物を狩るべく、この町に集まる。また魔物を飼育、調教する魔物使いたちなども多く住んでいて、魔物同士を競わせる大会が闘技場で行われることもあった。

魔物によって栄えているこの都のことを、人々は魔物都市と呼んでいる。

歩道にはミニサイズのドラゴンや犬系統の魔物——魔犬をリードで散歩させている人々がいる。

ユーリは慣れた様子で、大通りの並木道をすたすたと歩いていた。途中細い路地を曲がると、そこは商店街になっていた。

薬屋横丁といわれる場所だ。

その中の一つの店に彼女は入っていったので、俺も後に続いた。

ユーリはカウンターの店主に薬草が入った布袋を出す。店主はユーリと袋の中の薬草を見比べてからニヤッと笑って言った。

「五千ゼノスで買い取ろうか、嬢ちゃん」

「……じゃあ、他の店で売る」

「いやいや、ごめん。冗談だよ。八千ゼノスでどうかな」

「やっぱり他の店にするね。あそこは一万ゼノスで買い取ってくれたので」

「待て待て！　分かった‼　じゃあ、一万と五十ゼノスで買う」

ユーリはとても慣れた様子で、薬草や魔物を業者に売っている。相場もきちんと把握していて、安く買い取られるようなこともない。

長いこと勇者を支えてきただけに、ユーリは思いのほか逞《たくま》しい……彼女だったら、冒険者をやらなくても、自給自足でやっていけそうな気もするんだけどな。とはいっても、薬草と魔物を売るだけじゃ、なかなか安定した生活ってわけにはいかないからな。冬になれば薬草は採れないし、魔物だっていつでも狩れるわけじゃないから難しいか。

その点冒険者になると、冒険者ギルドの館に行けば仕事の依頼書が掲示板に張られているからな。B級以上に昇級したら仕事には事欠かない。

薬草を売った後は、巨大兎のアランゴーラを魔物取引所で売ることに。

魔物取引所だったら良い所を知っていたので、俺はユーリをそこに案内することにした。

その店は安くふっかけることはないし、俺が常連なので結構サービスもしてくれる。

「最近、侯爵家のお嬢様がアランゴーラの毛を所望していてな。うちにはなかなかいい在庫がなかったから、滅茶苦茶助かったよ」

アランゴーラの毛質を確認しながら、店主はほくほくした表情で言った。どうやら持ってきたタイミングも良かったらしい。いつもより倍の値段で買い取ってくれた上に、解体した後アランゴーラの肉を分けてくれた。

アランゴーラの肉は柔らかくも弾力があり、味も良いことから高級料理に使われることもある。肉はかなりの量なので収納玉《ストレージボール》に収めて持ち帰ることにした。

「今夜はアランゴーラのお肉で唐揚げを作るよ」

「お、そいつは楽しみだな」

俺たちがそんな話をしながら路地を出ると、大通りの方が何やら賑やかなことになっていた。

ひ、人が多くて前に進めねぇ。一体何がどうなってんだ？　しかも混み合っているのは大通りの両サイドの歩道で、道の真ん中は空いた状態だ。

パレードか何かでもあるのだろうか？　この都では時々、派手な活躍をした冒険者たちがパレードをすることがあるからな。

「あ、来た来た！」

「夕闇の鴉《からす》の人たちよ！」

「凄い……ニック・ブルースター、本物だ」

ニック・ブルースター。

SS級の冒険者で、オークの軍団から一国を救った英雄だ。

そして最強の冒険者たちが揃っているパーティー、『夕闇の鴉』のリーダーでもある。

名前しか聞いたことがないから、俺もこの目で見るのは初めてだ。

青みを帯びた黒い馬に騎乗した青年が、笑顔で人々に手を振っている。

真っ直ぐ伸びた銀色の髪をひっつめにして一つに結び、くっきりとした二重の水色の目は涼しげで、目鼻立ちも整っている。

噂《うわさ》ではどこかの王様の隠し子なんじゃないか？　と言われているほど、品がある整った顔をしている。

故に、彼が通る度に黄色い悲鳴が上がる。

ニックの後に続くのは、フードを深く被《かぶ》った魔法使いらしき少女、ウォルクと同じ、犬の耳と尾を持つ獣人族の青年は拳士か何かなのだろう。武器はない代わりに拳に拳鍔《けんつば》をはめている。小柄で可愛らしいドワーフ族の少女は顔に似合わず、ごつい斧《おの》を肩に担ぎ馬に乗っている。眼鏡を指で押し上げている青年は、多分神官なんだろうな。

彼らはお互い何やら話をし、笑い合いながらも、群衆に手を振っている。

何だか仲が良さそうだな。パーティーの結束がそれだけ固いのだろう。

夕闇の鴉はいい冒険者パーティーのようだ。ユーリもああいった連中と旅ができたら良かったのにな。

「あ、見て見て!! 勇者様よ」

「きゃ――、本物!!」

「この前、ワース遺跡のドラゴンを倒したんでしょ?」

勇者様、というフレーズを聞いた瞬間、ユーリの表情が強《こわ》ばった。

俺は彼女の肩を叩き、「大丈夫か?」と尋ねる。

「いや……ちょっと驚いただけ。まさか今日、あの人たちが来るとは思ってなかったから」

全くだな。さすがに鉢合わせってことはなかったものの、同じ日に同じ場所にいることになるとは思わなかった。闘技大会は今日だったたか。

今すぐこの場から離れたいが、周囲が混み合っていてなかなか動けない。

「なんか勇者様、顔色悪くない?」

「ちゃんと寝ているのかねぇ……」

「夕闇の鴉たちと違って、悲壮感《ひそうかん》漂ってるなあ」

一部の人々が口々にするように、勇者一行は夕闇の鴉たちと違って、重苦しい空気に包まれていた。

魔法使いの少女と神官の女性はお互いそっぽを向いたままで、目を合わそうともしない。

俺は思わず呟いた。

「あの二人、喧嘩《けんか》でもしてんのか」

「あの二人はあれが通常だよ。しょっちゅう喧嘩しているんだ」

「そ、そうか」

あのメンバーの中で余裕なのはローザだけだな。貴族の兄ちゃんらしき人に手を振っては片目を閉じている。

一方勇者は寝不足なのか、顔は青白く、目元に隈《くま》ができていた。

夕闇の鴉たちが陽気なチームだとしたら、勇者のパーティーは、ローザ以外陰気なチームだな。

夕闇の鴉や勇者のパーティー以外にも、目立った活躍をした冒険者たちがパレードに参加していた。

彼らの行き先は闘技場だ。

パレードを主催したのは闘技場のオーナー、ゴリウス・テスラードという人物らしい。

名前からして何となくごつい巨漢なおっさんのイメージがするな。

「ユーリは闘技に参加したことはあるのか？」

「僕はやることがたくさんあったから、参加したことないよ」

……あの馬鹿勇者がこんな華やかな場所にユーリを連れてくるわけないか。

ユーリは闘技場の方向をじっと見ていた。どこか憧れめいた眼差し……自分の可能性を知りたいユーリとしては実力が試される闘技場に一度は挑戦してみたいのかもしれないな。

でも闘技大会は前もって参加申し込みしないといけない。

当日の飛び入り参加はできないから、次回の機会を待つしかないな。

ただ席がまだ空いていれば、見物はできるはず。ギルドに登録している冒険者の優先座席があるんだよな。

「ユーリ、俺たちも闘技大会見てみるか」

「え!?　……でもヴァンたちもいるし……あんまりあの人たちには会いたくないかな」

「ああ、分かっている。ようするに奴らに見つからないようにすればいいんだよ」

「え!?」

◇・◇・◇

闘技大会には、仮装して参加している者も多い。

身分がバレないよう貴族が変装することもあれば、前科者が顔を隠すこともある。単なる恥ずかしがり屋だったり、反対に自分のキャラを立たせたりなど、まぁ事情はそれぞれだ。

最初は選手だけだった仮装が、観客たちもするようになり、それが大会の醍醐味《だいごみ》だったりする。

ちゃんとそういった仮装用の衣装を売っている店もあるんだよな。

闘技場の前にある防具屋は、マスクやカツラも置いてある。

「これはレッドドラゴンの鬣《たてがみ》でできたカツラで、防御力も抜群ですよ」

紅色の艶《あで》やかなウエーブヘアのカツラを勧めてくる女性店員。

ユーリがそれを被ってみると……おおお、ちょっと大人の色気がある美人になったぞ。

「よく似合うな、ユーリ」

俺の言葉にユーリは照れくさそうに笑っている。

そういった顔も可愛いな。

俺は女性店員に尋ねる。

「あと、顔を隠すマスクが欲しいんだけど」

「ああ、それならこれがいいと思います」

そう言って出したのは……目の部分を隠すハーフマスクだ。

なかなかミステリアスな美女に仕上がったな。

俺は仮装しなくても、覚えられにくい顔ではあるが、ユーリがこんだけ美人だと、一緒にいる俺はたちまち嫉妬の集中砲火に遭いそうだからな。

万が一そうなってしまった時のために、俺も仮装しておくか。

「顔全体を隠せるマスクと、防御力が高くて布でできた軽い防具がないかな」

「あ、それなら鎧じゃないもので頭の防具と衣装がセットになっているものがあります！　キラーグリズリーの毛皮でできたもので、防御力も抜群で意外と軽いんです」

「あ、じゃあ、それにするわ」

「了解です。すぐ持ってきますねー」


五分後、女性店員が持ってきた防具一式を見た俺は、商品を見てから決めなかったことを後悔するのだった。

◇・◇・◇

ベルギオン闘技場——

「えーと、お嬢さんと……その方が入場するんですかね」

受付の男性はユーリと俺を交互に見て、珍妙なものを見る目で俺の方を見た。

ま……無理もない反応だよな。

今の俺はどこからどう見ても、デカい縫いぐるみのクマだからな。

観客たちは色んな仮装しているけど、俺のは一際目立ってしまっているような気がする。

俺だってこのクマの着ぐるみセットを持ってこられた時には断ろうと思ったんだぞ？　だけど女性店員が熱く語るんだよ。

職人がいかに丹精込めて作ったか。特に肉球のプニ感を出すのに錬金術師と何年もかけたとか。その結果、防御、攻撃ともに非常に高く、このプニプニに魔力を込めると、攻撃魔法を跳ね返せるようになるのだという。しかも肉球に込められた魔力によって強度が変わるとか。

とにかく熱く語るものだから、俺は断れなくなってしまったのだ。

そして俺は今、不本意ながら周りの注目を浴びている。

ユーリはS級の冒険者の証である魔石を受付の係員に見せた。

「そうです。僕……いえ、私と彼が入場します」

「さ、左様でございますか。それでは、ギルドの冒険者とのことで、お名前をお教えください」

「わ、私はジュリアです」

万が一のことを考え、俺たちは偽名を名乗ることにした。座席表に名前を書き込んでいくための名前なので実名じゃなくてもいいのだ。

受付の男性はユーリの偽名を座席表に書きこんでから、怪しむような上目遣いで俺の方を見た。

俺はB級冒険者の証である魔石を見せて名を名乗る。

「俺はクマだ」

「クマさんですか？」

「何だ、文句あるのか？」

俺はクマの着ぐるみの顔越しに凄んだ。

向こうは俺の気迫を感じ取ったのか、顔を青くしてぶんぶんと首を横に振る。

受付の男性は何ともいえない表情を浮かべながら、俺の偽名を座席表に書き込んだ。

無事に受付を済ませた俺とユーリは闘技場のロビーに出る。すると一斉に冒険者たちの視線がこっちに集まってきた。

「お……いい女じゃん」

「マジで俺の好みなんだけど」

「なぁ、俺たちと一緒に遊ぼうぜ」

早速柄の悪そうな奴らが、ニヤニヤ笑いながらユーリの元にやってきた。これだけの美人だからな。こういう奴を寄せ付けちまうのは仕方がない。

俺はユーリの前に立ちはだかった。

「何だよ、このふざけたクマはよ」

男の一人が俺の腹に拳を入れる。

「外で子供の相手でもしてろよ」

もう一人の男が俺の尻に蹴りを入れる。

「どうせ中身はB級以下の二流冒険者だろ？　自信がないからそんなもん被って……」

俺の足をグリグリ踏んづけていた男の台詞が終わらないうちに、俺は右の肉球でそいつの顔を平手打ちする。

男の身体が軽く吹っ飛び近くの壁にぶつかる……手加減したつもりだったのだが。完全に白目を剝いて気絶していた。

まぁ、向こうも全身防具をつけているから大きな怪我はしていないと思うが。

残りの男たちは目を皿のように丸くし、青ざめた顔で俺のことを見ている。

俺はクマの着ぐるみの顔越しに、男たちに凄んだ。

「お前ら、彼女に何か用か？」

「い……いえ、何の用事もありません」

「ちょ、ちょっと挨拶しただけなので」

残りの男たちは、そそくさとその場から離れていった。

一部始終を見ていた冒険者たちがざわつく。

「あそこに倒れている奴、確かB級じゃなかったか？」

「いや、この前A級に昇級したって自慢していたような」

「あの縫いぐるみのクマに一撃でやられていたぞ!?」

「油断していたとはいえ……クマ、怖《こえ》ぇな」

やっぱり着ぐるみを着ていて良かったぜ。A級の冒険者、一撃で殴り倒しちまった。

俺はますます注目を浴びることになる。

そもそもただでさえユーリが美人で目立つのに、この着ぐるみが輪をかけて超目立つんだよな。

あの時断れなかった自分を呪いたい……。

でもどんなに注目されても、全身がクマだから俺の正体がバレることはないだろう。

これ以上注目されるのは嫌なので、俺はユーリの手を引きその場から離れることにした。

「あー、暑かった」

誰もいない非常階段の踊り場にて。

階段に腰掛けた俺は、クマの被りものを取って、ふうと息をつく。

ユーリは微妙な表情を浮かべる。

「ロイって本当の実力ってどれくらいなの？」

「どうした？」

「だって、さっきのA級冒険者の人、あっさり倒しているし、ワイバーンにも乗れるってことは、やっぱりSS級以上の実力はあるよね？」

「細かいことは気にすんな。俺は剣より肉弾戦が得意なんだ」

俺は肉球の手でシュシュッと拳の連打を繰り出す。ユーリは「は、はやい……」と驚いていた。

一応クマの手の部分に爪が仕込まれているから、いざとなればそれが武器にもなる。

信じられないが、今着ているクマの着ぐるみは仮装の衣装じゃなくて、立派な防具として売られているものらしいんだよな。

ユーリは不思議そうに縫いぐるみの肉球部分を指でプニプニしていた。

それにしても、確かに鎧よりは軽いに違いないんだけど、この着ぐるみってやつは暑くて仕方がないな。

常夏の都でこの格好はキツイ。何だか頭がボーッとしてきたぜ。

「冷却魔法《クーランス》」

ユーリが俺の額に手を当て呪文を唱えると、身体が青いベールに包まれた。

火照っていた身体がゆっくりと冷やされていく。ボーッとしていた頭もすっきりしてきたな。

「暑さで身体が不調になることがあるからね。気をつけないと」

「油断してた」

「脱水症状になっていたらいけないから、飲み物を買ってくるよ」

「ああ、ありがとう」

近くに売店があったからそこで買うつもりだろう。

ユーリが身体を冷やしてくれたおかげで、すぐに楽になったな。

彼女は本当に有能なパートナーだよな。万年B級のおっさん冒険者にゃ勿体《もったい》ないくらいだ。

ただ、あの馬鹿勇者にゃ、もっと勿体ないけど何であんな有能なユーリを追放するかな？

ユーリを追放したことを後悔する日が絶対に来るぞ。

◇・◇・◇

～ユーリ視点～


僕はユーリ・クロードベル。

現在はジュリアという名で闘技大会を見に来ている。

実名を名乗って万が一勇者に見つかったりしたら、面倒なことになりそうだからね。闘技場の中では仮名を名乗ることにした。ジュリアはこの国ではよくある名前らしい。

今はロビーの隅にある売店で、塩入りの果実水が入った瓶を買い、ロイが待つ階段の踊り場に向かっているところだ。

途中、大きな鏡が廊下の壁に掛けられていたので、一度立ち止まった。

「……」

鏡に映る自分自身の姿を見て改めて思う。何だか別人みたいだなって。

この髪型だと大人っぽく見えるんだな……僕ももう成人になる歳《とし》だけど、顔がどうも子供っぽく見える時があるんだよね。

不意に思い出すのはこの格好を見た時のロイの言葉だ。

『よく似合うな、ユーリ』

髪の毛……伸ばそうかな。

女として生きていくことになったし、これからは髪の毛を切らなくてもいいよね？

そ、そうだ、早く飲み物をロイの元へ持って行ってあげないと。暑そうにしていたもんね。

僕が再び歩き出そうとした時、誰かが前に立ちはだかった。

僕は目を見開く。

……何で、彼がここに？

目の前に僕を追放した勇者がいた。

「君、クマの縫いぐるみと一緒に来ていた娘だろう？」

「……」

僕は黙って頷いた。

やっぱり目立っていたのかな？　ヴァンが僕たちのこと、どこかで見ていたなんて。でも何故、今更になって僕に声をかけてくるんだ？？

「俺の名はヴァンロスト・レイン。これでも勇者をやっている」

「…………」

うん、よ――く知っているよ。君が勇者だってことくらい。

変装しているから僕がユーリだと全く気づいていないな。鈍感で助かったけど、ちょっと呆れる。まぁ、僕が女だったことにもずっと気づかなかったくらいだからね。

「受付の奴から聞いたよ。君、S級なんだってな。あんなクマと組むよりも俺たちの元に来ないか？」

「――――は？」

仲間だった時には見せたことがない甘い、甘い笑顔。

…………気持ち悪。

君はつい最近僕を追い出したばっかかりじゃないか。しかも人件費削減のために僕を解雇したのに？　何でまた人数を増やそうとしてるの？

「俺たちと旅をした方が、刺激的で充実した旅を送れるぞ」

長いこと君と旅をしていたけど、刺激もないし、充実感は全くといって感じなかったよ。

『お前の宿代？　これで適当に泊まれよ』

『皆の薬代？　お前がもっと治癒魔法を使えばいいのに、勿体ぶりやがって』

『皆の食費がないだとぉ!?　オラ、これだけありゃ足りるだろ!!』

そう言って、いつも必要経費を渡してくる時はコインを投げつけていたよね。全然足りてなかったし。

僕が何とか狩りや薬草を摘むなどして、足りなかった分も補っていたけど。

『ユーリが作ったご飯って大したことないよね。私の方がもっと美味く作れるよー』

『そんな補助魔法、私でもできるわよ。いい気にならないで』

『お前みたいなE級、使ってやっているだけでもありがたく思え』

僕がしてきたことに対して、皆はことごとく否定的だったな。

……思い出したら、何だか腹が立ってきた。

今にして思うと、何であそこまで文句を言われなきゃいけなかったんだろう？　そんなに不服なら、自分たちも手伝えばいいのに。

イリナとカミュラは戦いで疲れているって言っていたけど、僕だって戦いに参加してたし、凄く疲れていたよ。

それにE級だったのも、ヴァンが昇級試験を禁じていたからだ。

今まで植え付けられた使命感があったから、言われるがままに従ってきたけど、使命感がなくなり、ロイと一緒に暮らすようになってから、自分のことも客観的に見られるようになった。

自分がいかに不当な扱いを受けてきたかも、今ではよく分かる。

それにしても一体どういうつもり？

僕は確かにS級になったけど。でもそれだけの理由でヴァンが誘ってくるとは思えない。彼が仲間に引き入れる基準は実力もあって、顔が良い女の子だ……まさか、僕の変装がヴァンのお好みな女性ってこと？

そんなの冗談じゃない。以前、ヴァンにキスをされそうになったことがあった。向こうは酔っ払っていて、完全におふざけだったんだけど、僕は死ぬほど嫌だったので拒否した。

仲間としては一緒に行動できたけど、男として彼を見るのは無理。

ヴァンは白い歯を見せて笑うと、僕に手を差し伸べてきた。

僕は表情を無にして頭を下げる。万が一声で正体がバレたらいけないから、声もいつもより高めのトーンで言った。

「お断りします」

「……何？」

まさか断られるとは思わなかったのだろう。

そうだね……勇者のパーティーを希望する冒険者はたくさんいる。もちろんその中には可愛い女性もいたわけだけど、ヴァンもさすがにどんなに好みの女性でも、弱い冒険者を選ぶことはなかった。

勇者自ら声をかけてくるなんて、夢のよう……と思う女性も多いんだろうな。残念ながら勇者の現実を知っている僕にとっては地獄でしかないけど。

僕は表情を変えないまま、淡々とした口調で言った。

「私が勇者様のお役に立てるとは思えませんので」

「何を言う。Ｓ級ならば充分即戦力だ」

声で僕の正体はバレてはいないみたいだ。口調も変えているし、仲間だった時は常に低い声を出していたからね。

そもそも基本的に僕が発言することは許されていなかったし……僕の声なんか覚えてないかもね。

「いいえ、Ｓ級になったばかりですし、私は冒険者としてまだ新参者なので、勇者様のパーティーに加わるのは荷が重いです」

「大丈夫だ。俺が手取り足取り色々教えてやる。初心者だからといって気に病む必要はない」

そう言って瓶を持っていない方の僕の左手首を摑んでくる勇者。

うわ……強引に手首を摑むなんて！

全身が総毛立ち、反射的に僕は勇者の手を振り払った。そして彼から距離を置くべく、足早に後退する。

それまで甘い笑顔だったヴァンの顔が苛立ちで歪む。そうそう、君はずっとその顔を僕に向けていた。

やっと君らしい表情になったね。逆にホッとしたぐらいだ。

「貴様……この勇者に逆らうつもりか⁉」

すぐに手が出るのも相変わらずだね。

僕が勇者の平手打ちをガードすべく腕を前に出して構えた時。

「おいおいおい、勇者様とは思えない悪党な台詞だな」

ヴァンの平手打ちは僕の所まで届かなかった。

振り上げたヴァンの手を誰かが捉えたからだ……あ……えっと、彼は誰だったっけ？

さっきパレードで手を振っていた人だ。

「ニック・ブルースター、貴様……」

「どう見ても拒否られているだろ。勇者様」

「邪魔をするな……勇者に逆らったらどうなるのか分かっているのか？」

「さぁ？　今までもあんたに結構逆らってきたけど、何かあったっけ？」

肩を竦めるニック・ブルースター。

いくらヴァンが勇者でも、人類史上最強のパーティー、夕闇の鴉のリーダーを従わせるのは難しい。

「お嬢さん、その飲み物、あのクマさんに持って行くんだろ？　早く行きな」

「……あ、ありがとうございます」

僕はニック・ブルースターにペコリと頭を下げてから、すぐさま走って階段の踊り場へ戻った。

その階段の踊り場では、クマの被りものを被ったロイが、爪を立てて立ち上がっているところだった。

「ごめん、お待たせ」

「ああ……ユーリ、良かった。遅かったから迎えに行こうと思っていたところだ」

「心配性だな、ロイは」

僕はにこやかに笑っていたけど、もう少し帰るのが遅かったら、ロイはさっきのA級冒険者みたいにヴァンを張り倒していたかも。

さすがに勇者と喧嘩するのは下手《まず》い。選ばれた勇者だけに剣の実力は確かだし、魔力は桁外れだ。

古代遺跡のドラゴンを倒した時の爆破魔法《ヴォンデス》の威力は凄《すさ》まじかった。

ロイはSS級並みの実力があることは確かだけど、さすがに勇者には勝てないと思う。

ロイはもう一度クマの被りものを脱いで、飲み物を一気飲みした。よほど喉が渇いていたんだな。

水分を補給したロイは完全に復活したみたいで勢いよく立ち上がる。

「さてと、じゃあ観客席に行くか！」

「うん！」

ロイが元気になって良かった。

ニック・ブルースターのおかげで助かった。彼が率いる夕闇の鴉はとても良い雰囲気のパーティーだった。

あんな人たちと一緒だったら、それこそ刺激的な、充実した旅ができたのかもしれないね。

……でも、僕はロイと一緒にのんびり暮らす、今の生活の方がいいな。

◇・◇・◇

俺の名はロイロット・ブレイク。

いつもはしがないB級冒険者として過ごしているが、今日はクマの仮装をして闘技大会を見に来ている。

ベルギオン闘技場は円形闘技場で、戦う場であるアリーナは四階の客席に囲まれている。収容人数は五万くらいで、地元民から観光客など多くの観客が来ている。貴族や王族も見に来ていて、賓客専用の観覧席もある。闘技場は魔物使いが調教した魔物と戦い合う場としても使われるのだが、今回の大会は冒険者同士、力や技を競う大会だ。

基本殺生は禁止。そして一対一が原則。ただし魔物使いの場合、相方の魔物と出ても良いとされている。

「やっぱ見どころは勇者様とニック・ブルースターの対決だよな」

「渡りのローザも参加するんだろ？　どうなるか楽しみだぜ」

客たちが口々にしているのは勇者と英雄の対決だ。

どうやらローザも参加するみたいだな。闘技大会は戦った回数だけ報酬が貰えるからな。どうせ金目当てだろうが。

闘技場の壁には勇者ヴァンロスト・レインと英雄ニック・ブルースターの似顔絵が描かれたポスターも張られていた。ベルギオンにとっちゃ相当な経済効果も期待できるのだろう。

出場者も出番が来るまでは客席で試合を見ることもできるらしく、武装した冒険者も客席についていた。

俺たちは、二階の最前列から十番目。さすがに前の席というわけにはいかないが、アリーナがよく見える席だ。冒険者特権がないとなかなか座れない席だよな。

『さぁ、始まりました。まずはB級冒険者たちによる戦いです』

『B級冒険者は今年初参加の選手が多いみたいですよ』

会場は実況する人物と解説してくれる人物がいて、音声拡張の魔石によって会場全体に聞こえるようになっている。

へぇ、闘技場には久々に来たけど、便利な時代になったもんだな。

実況してくれる人と解説してくれる人がいたら、見る方もより楽しめるな。

闘技大会の参加資格があるのはB級からだ。俺も前もって申し込めば参加できないことはないんだよな……ま、参加する予定はねぇけど。

試合開始のシンバルが鳴り、B級の冒険者同士の戦いが始まる。二人とも戦士のようだな。しばらく互いに睨み合っていたが、やがて互いが駆け寄り剣と剣をぶつけ合う。

キンッ、キンッ、キンッ、キンッ、キンッ。

剣を打ち合う音が軽いのは仕方がない。相手をうっかり殺すことがないよう刃がない試合用の剣だからだ。

それにしても闇雲に剣を振るっているきらいがある。あれじゃ体力消耗は早そうだな。

「こうして見ていると、動きや素早さがロイと全然違うね。もしロイがB級として出場したら逆に詐欺扱いされそうだ」

「……まぁ、そうかもな」

だからできるだけ俺はこういう華やかな場所には出ないことにしている。仕事の時も他の冒険者とチームを組まずに、個人で依頼を受けることがほとんどだ。せいぜいウォルクと一緒にちょっとした魔物退治をするくらいで。

もし派手な活躍をしてしまったら、面倒な依頼が山ほど来てのんびり気ままな生活ができなくなるからな。

「クマさん、クマさん。君たちは今日観客として来たの？」

誰だよ、馴《な》れ馴《な》れしく声をかけてくる奴は……って、ニック・ブルースターだ。

ユーリは慌てて立ち上がり「先ほどはありがとうございました」と改まった口調で礼を言っている。

「どうした？　この人に何か助けてもらったのか？」

「うん。柄の悪い人から助けてもらった」

そう答えるユーリに、ニックは吹き出したように笑う。

何か可笑しいことを言ったのか？　ニックはよっぽど可笑しいのか目に涙を浮かべていた。

「お嬢さん、一応今をときめく勇者様のことを柄の悪い人で片付けるかなぁ」

「何だよ、あの馬鹿勇者に絡まれたのか？」

「う、うん。一緒のパーティーにならないか？　って」

あの野郎、変装したユーリに目をつけやがったな。

憤慨しかけた俺だが……おい、ニック。笑いすぎだ。腹を抱えてまで笑うことないだろ？

何がそんなに可笑しいんだか。

「あんたら、勇者に対して畏敬の念とか全然ないんだな」

「あるわけないだろ」

「いやあ、気に入ったよ。俺もあいつのこと大嫌いだからさ。この闘技大会で叩きのめしてやりたいんだよ」

「おう、そうか。俺は全力でお前を応援する。頑張れ」

俺はクマの手でニックにガッツポーズを送った。

ニックはにこにこ笑って頷いてから俺の顔を覗《のぞ》き込んできた。

「ところでクマさん。俺たちと一緒に冒険する気はない？」

「――――え？」

「あのA級冒険者、一撃で倒した平手打ちの威力は凄いよね。クマさんと一緒に冒険できたら楽しそうだなって思って」

……やっぱり派手なことするもんじゃないな。一国を救った英雄様からお誘いが来ちまった。

取りあえず丁重にお断りしないと。

「俺、一人ガイイ。オ前、イイ奴ダケド一緒ニ行ケナイ」

「何でいきなりカタコトになるの？」

「とにかく団体行動は苦手だから、別の奴を誘ってくれ」

俺はクマの手でぶんぶんと手を横に振った。

史上最強のパーティーと名高い夕闇の鴉のメンバーに誘われるのは誉れなのかもしれないけどな。

ニックは少し寂しそうに笑って言った。

「うーん、そっか。でも気が変わったら俺に声をかけてね」

「分かった、分かった」

俺はこくこくと頷いておいた。気が変わることはないと思うけど。

「実はもう一人入れたい人物がいてさ、その人物の行方を捜しているところなんだ……ねぇ、君たちは聞いたことがない？　勇者のパーティーにいたユーリ・クロードベルのことを」

「「……!?」」

「噂ではあの勇者のパーティーを解雇されたみたいなんだ。今度は俺たちの仲間にしたいと思っているんだけど、行方が掴めなくて」

まぁ、そうだろうな。解雇された酒場から離れた冒険者ギルドの館に登録しているし、エト支部は特に個人情報保護を遵守しているからな。

「私は聞いたことがないですね」

そう答えたのはユーリ本人だ。ニックから見たら、ジュリアと名乗る女性が答えたことになるのだが。

ユーリの表情は強ばっていた……まだ、どこかのパーティーに所属する気持ちにまではならないのだろうな。夕闇の鴉のメンバーは勇者たちとは違う、と頭では分かっていても、仲間に捨てられた心の傷はなかなか癒えないだろうから。

俺もユーリに話を合わせることにした。

「俺も聞いたことがない。勇者がメンバーを解雇したなんて話すら初耳だし。何故、その人物の行方を追っているんだ？」

「ユーリ・クロードベルはあのパーティーの要だった。それが分からずに勇者は彼を解雇するのだから、相当な馬鹿だよ」

その言葉を聞いて、マスクの下のユーリは目を瞠っていた。そんな風に見てくれる人がいるとは思わなかったんだろうな。

ユーリの能力をそこまで買っているのであれば、少なくともニックはユーリのことを大切にしてくれそうだ。

でも、ニックから目を逸らしているユーリの反応からして、全く乗り気じゃないみたいだな。

そのことに、少し安心している自分がいる……ああ、良くないな。こういう感情は。

その時、伝令係の男が客席に向かって声を上げた。

「間もなく試合が始まります。S級、SS級の方は控えの間で待機してくださーい」

ニックは席から立ち上がると、にこやかに笑って手を振って言った。

「じゃあ俺、出番だから。クマさん、お嬢さん、またね」

あー、爽やかな笑顔だなぁ。こんなイケメンに微笑《ほほえ》まれたらユーリも……って、そんな感じじゃないか。

何だか複雑な表情を浮かべて俺の方を見ている。

「ロイ……僕は……新しいパーティーに所属することは考えられなくて」

「ああ、無理することはないさ。とにかく今は試合を見るのに集中しよう」

「う、うん！」

今はまだ、仲間と行動すること自体、彼女は怖いのかもしれない。

しかし時間が経てばユーリの心は癒やされていくだろう。心にも余裕ができて、彼女自身が更なる冒険を求めようとするのであれば、その時には背中を押してやれる人間でありたい。

……背中、押してやれるだろうか？

その時のことを想像しただけで、凹《へこ》んでいる自分がいた。

◇・◇・◇

B級冒険者、A級冒険者たちの試合がサクサクと終わり、残るはS級冒険者たちの試合だ。

ちなみにSS級もS級と同じ部門として扱われている。

魔法使いたちにより、会場には防御魔法がかけられる。

基本的に大規模な魔法は禁止されているが、それでも客席を巻き込む可能性があるからな。

『最初の試合は、お、いきなり勇者ヴァンロスト・レインの登場です。対する冒険者はS級の期待の新人スミス・リバーです』

新人の冒険者は二メートル半以上ある巨漢。全身鋼の筋肉に覆われ、金棒を持っていた。魔物を相手にしているのと変わらないデカさだな。

試合開始のシンバルが鳴る。

男が金棒を振り上げる間に、ヴァンロストは既に動いていた。振り下ろされた金棒を右に飛び退いて避《よ》け、今度は横に振る金棒を後方へ跳躍し避ける。

ヴァンロストは呪文を唱えた。

「束縛魔法《リストリン》」

「しまった……！」

相手を見えない紐《ひも》で束縛し、動きを封じる魔法だ。

ドグッッ!!

ヴァンロストは、新人冒険者の腹に剣を叩き込む。もちろん使用されている剣は競技用の剣で刃がないものだ。

Ｓ級の巨漢は、目を見開いてその場に倒れる。

『勇者ヴァンロスト・レイン、鮮やかに勝負を決めました！』

実況の声に会場はわっと歓声が上がる。

やっぱりＳ級とＳＳ級だと実力に雲泥の差があるみたいだ。

同じ部門として扱うのはどうかと思うが、Ｓ級以上になると競技人口が圧倒的に少なくなるからな。

闘技大会に参加しているＳＳ級は多分、勇者とニック、あとローザぐらいなんじゃないのか？

勇者様はどや顔で観客に手を振っていた。

しかし次の試合で、勇者と同じくらいの実力を発揮する奴が登場する。

夕闇の鴉のリーダーである英雄ニック・ブルースターだ。

彼は魔物使いが操るS級の魔物を、落雷の魔法で感電させ、頭に一撃食らわせて気絶させたのだ。

主戦力の魔物を倒され、降参、と手を上げる魔物使い。

ヴァンロストと同じくらいの歓声が客席から上がる。

『S級のアイスプテラスをあっさり倒しました！　さすがニック・ブルースター‼』

実況の声が響く中、会場の客にも分かるよう解説も入る。

『死なないように魔物を倒すのは技術もいるんですよー』

まさにこの二人が今大会の二大スターって奴なんだろうな。

他のS級の冒険者たちの試合も行われるが、あの二人ほど、鮮やかに試合を決めた人物はそうそういない。

試合の多くは判定で勝敗が決まる。相手に技を決めさせない逃げの戦法が多いからだ。そういう試合が続くと客たちも退屈になる。

勇者やニック以外の人気の選手は、炎や雷などの派手な魔法を使う傾向がある……なるほど、人気の選手はただ試合に挑むだけじゃなく、派手な魔法を使うことで観客たちを楽しませているんだな。

闘技場はただただ戦いをする場じゃなく、娯楽の場でもあるからな。

『さぁ、次は第一のメインと言っても過言ではない対決です。SS級冒険者ニック・ブルースター、SS級冒険者ローザ・リナリーの対決です』

『ローザ・リナリーはつい最近勇者のパーティーに加わったと聞いています。どれほど実力を上げたか楽しみですね』

美男美女対決とあって会場は一段と盛り上がっている。

「お手柔らかに頼むよ、お嬢さん」

「それはこっちの台詞だよ、坊や」

……なーんて会話でもしてんのかな？　顔見知りなのか、妙に仲良さそうに話をしてんな。

試合開始のシンバルが鳴る。

『さぁ、まずは睨み合いのようです』

『お互いになかなか隙は見せないでしょうからね。どちらが、どのタイミングで仕掛けるかですね』

互いの隙を待っていたら試合は永遠に終わらないからな。

ユーリも今までとは違う試合に、固唾《かたず》を呑んで見守っている。

次の瞬間ローザが掌を前に差し出し、呪文を唱えた。

「束縛魔法《リストリン》」

おお、なかなかの不意を突いたな。

たちまちニック・ブルースターの四肢は半透明な糸に絡みつかれ、動かなくなる。それを確認したローザは目を見開き、ニィッと笑ってニック・ブルースターに斬りかかる。しかし身体は束縛できても口までは束縛できない。

「火炎弾《ファイアボール》」

ニックは炎の弾丸が飛ぶ呪文を唱えた。

込められた魔力がデカいな……数え切れないほどの炎の球が放たれる。あれだけ多くの炎弾を見たのは久しぶりだな。

ローザはチッと舌打ちをして、次々と飛んでくる炎の弾丸を避ける。

その間に魔法無効の呪文を唱えたのだろう。束縛魔法が解け、動けるようになったニックは剣を構える。

『おっとニック選手。束縛魔法《リストリン》を解きました』

『先ほどの炎弾の数も凄かったですね』

『魔石や魔法使いの杖なしで、あの数は大したものです』

今は試合用の剣だから、攻撃魔法を増強させる魔石付きの剣は使えないからな。

大会側も建物を破壊されたらかなわないから、攻撃魔法の威力が半減される状態の方が都合が良いのだ。

『ここからは剣の勝負になるようですね』

『二人とも動きが速いですからね。我々も目を凝らして見ないと』

斬りかかるローザの攻撃を受け流すと、ニックは身体を反転させ剣を薙ぐ。

ローザは後方へ跳び、それを避けた。

「お嬢さん、勇者のパーティーなんか辞めて、俺のところに来ないか？」

「金次第だね」

なーんて会話でもしていそうだな。剣を打ち合いながら、二人は何やら会話しているんだよな。

もしニックが勇者のパーティー以上の金額を提示したら、ローザはすぐ夕闇の鴉に乗り換えそうだけどな。

「その前に坊やが私に勝てたらだけどね！」

かすかだがローザのそんな声が聞こえた。

うわぁ、嬉々《きき》として戦っているな。そもそもあいつは金も好きだが戦うことが好きなんだよな。

ローザの連続斬りをことごとく受け流すニック。最後の剣を受け止めると、ローザの腹に蹴りを入れる。

「くっ……」

片目を閉じてローザがよろめいた瞬間、今度はニックの方から連続斬りを仕掛けてくる。ローザはその剣を全て受け流す。

「……あー、こりゃ勝負あったな」

俺の呟きに、ユーリはギョッとしてこっちを見る。剣の打ち合いを続ける二人の試合を今一度見てから俺に尋ねてきた。

「勝負ありって、まだ互角に戦っているところだよね？」

「いや、僅かだが、ローザの方が動きが遅い」

落石魔法《ロックフォール》を唱えるローザに対し、後ろに飛び退くニック。

標的を失った砲弾サイズの石はアリーナの床を打ちつけ、その部分は円形に凹む。

「衝撃波魔法《ウェイブショック》」

ニックが唱えるとローザの身体は目に見えない動物にタックルされたかのように吹っ飛んだ。

尻餅をついたローザはすぐに起き上がろうとするが、その前にニックがローザの首元に剣を突きつけていた。

ローザは苦笑いを浮かべ、首を横に振ると降参の合図である両手を上げる。

『おおっと、降参です。降参しました！　ローザ・リナリー！　降参です』

『何度も降参って言わないであげてね』

会場に歓声と拍手が巻き起こる。魔法も交えた、見応えのある試合だったからな。

ニックは紳士的にローザに手を差し伸べる。

ローザもニヤッと笑ってから彼の手を取る……いつか自分の金蔓になるかもしれない相手だから、ここは仲良くしておこうと思っているのかもな。

「ローザはやっぱり実力あるんだなぁ」

「思い出しちまったか？　あの時のことを」

あの時というのは、もちろん追放された時のことを指す。しかし意外にもユーリは首を横に振った。

「あの人のおかげでロイに会えたから、逆に感謝しているくらいだよ」

「……そうか」

ユーリの言葉を聞いて俺はふと思う。

まさか、ローザの奴、ユーリが一文無しの状態で一人追放されそうになっているのを見かねて、ユーリを俺に託したとか？

――いや、まさかな。

◇・◇・◇

『えー、最後の試合の前にここで休憩時間をとります』

実況者が会場に伝える。

このままだとニックが続けて試合することになるからな。一度、休憩時間を設けることにしているのだろう。

俺たちも水分補給をすべく観客席を立つ。

階段を下り、ロビーに出るとニックがソファーに腰掛け、神官の青年に治癒魔法をかけてもらっているところだった。テーブルの上には飲み物や体力回復薬と魔力回復薬が載った皿も置いてある。

確か選手専用の控え室があったと思うが……あ、あれか。勇者と同じ部屋にはいたくないのかもな。大部屋じゃなくて個室があればいいのにな。

ちょうど俺の横手にはドアがある。こういう狭い部屋でもいいから個室の方が助かるというか……何げなくドアを開けたら、そこは掃除用具など置いている物置部屋だった。

失礼、舞台裏を覗いてしまった。良い子は勝手に部屋のドアを開けたらいけないぞ。

パタン、とドアを閉めた時、たくさんの視線を感じ、俺はギョッとした。

振り返ると大勢の子供たちが目を輝かせてこっちを見ていた。

「クマさんだ」

「でっかいクマさーん」

「わーい、握手して」

「あ、私も握手してー」

「クマさん、僕も僕もー」

子供の集団に捕まってしまった。

何とか応対してから、売店で塩入り果実水を買って、先ほどの非常階段の踊り場で俺は被りものを脱いだ。そして果実水を一気飲みする。

ユーリが冷却魔法をかけながら、ハンカチで俺の額を拭いてくれた。

「ロイ、何だか疲れていない？」

「さっき子供らから握手攻めされたからなぁ」

「クマさん、子供に人気だよね」

クスクスと可笑しそうに笑うユーリ。

そういう君こそ、若い男たちの人気を集めているんだけどな。何人の野郎どもが君に熱い眼差しを送っていることか。

「でも、ロイ。こういう賑やかな所は不得意だったんじゃないの？　そろそろ帰る？」

「別に不得意なことはないさ。今は着ぐるみが暑いだけで。せっかくだから最後の試合くらいは見よう」

「ロイが無理じゃないのなら。僕も次の試合は興味あるからね」

そうだよな。次の試合は決勝戦。

勇者対英雄の試合だ。

非常階段に腰掛けて十分ほど休んでから、俺たちは客席に戻るべく廊下を歩いていた。

しかし途中で歩いている足を止めることになる。誰かが道を塞ぐように立っていたからだ。

多分小人族なんだろうな。身長は百センチもなく、ボールのように丸っこい身体つきのおっさんだ。

彼はシュタッと手を上げて俺たちに挨拶をする。

「チャオ」

挨拶をされて無視するわけにはいかないので、俺も「チャオ」と着ぐるみを纏った状態のままシュタッと手を上げる。

ちっちゃいおじさんは首を傾げて、俺に尋ねてきた。

「君がB級冒険者のクマさん？」

「は……はぁ……よくご存じで」

「会場で子供たちが噂してましたからねー。すっごい人気者ですよねー」

人気者……多分、Ｂ級の冴えないおっさんが中身と知ったら、そんなに人気者にはならなかったと思う。

ちっちゃいおっさんは、後ろにごつい護衛がいるところからして、かなりのお偉いさんと見た。

彼は紳士的に手を胸に当ててお辞儀をする。

「僕はゴリウス・テスラードと申します」

ゴリウス・テスラードといえば、この闘技場のオーナーだ。

こんな可愛いおっさんが？　想像していたのと全然違う。

どう見てもゴリウスという顔じゃないし、テスラードという顔でもない。

俺は勝手にごつい紳士をイメージしてたぞ。

「君、Ａ級の冒険者を一発で倒しましたよね？」

「はい……柄が悪くて、彼女に絡んできたので」

俺はチラリとユーリの方を見て答えた。

するとゴリウスはニコニコと笑って言った。

「アレね、うちの専属冒険者で、本当は試合にも出る予定だったんですよー」

「────!?」

やべぇぇぇ、ということは、オーナーが子飼いにしている冒険者を倒しちまったってことか。

しかし、予想外にもゴリウスは目をキラキラさせてこっちを見ている。う……さっき握手を求めていた子供たちと同じ目だ。

「君、彼を一発で倒したんですよね⁉　それって凄すぎです」

「いや……大したことは」

と謙遜したら、むしろ嫌味っぽく聞こえるか？

俺はそれ以上は言葉にせず、クマの被りものの下で曖昧に笑う。

だけど、ゴリウスはあまり気にしていないのか、相変わらずキラキラした目で俺を見ていた。

「単刀直入に言いますね！　ベルギオン闘技場専属の冒険者にならない？　お給料、いーっぱい出しますよー」

「……⁉」

手を合わせて訴えてくるゴリウスのおっさん。

げげげ、闘技場のオーナーからお誘いが来ちまった。冗談じゃない、俺はこんな華やかな場所で戦いたくないのに。

う…………もの凄く期待に満ちた目でこっちを見てやがる。

うーん闘技場のお偉いさんだし、きっぱりと断ったら角が立つだろうな。

ここは『お茶を濁す作戦』でいこう。

「少シ考エサセテクダサイ。アマリノコトニ戸惑ッテマス」

「クマさん、口調が不自然ですねー。戸惑ってますか？　それはそうですよねー。でも、考えておいてくださいね。もれなく僕が君の後援者になりますよー！」

「…………ハイ」

何てこった。

英雄ニック・ブルースターだけじゃなく、ここのオーナーにまで目をつけられちまった。

クマの着ぐるみの下、変な汗が出てきたぜ。

ゴリウスは紳士的なお辞儀をしてから、護衛を引き連れ立ち去った。

ユーリはやや興奮気味に言った。

「凄い……ここのオーナー自らが後援を申し出ている冒険者って、勇者か英雄ぐらいだよ」

「俺の何が良かったんだろ？」

「可愛い縫いぐるみの見かけによらず強いところだと思うけどな」

「俺的には地味で目立たない感じでいきたかったんだけど」

ブツブツと呟く俺に対し、ユーリは何とも言えない表情を浮かべて言った。

「ロイ……すっごい今更だけど、その格好を選択した時点で、地味で目立たないでいるのは無理だと思うよ？」

◇・◇・◇

「皆様にお知らせです。次は最後の試合ですー！　客席は万全を期して、防御魔法をかけておりますので安全ではありますが、前から三列目の席から先には出ないようお願いします!!」

係員は前に出ようとする客を注意する。

三列目までの席は予め空席にしてある。最前列の席、東西南北に配置された魔法使いが防御魔法をかけると、アリーナを覆う透明な防御の壁が現れる。

更に三列目の席、同じように東西南北の位置に立つ魔法使いも防御の魔法を唱える。つまり客席は二重の防御の壁に守られている形になる。

それだけ危険な試合が予想されているんだろうな。

決勝戦が始まる前に、音楽隊がアリーナ中央で演奏をし、踊り子たちが舞い、戦いの舞台に花を添える。

その背景音楽と共に、昇降機から現れるヴァンロスト・レインとニック・ブルースター。

腕組みをして相手を見下している勇者の視線を無視して、周囲の客に手を振るニック。

何か俺の方にも手を振ってくれているような気がしたので、俺は手を振り返しておいた。

「見て見て、クマさんがニックに手を振ってるー」

「可愛い」

「クマさん、ニックのファンなんだー」

手を振るクマ姿の俺を見たのか、どこからともなく、はしゃいだ女性客の声が聞こえる。

今の俺は何をやっても目立ってしまうようだ。

今度闘技場に来ることがあっても、二度とクマの格好はしないぞ。

しかも気のせいか勇者に睨まれているよーな……ニックを応援してんじゃねぇ、と言いたいのか、それとも俺よりも目立つなコラ、と言いたいのか。

その時、今までになく弾んだ実況と解説の声が響き渡った。

『さぁ、いよいよ今回のメインです。勇者対英雄の対決です』

『これまでの試合を見た限り、実力は五分五分といったところでしょう。どんな試合になるのか楽しみです』

ヴァンロスト！

ヴァンロスト！

ヴァンロスト！

ニック！

ニック！

ニック！

会場はヴァンロストとニックのコールが響き渡る。

場内の熱気が最高潮に達する中、試合開始のシンバルが鳴った。

「落雷《サンディス》」

「火炎弾《ファイアボール》」

シンバルが鳴ったと同時に、勇者は落雷、ニックは炎弾の呪文を唱えた。

おお、初《しょ》っ端《ぱな》から魔法合戦か。お互いもろに攻撃を食らった形だが、大したダメージはないようだ。

試合が始まる前に予《あらかじ》め防御魔法を唱えておくのは、ルール上認められているからな。

ニックがフッと笑みを浮かべ呪文を唱える。

「幻影魔法《ネイヴィジョン》」

相手に幻を見せて惑わせる魔法だな。アリーナに赤い薔薇《ばら》の花が舞う。その瞬間、女性客から黄色い悲鳴が上がる。こいつは勇者に向けてというよりは、客を楽しませるための演出かもしれんな。

「魔法無効《キャンセット》」

ヴァンロストが呪文を唱えると薔薇の花びらの舞は次第に消えてゆく。今度は勇者が呪文を唱える。

「幻影魔法《ネイヴィジョン》」

同じ幻影でも使い手によって見せる幻は様々だ。ニックの周囲は白い霧に覆われる。そして霧の中から無数の蝙蝠が次々と現れ、相手を惑わせる。

『おーっと、ニック・ブルースターが麗しい薔薇の幻影を見せたのに対し、ヴァンロスト・レインは霧と蝙蝠の幻影を見せています』

『なかなかこれほど鮮明な幻影を見ることはありませんよ』

幻影魔法は込められた魔力が少ないと、うっすらとしか現れないし、すぐに消えてしまうからな。

客席からは拍手が起こる。

勇者が繰り出した幻影も、ニックの魔法無効《キャンセット》によって消えることになる。

「ヴァンは相変わらず趣味が悪いな……」

ボソッと呟くユーリ。確かに蝙蝠の群れを出してくるあたり、勇者というよりは悪役っぽい。

だけど、あいつの面構えにはよく似合うけどな。

「『水撃砲《ウォーターシェル》』」

今度は同時に水の攻撃魔法の呪文を唱えた。打ち合わせでもしたんじゃないかってくらい、同じ呪文を同時に唱えている。水撃砲《ウォーターシェル》は、高速の水噴流を放つもので、ヴァンロストが放った噴流とニックが放った噴流がぶつかり合う。

同等の力がぶつかった結果、客席まで水が飛び散ることに。

あーあ、雨が降っているみたいだな、こりゃ。

会場からはまた拍手が起きている。こういうハプニングも楽しんでいるって感じだな。

ニックが剣を構えたのを見て、ヴァンロストも剣を構える。

二人は同時に剣を振り上げ、互いの剣をぶつけ合った。

キィィィン！

勇者と英雄の剣の打ち合いでも、やっぱり音が軽やかだ。競技用の剣だから仕方がないのだが、何か拍子抜けするな。

二人の剣の打ち合いがしばらくの間続く。

最初の魔法の打ち合いから、剣の打ち合いに客席はヒートアップ。

「いけ！　そこだ！　ニック!!」

「勇者様――っ！　がんばって!!」

「な、何だ!?　二人の動きが速くて全然見えない」

「す、すげえ！　さっきのＳＳ級同士の試合より段違いだぞ!?」

闘技場は熱気と歓声に包まれる。実況も今までになく興奮した様子だ。

『まさに息をつく間もない攻防戦です！　私も目で追えなくなってきました』

『常識の範疇《はんちゅう》を超えた二人の戦いですからね。今はニック・ブルースターが連続の突きを繰り出し、ヴァンロスト・レインは身体を反らしそれを避けていますね』

もはや一般人は二人の剣の軌跡を追いかけるのが精一杯なんだろうな。その点ユーリは二人の試合を食い入るように見詰めている。彼女には二人の動きが見えているみたいだな。

彼らの戦いを見て何かを学び取ろうとしているのだろう。良い傾向だ。

俺も見習って二人の動きをよく観察しておくか。

……。

……。

……。

……うん、あいつらから学び取ることは特になさそうだな。

単調な剣の打ち合いを見続けていたら、何だか欠伸《あくび》が出てきた。着ぐるみの中にいる状態だから欠伸したのはユーリにもバレていないとは思うが。

こいつら剣の打ち合いが好きだな。見ている方としては、ちょくちょく魔法を見せて欲しいんだけどな。ほら今、隙が出たところで炎弾をぶち込めばいいのに。おい、そこで衝撃波を出せ。

駄目だ……余計なダメ出ししか思いつかない。二人とも魔法を使う余裕がないのだろうな。

それだけ戦いは五分五分、相手に一瞬でも隙を見せたら負けになる。

ユーリは試合を食い入るように見ながら呟く。

「やっぱり凄いなぁ、あの二人は」

「……ソウデスネ」

共感しづらくて思わず口調がカタコトの敬語になっちまったぜ。

周囲の客席の熱とは正反対、俺はクマの着ぐるみ越し、かなり冷めた目で二人の試合を見ていた。

神に選ばれた勇者と時代の寵児《ちょうじ》と謳《うた》われる英雄の戦い。二人の試合を見て俺が思った感想はただ一言。

…………タイクツ。

剣の押し合いが続いた後、二人は同時に後ろへ飛び退き互いに距離を置いた。

そして同時に剣を構え直す。

ヴァンロストは息を整えてから、何か呪文を唱え軽く跳躍する。すると奴の身体は、四階の客席と同じくらいの高さまで浮いた。

浮遊魔法の呪文を唱えたか。一時的に宙に浮くことができる呪文だ。

更にヴァンロストは呪文を唱えた。

「光弾《ライトニングボール》」

光の弾丸が砲弾のように相手に襲いかかる魔法だ。光の弾丸は次々と、まるで流星群のように降り注ぐ。

ニックは再び防御魔法をかける。防御の壁にぶつかった弾丸は潰れて、そのまま掻き消えるが、それ以外の光の玉は見事に壁や床を破壊している。

おお、こうしてみると光弾のシャワーも綺麗なもんだな。

手をかざして勇者が放つ光の魔法を見物していたわけだが、一発の光弾がこっちにやってきた。

さすがに勇者の攻撃と言うべきか。二重の防御の壁をぶち破って、こっちにやってきやがった。

俺は席から立ち上がり、肉球で光の弾丸を打ち返した。

肉球に魔力を込めると攻撃魔法が跳ね返せると防具屋の女性店員が言っていたのは本当だったな。さすがに勇者の攻撃だけに、肉球が真っ黒焦げになっちまったけど。

光弾は真っ直ぐ打ち上げられ、宙に浮いているヴァンロストに命中する。


ドガァァン!!


予想外の返しに勇者も避ける間がなかったらしい。勇者にぶつかった光弾は見事に爆発した。

大きな爆破ではないが、客席が多少上下に揺れた。

煙の中から宙に浮いた勇者が現れる。さすがにダメージはないが、勇者の茶金の髪がもじゃもじゃの爆発頭になった。

ヴァンロストはジロリとこっちを睨んできた。

「何をする!?　そこのクマ」

「流れ弾をお返ししただけだ。嫌だったら客席に当たらないように仕掛けろ」

するとと観客からわっと拍手が起こった。

さすがに勇者様も自分の攻撃が客席に流れていったのは後ろめたかったのか、舌打ちをし、宙に浮いた状態から地上に降りた。

ニックは目を輝かせ、俺に向かって親指を立てている。あれは、よくやった！　というジェスチャーだな。観客を守ってくれてありがとう、という合図かな？　それとも嫌いな勇者の髪をチリチリにしてくれてありがとう、だったりして。

そんな感謝の気持ち以上に、ニックがもの凄い熱視線でこっちを見ているような気がして、俺は思わず目を逸らしてしまう。

更に近くに座っていた客たちからも大いに感謝されることになる。

「クマさぁぁあん、ありがとー」

「クマさーん、助かったよー。もう駄目かと思ったの」

「毎回こういうトラブルは覚悟してんだけどねぇ。あんたがいなかったら怪我してたとこだよ」

注目を浴びたくないのにますます注目を浴びる羽目に陥っていた。本当に着ぐるみを着ていて良かった。

その後、試合は何事もなかったかのように再開された。

客たちの注目が再びアリーナへ向けられたのを見計らい、俺はそっと立ち上がりユーリの手を引く。

「あ……クマさん……」

近隣の客たちには呼び止められそうになったけど、俺は聞こえなかったふりをして足早に客席から離れることにした。

結局、勇者ヴァンロスト・レインと英雄ニック・ブルースターの戦いは剣と剣のぶつけ合いが続き、勝負がつかないまま時間切れとなった。

◇・◇・◇

「おい、クマだ!! オーナーがクマを捜している」

「混雑を避けるためだろうな。試合が終わる前に席を立ったらしいぞ」

「美女の手を引いてどこかに消えちまった!!」

バタバタバタバタバタ!!

闘技場の係員や警備員たちの忙《せわ》しない足音と、俺を捜している声がドア越しに聞こえる。

勇者の攻撃に反撃したのち、思わぬ称賛を受けてしまった俺は危機を感じ、試合が終わらないうちにユーリを連れて席を離れた。そしてロビーの片隅にあるドアを開け、物置部屋に入った俺はすぐにクマの衣装を脱いで、収納玉《ストレージボール》から普段着を出してそれに着替えた。

ユーリもそれを見て、カツラを取ると、着ていた衣装を脱ぎ始めた。

うぉっと!?　ユーリの下着姿を見ちまった!!

俺は慌ててユーリに背中を向けた。

彼女が着替え終わった後、収納玉《ストレージボール》に衣装を収納し俺たちは何食わぬ顔で部屋を出て行った。

ロビーを出ると俺たちを捜す係員と帰りの観客でごった返していた。

よく見るとニックやその仲間らしき人物もキョロキョロしているな。

耳をすまして聞いてみると。

「勇者の攻撃を打ち返すなんて、只者《ただもの》じゃない!!　絶っっっ対、あのクマさんを仲間にするぞ!!」

「でもニック、全然クマの姿が見当たらないんだけど」

ニ……ニックまで俺のことを捜してやがる。

フードを被った魔法使いの少女らしき人物が小手をかざして周りを見回している。神官の青年、ドワーフの少女もキョロキョロと俺たちの姿を捜しているみたいだ。

ニックが獣人族の青年に尋ねる。

「匂いでクマさんの行方とか分からない？　多分あの着ぐるみ、キラーグリズリーの毛でてきてると思うんだけど」

「うーん、加工された魔物の毛って、あんま匂わないんだよな。会っていれば、中身の人間の匂いで判断できたんだけど」

あの獣人族と会わなくて良かった……どんなに変装しても匂いで覚えられたら一発でバレるところだった。

ニックはしばらく考えてから仲間たちに言った。

「着ぐるみを脱いで、本来の姿に戻ったのかもしれないな。赤い髪の女性も捜してみてくれ」

「捜してはみるけど、赤い髪もカツラだったらお手上げだよ」

魔法使いの少女が両手を上げる仕草をしながら言った。

もちろん、ユーリはカツラを取っているので、あいつらに見つかることはまずない。

俺たちは堂々とニックたちの横をすり抜けていった。

その時ロビーの天井に響くほどの怒声が聞こえた。

「あんのクマ野郎ぉぉぉぉぉ!! 見つけ出したらぶっ殺す！！！」

「諦めな。向こうだってあんたに楯突《たてつ》いたらどうなるか分かっているから逃げたんだろ」

……俺を捜している奴がもう一人いやがった。

ブチ切れている勇者様の肩をポンポンと叩くローザ。

勇者様の爆発ヘアはまだ直っていないようで、通りかかった人たちはクスクスと笑っている。

魔法使いの少女と、神官らしき女性もいるが、彼女らは飲み物を飲みつつ、小手をかざすなど、捜しているポーズを取っているだけだな。

もう見つかる心配はないものの、あいつらがユーリに気づくかもしれないからな。

俺はユーリの手を引いて駆け足で闘技場を出て行った。


大通りを出て、路地に入り、また違う大通りを出て、俺たちは闘技場から離れた公園まで走ってきた。

ここまでくればもう大丈夫だろう。

賑やかな闘技場とは対照的に、公園はのんびりした雰囲気だ。

広場の中央に噴水があり、その周りでは人々が思い思い過ごしている。

「大丈夫か？　疲れていないか？」

S級冒険者のユーリからしたら、大した距離は走っていないとは思うが、念のため俺は尋ねてみる。

ユーリは腹を抱えその場に蹲っていた。

横っ腹が痛くなっちまったか……急に走らせてしまったのが下手かったのか？　と思いきや、彼女は肩を震わせ、ふつふつと笑い始めた。

「ふふふ……あはははは……もう、ロイ、可笑しすぎるよ!!」

「何だよ、急に笑い出して」

「だって勇者の攻撃を打ち返しちゃうなんてさ……しかも、ヴァンのあの髪型……くく……傑作すぎるっっっ……」

ああ、なるほど。確かにすかしたイケメン野郎があんな爆発頭になっていたら可笑しいよな。俺もあの姿を思い出したら、思わずざまぁって思っちまう。

「勇者の攻撃が打ち返せたのは、あの肉球のおかげさ」

「でも肉球に込められた魔力によって強度が変わるんでしょ？」

「……あー、そうだったかな？」

そういや防具屋の女性店員がそんなことを説明していたような、していなかったような。

「肉球があれば他の奴でも打ち返せるだろ？」

「いや、無理だよ。二重の防御魔法破るような破壊力があるんだよ？」

「……」

どうも俺はまたもや、やらかしてしまったようだ。

それで闘技場のオーナーであるゴリウスや、ニックが俺のことを必死になって捜していたんだな。

……地味に生きるのって難しいな。

ユーリは可笑しさのあまり溢れた涙を指で拭いながら言った。

「ああ……ロイと一緒にいると楽しいな」

「ホントかよ。その言葉、そっくりそのまま返してやるよ」

「僕はそんなに面白いことしてないよ」

「面白いとかそういうんじゃなくて……まぁ、いいか」

俺も何だか可笑しくなって腹を抱えて笑い出した。

公園で何故か笑い転げている俺たちを見て、通行人は首を傾げていた。


後日、買い出し先の店で売っていた新聞にはクマの似顔絵がでかでかと描かれていた。何だか嫌な予感がしつつもそれを買って、記事を読んでみる。

勇者ヴァンロストと英雄ニックの対決が一面に載る一方。

『最強のクマ現る！　勇者と英雄の新たな好敵手か⁉』

……俺のことが多く書かれていた。

今年のベルギオン闘技大会において最も称えられたのは、魔王を倒す使命を抱く勇者でもなく、史上最強の冒険者パーティーのリーダーでもなく、謎のクマだったという。

次回の闘技大会に参戦するかも⁉　というかいい加減なことまで書かれてる。更に広告欄を見て俺は顔を引きつらせる。

【クマ見つけた人、ゴリウス・テスラードより五百万ゼノス進呈】

……って。別に犯罪者でもねぇのに懸賞金までかけられているし！

あー、本当にどいつもこいつも!!

俺は絶対こんな派手な戦いの舞台には出ないからな！

◇・◇・◇

～勇者視点～


俺の名はヴァンロスト・レイン。神に選ばれた勇者だ。

仲間には女剣士ローザ、魔法使いのイリナ、そして神官のカミュラがいる。

俺たちは何とも後味が悪い気持ちを抱きつつベルギオンを後にし、今は新たなダンジョンを目指していた。

しかし遠い道のりなので、今日のところはここでキャンプをすることに。

俺は苛々《いらいら》する気持ちが未《いま》だに収まらずにいた。

本来なら自分がニック・ブルースターを完膚無きまで叩きのめして、脚光を浴びる予定だったのに、謎のクマによってそれが阻まれてしまったのだ。

しかもクマの反撃によって光弾をもろに食らったため、爆発したような髪型になってしまった。これはどうセットしても直りそうもない。

「んっとに、今度会ったらあのクマ、コロス……!!」

そう言って俺は硬い干し肉を噛みちぎった。

イリナは乾いたパンを見て溜め息をついてから、呆れ声で言う。

「もう会えないんじゃない？　あの格好のまま普段うろついているとは思えないもん」

「だけどな、イリナ」

「それよりも、あと何日で次のダンジョンに着くの？　もうテント生活すんの嫌なんだけど」

「テント生活なんか今に始まったことじゃないだろ」

「だって最近のテントって寝心地悪いんだもん!!」

それはユーリが寝心地良くする道具を全て持って行ってしまったからだ。新たにそういった一式を揃えたいのだが、どこに売っているのか分からない。ベルギオンでも万屋《よろずや》を回ったのだが、テントの床の上に敷くものなど売っていなかった。

「あんた我《わ》が儘《まま》だね。テントの寝心地なんかこんなもんだよ。嫌なら外で寝りゃいいだろ」

ローザは硬い床や硬い干し肉も慣れているらしく平然としている。

「だから雑用係のユーリを解雇しなきゃ良かったのに」

ブツブツと呟きながら、硬い肉を噛み切れるカミュラに、俺は唇を噛む。

それは今、一番言われたくない言葉だ。しかし日が経つにつれて、ユーリの重要さを再認識させられる。

美味い料理、寝心地が良い寝床、あと戦いの場でも魔力の消費を気にすることなく使えていた強化魔法や治癒魔法。当たり前だと思っていたことが、全く当たり前じゃなかったのだ。

「あーん、ユーリが作ったスープ飲みたーい!!」

すかすかのパンを飲み込んでから、イリナは空に向かって叫ぶ。

最初にユーリを追い出す案を出してきたのはこの女だ。それなのに何なんだ!? クソ! ますます苛々する……っっ!!

イリナの言葉を聞いていたら俺まであのスープの味を思い出してしまった。

鶏の出汁、野菜の出汁がよく出ていて、しかも飲むと身体に沁《し》みわたり戦いの疲れも取れる。また戦う前に出されるスープは飲むと力が漲り、身体も軽やかになっていた。

それぐらいのスープは当たり前にできる、とずっと思っていたのだ。しかしどんな名料理人の店に行っても、あのスープに勝るものは味わえない。

イリナもカミュラも、自分たちならもっと上手く作れると豪語していたが、一向に作る気配はない。

ローザの言う通り、こいつらは単に見栄を張っていたことがようやく分かってきた。

「ユーリが作った焼き豚……ユーリが作った唐揚げ……ユーリが作った煮物……ユーリが作った……」

ブツブツ呪文のように呟くカミュラにローザがドン引きする。

「あんた禁断症状に陥っているじゃないか。そんなにあの坊やが作った料理っていいわけ？」

「……いいえ……大したことないわ。ユーリの料理なんて」

「いや、あんなブツブツ言った後にそんなこと言われても全然説得力ないから。何だか私もあの坊やの料理食べたくなったね」

カミュラの呪文のような呟きを聞いて、俺もユーリが出していた料理の数々を思い返していた。

あのスープをまた飲みたい!!　ホロホロ柔らかいあの肉を頰張りたい!!　肉汁たっぷりのソーセージも食べたい!!

俺は干し肉を食べ終え、水を飲んでからふうっと息をつく。

そして空を見上げしばらくの間考える。

元々人件費削減を理由にあいつを解雇した。あの時はローザを雇うために相当金をつぎ込んだので、所持金はあまり残っていなかったのは確かだ。

しかし今回闘技大会に出場したことで、後援者からたんまり金は貰っている。優勝していたら賞金も貰えたのだが、試合給だけでもかなりのものだ。

今なら一人人間が増えても問題はない。また金が無くなってきたら、今よりももっと、ユーリを働かせれば良い。元々あいつはこまめに薬草を採ったり狩りをしたりして小金を稼いでいた。あいつの宿代等はあいつ自身が稼げばいいのだ。ただ働きの従業員として使えばいい。

そう考えたら、別に呼び戻してもいいんじゃないのか？

俺はすくっと立ち上がり、はっきりとした口調でその場にいる皆に告げる。

「ユーリは、いないよりはいた方がマシだということが判明した。何かと雑用、使い走りは必要だ」

俺の言葉にイリナとカミュラは目を輝かせた。彼女たちは両手を拳にし、うんうんと大きく頷く。

「そうそう、あたしも忙しいもん。料理係と寝床係、あとお風呂係もいないと困る〜」

「彼さえいれば、また補助魔法、治癒魔法が使い放題だわ」

「そうだろ、そうだろ。もう、そろそろあいつを許してやることにしよう」

賛同する二人に俺も気分が良くなった。

明日ユーリの行方を捜すことにしよう。

恐らくユーリは、解雇したあの酒場の近くにある冒険者ギルドの館に向かったはずだ。

どうせあいつのことだ。

E級では大した仕事もないし、ギルドの寄宿舎で何もできずに呆然《ぼうぜん》としているのがオチに決まっている。

俺が迎えに行けば、あいつも泣いて喜ぶだろう。泣いて縋るあの顔を想像したら自然と笑みがこぼれる。

早く奴を迎えに行って、こんな硬い干し肉生活とはおさらばしてやるぜ。

◇・◇・◇

私の名はローザ・リナリー。今は勇者のパーティーの一員として働いている。

神に選ばれた勇者が率いるパーティーだけに、目覚ましい活躍をしているから、さぞたんまり稼げるだろう、と思っていたんだけどねぇ。

儲《もう》けとしては、他のＳＳ級の冒険者パーティーと変わらない感じだね。特に魔法使いと神官はあんまり頼りになんないわ。

三人は今、自分たちが追放した坊やを連れ戻し、今まで以上に働かせようと考えているみたい。

ユーリが戻ってきたら何をしてもらうか？　どれだけ働いてもらおうか？　あれもさせたい、これもさせたいって盛り上がっちゃっているけど。

「戻ってくるかねぇ……あの坊やが」

私はこいつらに聞こえないようぼそりと呟いた。

そもそもこいつら坊やに依存しすぎだわ。追放する人間を間違えたとしか思えないね。私だったらイリナかカミュラを追放するけどね。

ユーリ・クロードベル、か。

地味で暗そうな坊やだったよねぇ。さすがに一文無しで追放するのは後味が悪い感じがしたからね。

同じ地味同士、気が合いそうだからロイに押しつけときゃいいかって思って押しつけてやったけど。

あいつだったら途方に暮れている坊やを近くのギルドの館に連れて行ってやるくらいのことはするでしょ。とはいってもE級の冒険者じゃ、ろくな仕事が来ないだろうけどね。

「おい、イリナ。もっとこっちに来いよ」

「ヤダー。ヴァン。皆が見ている前で」

酒が入ってんのか、勇者とイリナは愉快そうだねぇ。あの二人はデキているみたいだ。カミュラは我関せず、黙々と干し肉を食べている。

私は食事が済んだので、腹ごなしに少し歩くことにした。

あの丘の上まで歩いてみようか。

私は月が見える小高い丘を登った。

頂まで来た時、一羽の鷹《たか》が私の腕にとまる。伝書鳥として飼っている鳥だけど、私が一人で景色を見ているると必ず甘えにやってくる。

ふふふ可愛いねぇ。

魔物の中にもこういった素直で従順な子がいるんだよ。人間よりもよっぽど信用できるね。

鷹の頭を撫でていると、まだ勇者たちの愉快そうな笑い声が聞こえた。

私は遠くからその様子を見てから、もう一度溜め息交じりに言った。

「私の経験上、一度自由を知った鳥は二度と戻ってこないんだけどね」

第五章　新たな仕事依頼

俺の名はロイロット・ブレイク。ただ今、本当の休み時間を満喫している。

今日はとても良い天気だ。川のせせらぎが耳に心地よい。

若葉が萌《も》える木の下は、絨毯《じゅうたん》のように柔らかな芝草が広がり寝転がるのにぴったりだった。

「……ロイ、こんな所で寝てていいの？」

「いいんだよ、今は休み時間だからな。お前も寝てみろよ。気持ちがいいから」

「……」

ユーリは恐る恐る、俺の隣に仰向《あおむ》けになって寝転んだ。

穏やかな日差しが降り注ぎ、風はとても爽やかだ。今日はここでのんびり過ごすつもりだ。

どうしてこうなったかというと――

現在、冒険者としての仕事は休んでいる最中なのだが、休日でもユーリはよく働く。

掃除洗濯、それに当番の時は料理も作るし、料理当番じゃない時は狩りや薬草を採りに行き、それを山から一番近い町へ売りに行ったりする。

ユーリにも次の仕事を請け負う前に一日は休むよう勧めると。

「休みを取ってもいいの？」

「当たり前だろ。誰にでも休みは必要だ」

「休みってそんなに必要なの？」

きょとんとするユーリに俺は思わず額に手を当てた。

もしかして今まで休んだことがなかったのだろうか？

勇者であれば多くの魔物討伐の依頼が舞い込んでくるし、時には社交界にも顔を出さなければならない。忙しいのは分かるが、一日くらい休みがあっても良かったのではないだろうか。

(そもそもあの勇者……そんなに忙しそうだったか？　ユーリを追放していた時も、のんびり酒場で飲んでいたみたいだし)

勇者が目まぐるしいほど忙しいのであれば、その活躍ぶりは俺の耳にも入ってきそうなものだが。

(忙しかったのはユーリだけかもしれないな……彼女が何かと仕事を押し付けられていたのが目に浮かぶ)

しかもユーリも働くことがすっかり身に沁みついてしまっているのか、笑顔で申し出てきた。

「休暇なら二階の部屋を掃除するよ」

思わずコケそうになる。今、掃除や洗濯をさせないために休暇を取るように勧めているのに、彼女は全く理解していないようだった。

多分、俺が代わりに掃除や洗濯をするから休め、と言ってもユーリは首を縦には振らないだろうな。この手の人間は、人が働いている時に自分だけ休むことなど絶対にできない性格だ。

俺はしばらく思案してから、人差し指を天井に向けてユーリに言った。

「いや……それよりも、弁当を作るのを手伝ってくれないか？」

「お弁当？」

「そうだ、弁当だ」

俺はあえて目的は言わずに、彼女に弁当作りを手伝うように言った。

このまま家にいたら、ユーリは一日中掃除をしていそうだからな。だから、弁当を持って家から少し離れた場所へ出掛けようと思ったのだ。

「ロイ、パンが焼けたよ」

「よし、具を挟むぞ」

パンにチーズとハムを挟んだシンプルパンから、サラダと肉を挟んだボリュームパンなど二人で惣菜《そうざい》パンを作る作業も楽しいもんだ。

バスケットの中に惣菜パンや果物を詰めた後、俺はユーリに言った。

「じゃ、出掛けるぞ」

「え？　出掛けるってどこに？」

「この山頂にまだ行ったことがないだろ？」

「うん……狩りで山林の中にはよく入っていたけど、山頂までは行っていない」

「そこはちょっとした原っぱになっていて、今は花が綺麗に咲く時期なんだ。見に行ってみよう」

「え……!?　あ……う、うん」

ここはさほど高い山ではないので、家から山頂までは十五分もかからない。

山を登るとそこは原っぱのようになっていて、今の時期はエト山桜が満開だった。

ふわりと風が吹くと花びらが雪のように舞う。

その美しさにユーリは目を輝かせた。

「綺麗……」

俺はフカフカの芝草の上に座り、弁当を広げ始めた。ユーリもそれを見て慌てて手伝う。

二人で作った惣菜パンを食べながら、エト山桜を愛《め》でる……うん、最高の時間だな。

美味しそうにパンを食べながら、エト山桜を見上げているユーリの姿を見て、俺は時々ここで弁当を食べることにしようと思うのだった。

そして今、ユーリと二人で芝草の上でごろ寝をしている。

ああ……風が気持ちいい。

今日は日差しも程良く暖かくて。危険な魔物の気配もないし、とても平和だ。

ふと規則正しい寝息が聞こえてきたので、隣へ目をやるとユーリが目を閉じて眠っていた。

よほど疲れていたんだな。本当にちゃんと休む間がなかったんだろうな。

俺は身に着けていた外套《がいとう》をユーリの身体にかけてやる。

「うーん……」

ユーリが寝返りを打ってこっちを向く。すると彼女の顔と俺の顔の距離が近くなる。

どれくらいの近さかというと、あと指三本分の距離で唇が触れ合ってしまいそうなくらいに近い。

「…………」

思わず彼女の唇に釘付《くぎづ》けになる。

形が良くて艶やかな唇が僅かに動く。

彼女の頬に手を伸ばしかけ、我に返り慌てて引っ込める。

クソ……何をしようとしているんだ、俺は。

俺はあくまで彼女の保護者みたいなものだ。邪《よこしま》な思いを抱いたりしたらいけない。

つい最近まで少年めいた印象だったが、今は髪の毛も伸びて綺麗に切り揃えられている。

今や完全に大人の女性だ。

これ以上ユーリの寝顔を見ていたら、どうにかなってしまいそうだ。

彼女に背中を向けるように俺も寝返りを打った。

「うん……ロイ……」

ユーリが夢の中で俺のことを呼んでいる。

コラ、惑わすんじゃない。

いやいや、分かっている。別に惑わしてなんかいない。本人はただ寝言で俺の名を呼んでいるだけだ。

「ロイ……」

もう一度、ユーリが俺の名前を呼ぶ。

なぜ、君は夢の中でそんなに俺の名前を呼ぶ？　勘違いしてしまいたくなるだろう？

ユーリは小一時間ほど眠っていたが、その間俺はずっと緊張しっぱなしだった。

◇・◇・◇

ひとしきり眠ったおかげか、ユーリは気持ちすっきりした顔をしていた。反対に俺はちょっと疲れちまったけどな。今日は早めに寝よう。

ピクニックから帰ってくると、誰かが腕を組んで家のドアに寄りかかっていた。

近くまで来てその顔を認めた俺は、そいつの名を呼ぶ。

「ウォルク、そこでずっと待っていたのか？」

「まぁ、十分くらい待ったかな」

ウォルクは肩を竦めて答えた。

冒険者ギルドのエト支部長である彼がわざわざ俺の家に来る理由は一つ。

生半可な冒険者たちでは難しい仕事の依頼が舞い込んできたのだろう。

俺はウォルクに言った。

「とりあえず入れよ。今朝、たくさん惣菜パン作っちまったからな。お前も一つ食べていけよ」

◇・◇・◇

俺とウォルクがダイニングの席につくと、ユーリが皿に載せた惣菜パンをテーブルの上に置いた。

ちゃんと見栄えがよくなるよう、食用兼装飾のハーブも添えられている。

そして足早に調理台の方へ向かう。

そんな彼女の後ろ姿を見てから、ウォルクは向かいの席に座った俺に向かってニヤッと笑う。

「すっかりお前の嫁さんじゃねぇか」

「ぬかせ。彼女が自立できるまで面倒見ているんだよ」

「面倒を見てもらっているのはお前の方だろ？」

「う……」

そこは否定できない。

今だってこうして食卓の準備をしてもらっている。食事は当番制だがそれ以外の家事はほとんど彼女がやってくれて、俺が世話になっているといった方が正しい。

ウォルクはニヤニヤ笑って言った。

「このまま結婚しちまえばいいじゃねぇか。お前もそろそろ家庭を持った方がいいぞ」

「大きなお世話だ。俺はあの娘の保護者みたいなものだ」

「お前の方が世話されているのに？」

「いや、それはそうなんだが……勇者のパーティーから追い出された彼女を保護したことは確かだからな」

俺はスープを温めているユーリの後ろ姿を見ながら、ややしどろもどろに言った。

その時、それまで茶化した口調だったウォルクは不意に真剣な顔になり声を潜めて言った。

「今、夕闇の鴉がユーリ・クロードベルのことを捜している」

「夕闇の鴉……ああ、そういえばニックがそんなこと言っていたな」

「ニック・ブルースターのこと、知っているのか？」

「ベルギオンの闘技大会で会ったんだ。もっとも、向こうは俺のことは知らないと思うけど」

あの時の俺はクマの着ぐるみを着ていたからな。ニックはクマの正体を知らずにいる。

ベルギオンで見かけた夕闇の鴉のメンバー……悪い奴らじゃない感じはしたな。

その時ウォルクは何だか疑うようなジト目で俺を見て質問をしてきた。

「ベルギオンといえば、勇者の攻撃を打ち返したとんでもないクマが出没したという噂なんだが」

「へ……へぇ、そーなのか？」

「しかも凄い美女を連れていたらしいな。あそこのオーナーが自分のところの専属戦士になって欲しいらしくてな、クマの行方を捜しているらしい」

「ほ――、そうなのか。クマと美女なんて珍しいコンビだな」

「ロイ、お前心当たりはないか？」

「ゼンゼンナイデス」

「自分が不都合な時、お前はすぐ棒読みカタコトになるな」

ウォルクはやれやれと言わんばかりに肩を竦める。

あーあ、こいつには見透かされちまっているな。ま……勇者の攻撃をまともに返せる冒険者なんか限られているからな。

「それよりも、夕闇の鴉のことだろ？」

「ああ、彼らはユーリのことを今捜しているよ。俺たちは守秘義務があるから、彼らにここを教えることはないが」

「ユーリが夕闇の鴉に入ることを望むのであれば、俺に引き留める権利はない……だが彼女は前の仲間たちにいいように使われていた経験もあって、どうも乗り気じゃないんだよな」

「夕闇の奴らは、気さくでいい奴らが多い。彼女を蔑《ないがし》ろにするような奴はいないさ。ただ、俺としては彼女があのパーティーに入るのは望ましくないと思っている」

「何故だ？」

「勇者のパーティーと完全に対立する可能性があるからだ。どうやら勇者たちも彼女の行方を捜しているらしい」

「は……もうユーリがいない生活に音を上げたのかよ」

俺はその場にはいない勇者一行を鼻で笑った。

手放した仲間が実は思った以上に重要な人材だったことが後になって分かって、呼び戻そうとしてんだろうな……まぁ、虫のいい話だ。

「ユーリが夕闇の鴉に入ると、ただでさえ仲が悪い勇者のパーティーとの対立が激化する。そうなると勇者の後援者や夕闇の鴉の後援者たちの対立も表面化するだろう。冒険者ギルドとしては、そういう対立は避けてもらいたい。人間同士で争えば、魔族に付け込まれることになりかねないからな」

魔族。

東海にあるネルドシス大陸に住む種族の姿形は人間に近いが頭に角が生えていたり、牙が生えていたり、皮膚に鱗があるなど、個性豊かな姿をしている者が多い。

人間より魔力を多く持ち、しかも力も強い。

特に強大な魔力を保有する魔族は、人間よりも遥かに長い時を生きるが、そこまで長生きする魔族はごく一握りだという。

地上にいる種族の中では恐らく最強の生物なのではないかと思う。

ただ人間のような知恵を持つ者が極端に少ない。

もちろん人間と同等の知恵を持つ魔族もいて、そういった者たちが貴族、王族となり領地を治めている。

ネルドシス大陸全土を治めるのが魔王だ。

五百年前、領土拡大のためにルメリオ大陸を攻めたが、勇者が魔王を倒したことで魔王軍はあえなく解体。

それからは次期魔王の座を争い、魔族の間では骨肉の争いが何百年も続いた。

その間に全く魔族が攻めて来なかったわけではないが、個人的な争いがほとんどで、大きな戦に繋がるほどの争いはなかった。

そして五百年後である今、新たな魔王が君臨し、再び人間が住む大地に魔族たちが攻めてくるようになった。東寄りの小さな島国や無人島は既に魔族に占拠されている。

魔王の君臨と同時に生まれたのが勇者だ。

勇者たちは今、五百年前と同じく、魔王を倒すべく旅を続けている。

しかし人間側も進化したのか、最近は魔族に引けを取らぬ能力を持つ者が生まれるようになり、勇者のパーティーと遜色のない実力を持つ冒険者たちも現れ始めた。夕闇の鴉はその筆頭だ。

「俺はユーリを勇者のパーティーに返すつもりはない」

「もちろん。俺だって彼女を無下に扱うような連中の元に戻って欲しいとは思わない。そこでお前の出番だ」

「俺？」

「彼女を正式なパートナーにしろ。できれば結婚という形が一番望ましい」

「!?」

「冒険者の規則として、既婚者を強引に家族から引き離しパーティーに入れることは禁止されているからな。お前らが家族になればいいんだ」

けけけけけけ結婚だと!?　俺とユーリが!?

「あ、あのな……こんな一回り以上離れたおっさんと結婚なんかしたら、ユーリが可哀想《かわいそう》じゃないか」

「それくらい年が離れた夫婦は珍しくない。言っておくが、俺の奥さんは百歳年上だからな」

「お前の奥さんはエルフだろ？　人間と同じ基準で言うな」

エルフはフェリアナ大陸に住む種族で耳が長く、美形なのが特徴だ。しかも人間よりも長命だ。ウォルクの奥さんの年齢は現在百三十六歳だと聞く。

「いくら二大勢力の争いを避けるためとはいえ、結婚は飛躍しすぎだろ？」

「そうかもしれんが、お前ら楽しくやってるみたいだし、いいじゃないか」

「何だよ、俺とユーリの結婚を勧めるためにわざわざここに来たのか？　だったら帰ってくれよ」

ちょうどその時、温めたスープを持ってユーリがこっちにやってきた。

俺とウォルクの会話を聞いていたのだろう。耳まで顔を真っ赤にしていた。

スープの器をテーブルの上に置いてから、ユーリはややむくれた表情になり俺に一言言った。

「僕は二十歳になったよ」

「え……二十歳なのか？」

「この前、誕生日だったから」

「何だよ、言ってくれれば誕生祝いくらいしたのに……」

「そ、そんなのしなくていい！　と、とにかく！　子供扱いはしないで！」

何だよ、恥ずかしそうな顔して怒鳴るなよ。

何を怒っているんだ？？　子供扱いなんかしたつもりはないのだが……。

ユーリはそっぽを向いてから、足早に調理場に戻る。

俺はウォルクに抗議する。

「おい、コラ。彼女と気まずくなっちまっただろうが」

「当たり前だろ。彼女は大人の女として自分を見て欲しいって思っているんだ。二十歳にもなれば当然だ」

「そ、そんなまさか……あんな可愛い娘だぞ？　もっといい相手がいるだろ？」

「お前、昔っから恋愛ポンコツだな」

「誰がポンコツだよ」

ムッとする俺にウォルクは大仰に息を吐いてから、ユーリが出したスープを一口飲んだ。

そして驚いたように目を瞠る。どんどんスープを飲み、半分ほど減ったところで彼は言った。

「うむ。このスープは絶品だな。ユーリはＳＳ級の料理人としてもやっていけるんじゃないのか？」

「ああ、そうだろ？　この料理を勇者一行はボロクソ言っていたらしいぞ？」

俺の言葉にウォルクも呆れた表情になる。この絶品のスープに文句を言う奴がいるのか!?と言わんばかりだ。

「なるほど。あいつらが一度解雇したユーリを必死に捜しているのも、この味のありがたみを今頃になって思い知ったのかもしれないな」

「そうだろうとも。俺だってこのスープの虜《とりこ》なのに」

言いかけて俺はハッと我に返り口を閉ざす。しまった、今の発言はユーリに胃袋を掴まれてしまったことを、こいつにバラしたようなもんだ。

ウォルクはニヤニヤ笑って俺に言った。

「ほら見たことか。お前自身、もう離れられなくなっているじゃないか。ユーリも満更でもなさそうだし、考えておけよ。結婚」

「お、お前な……」

俺がもう一度抗議しかけた時、ウォルクはズボンのポケットから一枚の紙を取り出し、俺に見せた。

そこにはアイスディアの捕獲求む。報酬五千万ゼノス及びダイヤモンドパスカードと書かれている。

「結婚のことは置いておいて、本当の用事はこいつだよ」

「アイスディアの捕獲？」

「ああ、生きたままで捕獲して欲しいという依頼だ」

「確かにその辺の冒険者だと難しい依頼だな」

アイスディアは氷雪系の魔物だ。

魔物でありながら氷の魔法を操るので厄介だ。A級……大きな雄だったらS級以上の冒険者じゃないと、まず太刀打ちできない。ちなみにアイスディアは雄にも雌にも角がある。ただ、やはり雌の方が角は小さい。

そんなA級～S級クラスの魔物を生け捕りとなると、相当難しくなる。下手に生かしておけば、自分がやられてしまう。それほどまでに強い魔物なのだ。

「難しい仕事だが報酬のダイヤモンドパスカードは魅力的だな。他国のギルドにいちいち登録しなくて済むし、レアダンジョンの出入りも自由になる」

今まで登録の手続きが面倒だったから、他国での仕事は請け負わなかったのだが、この辺の魔物と戦うのも飽きてきた、というのが正直あった。平穏な生活を満喫しているものの、たまには違う国で、今まで戦ったことがない魔物と戦ってみたい気持ちはある。

それにレアダンジョンはSS級の冒険者でも許された人間しか出入りできない。それだけ危険な場所であるが、その分、珍しい魔物を狩ることが可能だ。珍しい魔物は高値で売れる。

ダイヤモンドパスカードはそんなレアダンジョンの出入りが許される特別なカードなのだ。

他にも公共交通機関がタダになったり、ギルド関係の宿泊施設がタダになったり、冒険者にとっては夢のようなカードだ。

アイスディア捕獲の報酬金は五千万。かなり法外のように思えるが、アイスディアの角を売った方が遥かに金になる。報酬金だけだったら損な仕事だ。だからダイヤモンドパスカードも付けたのだろう。

「勇者一行も夕闇の鴉も既にダイヤモンドパスカードを持っているからな。この仕事を請け負ってくれない。そこでお前の出番、というわけだ」

「なるほど……」

どうしても平穏な生活を続けていると退屈に感じてしまう時がある。そんな時は他国へ行って日帰り冒険をするのもいいだろう。それにレアダンジョンでユーリに戦いの経験を積ませておくのも悪くはない。

そう考えるとダイヤモンドパスカードはとても魅力的だ。

「よし、その依頼引き受けた」

「ロイならそう言ってくれると思った」

「期限はいつまでだ？」

「できれば来月までには、と先方は言っている」

「来月ね……標的さえ見つかれば半日で終わるんだけどな」

アイスディアは稀少《きしょう》生物。見つけるまで時間がかかるのだ。

その時ユーリがおずおずとお茶が載ったトレイを持ってきた。先ほど、少し怒ったような口調で去ってしまったことで、気まずそうだった。

俺は微妙な雰囲気を振り払うように、あえて明るい口調で言った。

「ユーリ、アイスヒートランドで仕事だ。旅支度を始めるぞ！」

◇・◇・◇

商都エトに買い出しに出るのは久しぶりだ。

今回の仕事は遠出することになるから、何かと旅支度が必要だ。

まずは装備から揃えたい。特にユーリは魔法使いの服と革の胸当てしかないからな。ちゃんとした防具を揃える必要がある。

エトで一番大きな防具屋は、女性用の鎧や服が豊富だからな。しかし品数が多いと、それはそれで迷うみたいで、店の中に入ってからユーリは呆然としていた。

「……一体、何を着ていいのか」

俺も女性服のことは全然分からないからな。取りあえず女性店員を呼んで、ユーリの服を選んでもらうことにした。

薄手のタートルネックのシャツに銀の胸当て、銀の腰当て。下はメタルリザードの皮で作られた細身のレザーパンツだ。

「これから氷雪地帯に向かうことになるんだが、何か上着はないか？」

「それでしたら、こちらがよろしいかと思います」

案内されたのは魔獣の毛で作られたコートがたくさん並んでいるコーナーだった。裏毛皮のジャケット、フワフワしたシルバーの毛皮のコート。縞《しま》模様の毛が派手なフードマントなど色々ある。

俺は裏地が毛皮、表がドラゴンの皮でできたジャケットを選ぶ。

ユーリはさっきと同じように店員に選んでもらっているようだが、なにやら戸惑いの声が。

「こ……これ、僕に似合っているのかな？」

「滅茶苦茶似合っていますよ!!　すっごく可愛いです」

やや興奮気味の女性店員の声に、俺はそちらへ目をやると……か、可愛い!!

フワフワ、モコモコした真っ白な毛皮のフード付きの上着だ。何故かフードには猫耳が付いていた。

ユーリは恥ずかしそうに顔を赤らめている。

「フードに耳があるって、何か子供っぽくないかな？」

「そんなことないです。今、若い女性の間では流行《はや》っているんですよ」

「でも戦い向きじゃないいんじゃ」

「アイスドラゴンの氷雪攻撃も防ぎますよ。モコモコですが意外と動きやすいのも特徴です」

あのフワモコ、そんなに防御力あんのか!?

俺も欲しくなってしまったが、おっさんにあの上着は似合わないよな。

「ユーリ、よく似合うし、氷雪攻撃に強い防具はこれからの仕事には重要だ。それがいいと思うよ」

「ロイがそう言うのなら」

ユーリは頷いて、モコモコの猫耳ジャケットを買うことにした。

それにしても本当に可愛かったな……ちょっと仕事以外の時にも着て欲しい。

「それから日差し避けのフードも買っておいた方がいいぞ。アイスヒートランドの日中は灼熱《しゃくねつ》地獄だからな」

「うん、収納玉《ストレージボール》に入れておくからいいんだけど、荷物が多いね」

「今回は夜が冬、日中が夏という特殊な環境だからな」

今度の仕事場であるアイスヒートランドは、地上で最も過酷な場所と言われている。

日中は砂漠地帯なのだが、夜になると氷雪地帯になるのだ。他の砂漠地帯でも夜になるとかなり気温が下がる地域はあるが、アイスヒートランドの気温の下がりようは尋常じゃない。

日の精霊と雪の精霊が同居しているって伝説があるくらいだからな。

そこに女性店員がおずおずと前に出て言った。

「氷雪地帯でのお仕事でしたら、お勧めの上下セットの防具があるのですが……」

「お、そうなのか？」

「はい。お客様の体型にぴったりなんです。キラーグリズリーの毛皮でできたもので」

「…………」

何だか凄い既視感を感じた。

上下セットでキラーグリズリーの毛皮でできている防具。女性店員は目を輝かせ熱弁し始めた。

「その防具の一番の強みは肉球なんです！　ベルギオンの闘技場でこの防具を着けた冒険者がなんと勇者の攻撃を打ち返したそうです！　もちろん防御率には個人差はあると思うのですが、これは現時点で最強の防具と言ってもいいかと……」

「あ――、ごめん。それはいいわ」

俺は女性店員の熱弁に飲み込まれないうちに即断った。

何なんだよ、今、防具屋界隈《かいわい》ではあのクマの着ぐるみが一押しなのか？　しかもクマを勧める店員の熱量、ベルギオンの防具屋の店員と全く一緒だった。

女性店員は一瞬だけしょんぼりしたものの、すぐに笑顔になり今度は手袋を勧めてくれた。

俺はコートと手袋、ユーリも防具一式とフワモコの上着を買うことにしたのだった。

防具が揃った後は武器だ。

俺達は防具屋を後にし、隣の武器屋に入った。

「この剣がいい……」

武器屋でユーリが迷いもなく手に取ったのは、透明な刃が特徴的な細身の剣。

水晶剣という名のこの剣は、氷の女神と呼ばれる透明な鉱石で作り上げられた剣だ。

値段は目玉が飛び出るほど高いが、前回のサーベルホワイトウルフを倒した時の報酬と、アランゴーラなどの魔物や薬草を業者に売ってお金を貯《た》めていたので、今の彼女は結構裕福だった。

まぁ、危険な仕事ではあるからな。ここで武器代をケチったら命取りになることは確かだ。

大型魔物が闊歩《かっぽ》するアイスヒートランド。いつもの剣よりは大きな剣の方がいいと思った俺も大剣を手にする。

俺の背丈ほどある全長、幅も普通の剣の倍はある。かなりデカいから移動の時は収納玉《ストレージボール》に入れておく必要があるな。

闇のように黒い刃が特徴の不思議な剣。

こいつは何の鉱石でできているんだ？　黒い剣なんてあんまり見ないな。

武器屋のおっさんがそれを見て、目をまん丸にした。

「ほう、お前さん。破壊神《ディアレス》を持つことができるのかね？」

「ディアレスだと？」

「その剣の名前じゃよ。その昔、世界は一つの大陸だったのを、ディアレス神によって今の状態に分けられたという伝説は知っておろう？」

「あー……そんな話だったっけ？」

創造神ゼノリクの敵として神話に登場する破壊神ディアレス。

その伝説は地域によって様々だ。俺の地域では創造神ゼノリクが作った世界に魔族の大陸を創造した……という話になっていたけどな。

「その剣は元々魔族が持っていた武器なのじゃ」

あー、なるほど。魔族が使っていた剣か。

人間は創造神ゼノリクを、魔族は破壊神ディアレスを信奉しているからな。

「破壊力はどの剣よりも群を抜いているが、誰も寄せ付けない呪われた魔剣じゃ」

「寄せ付けないって？」

「手に持った瞬間、本来の重さの数十倍の重みが両手にかかるそうじゃ。お前さんのように軽々と持つ人間など初めて見たぞい」

呪われた魔剣ねぇ。そんな風に言われれちゃ剣も可哀想だろう？　破壊神の名前まで付けられちまって。

このままだとこの店のオブジェになっちまうだろうな。

ここで出会ったのも何かの縁だ。大きさも重さも俺にはちょうどいい。

「じゃあ、俺はこの剣を貰うよ」

◇・◇・◇

こうして武器と防具を揃えた俺たちは、薬や食料を手に入れるために冒険者ギルドの館へ向かうことにした。

何故冒険者ギルドの館に向かうかというと、あそこの敷地内には薬屋もあるし、食料品売り場もあり、しかも冒険者に特化した商品がたくさん置いてあるからだ。ただし買い物をする前に受付に行く必要がある。あそこで買い物ができるのはギルド会員とその家族だけだからな。

俺とユーリが受付に行くと、何やらフル装備をした冒険者のパーティーがエリンちゃんの前に立っていた。

「そこを何とか教えて欲しいんだけど……」

「守秘義務があるので教えられません！」

手を合わせて頭を下げる青年と、ぷいっとそっぽを向くエリンちゃん。

何だかややこしい時に来てしまったな……買い物は別の場所でした方が良さそうだな、と俺が思った時、冒険者のパーティーの一人が俺たちを指差した。

「あ、万年B級のロイロット・ブレイク発見！」

無邪気な声で言うのは、そばかすが印象的な赤茶髪のエルフ族の少女……いや少女に見えてかなり年上なのかも。

「万年Ｂ級は余計だ。誰だよ、お前は」

「アタイ？　アタイは夕闇の鴉の古株、コンチェだよ。職業は魔法使い」

古株ってことは、やっぱり年上か。

エルフ族は魔法が得意だからな。夕闇の鴉に所属しているということは、かなりの実力者なのだろう。

そういえばベルギオンではフードを深く被っていた魔法使いがいたけど、彼女だったのか。冒険者の中でも特に選《え》りすぐりの強者《つわもの》たちが集う夕闇の鴉の仲間には、入りたくても入れないからな。

「何故、俺のことを知っている？」

「アタイ、あの酒場にいたんだよ。勇者が仲間を追放するトコ見てたし、その仲間をあんたが保護していたトコも見てた」

「ああ、なるほど」

まぁ、多くの客があそこにはいたからな……しかし、彼女も俺と同じく目立たないな。エルフは美形な奴が多いんだけど、彼女の場合、可愛いっちゃ可愛いけど驚くほど平凡な顔だ。

「あーあ、ロイさん……こんなタイミングで来るなんて」

エリンちゃんが頭痛でも覚えたかのように額に手を当てている。

何か下手い時に来てしまったみたいだな。

先ほどエリンちゃんに手を合わせていた青年がこっちに歩み寄ってきた。

あ、こいつはあの時の——

「俺は夕闇の鴉のリーダー、ニック・ブルースターだ」

相変わらず、男前だな。ギルドの女性職員や、女冒険者の視線が彼に集中している。

どこに行っても華がある奴は違うな。

エリンちゃんは心配そうに俺たちとニックを交互に見ていたが、他の客人が来たのでそれに応対することに。

ニックはとても友好的な笑みをこちらに向けていた。ＳＳ級の冒険者となると、Ｂ級の俺なんざまるで相手にしないし、時には見下してくることも多いんだけどな。敬意を払う人間に対しては、こちらも敬意をもって応対したい。

「無所属《フリー》の冒険者ロイロット・ブレイクだ」

俺が自己紹介をするとニックは僅かに目を瞠った。だけどすぐにニコッと笑って俺に尋ねてきた。

「さっきコンチェも言っていたが、あんたがユーリ・クロードベルをあの酒場から連れ出したのだろう？　俺たちはユーリ君に用がある」

ユーリ君か……そういや、ユーリは男として行動していたからな。ニックたちの間でもまだ少年という認識なのだろう。

自分の名前が出てきたものだから、ビクッと肩を震わせるユーリ。彼女は恐る恐るニック・ブルースターの方を見上げる。

ニックはそんな彼女の姿を認め、驚いたように目を丸くした。

「あれ……君、ユーリ君だよね？　以前会った時は男の子だったような」

「間違ってないです。男として活動していたから」

ニックから目を逸らしながら小声で答えるユーリに、ニック以外の夕闇のメンバーもざわざわとした。

獣人族の青年はぽーっとした顔でユーリをまじまじと見詰めて呟く。

「す、凄く可愛い……」

ドワーフ族の少女も目をキラキラさせて、はしゃいだ声を上げる。

「女の子となら友達になりたい」

「男の子とも仲良くしてください」

ドワーフ族の少女の言葉に苦笑する神官の青年。

コンチェはさして驚いている様子はなく、頬を指で掻きながら苦笑交じりに言った。

「アタイは気づいていたけどねー。それに君、エルフの血流れているでしょ？　その目の色ってエルフ族の特徴なんだよ」

言われてみれば、ユーリのブルーパープルの目は人間としては珍しいかもしれないな。だけどユーリはエルフ族のように耳が尖っているわけじゃない。もし、コンチェの言うことが本当だとしたら人間とエルフの間に生まれた可能性はある。

「……両親のことは分からないのです」

「ふーん、そっかぁ。でも年より若く見られない？」

「見られることはありますけど、童顔で、成長も遅めだったので」

何とも言えない表情になるユーリ。ニックはまだ信じられないのか、じっとユーリを見詰める。

――おい、ジロジロ見すぎだっつーの。ユーリが目のやり場に困っているだろうが。

「……驚いた。こんなに綺麗な娘だったんだ！」

「べ、別に綺麗なんかじゃないです！」

「何を言っている？　凄く綺麗じゃないか。貴族のお姫様でも君ほど綺麗な娘はいないよ」

「…………」

ニックに手放しに褒められて、ユーリは恥ずかしそうに俯いた。やっぱりモテる野郎は違うな。お姫様って単語を自然と言っちゃうんだからな。

ニックは俺の方を見て、話を続けた。

「俺たちは最強のパーティーを目指している」

「何故？」

「魔王を倒すためだ。ここにいるメンバーは魔族に家族を殺されたり、連れ去られたりした奴らでね。魔族に恨みがあるんだ。そして頼りない勇者たちに代わって、この手で魔王を倒そうと思っている」

今の夕闇の鴉は勇者のパーティーよりも活躍しているって言われているもんな。

勇者が頼りないと思うのも仕方がないか。

「で、その仲間にユーリを引き入れたいと？」

「そうだ。ユーリ・クロードベルがあの勇者一行の要だったことは分かっている。彼女の懸命な補助があってこそ、あのパーティーは成り立っていた」

ニックはユーリのことをとても評価している。それについては好感が持てる。

パッと見た感じ、パーティーも仲が良いのか、とても陽気な雰囲気が漂っている。エルフ族もいれば、獣人族の戦士もいる。それにドワーフ族の女性もいるな。

全員新しい仲間ができるかもしれない、という期待に満ちた表情を浮かべている。

このメンバーと旅をしたら、ユーリも楽しいかもしれないな。

ユーリが夕闇の鴉のメンバーと楽しく会話をしているところを想像した俺は、ズキッと胸が痛んだ。

ニックはユーリに手を差し伸べて言った。

「ユーリ君、俺たちの仲間にならないか？　君に相応しい活躍の舞台を用意するし、相応の年俸も約束する。活躍次第では君自身に王族や貴族の後援者もつくはずだ」

夕闇の鴉は年俸制なんだな。勇者のパーティーにいた時はただ働き同然だったユーリにとって、安定した給与は魅力的だろう。

ましてや俺よりも若い、こんな美男子に誘われたら――

「ごめんなさい」

ユーリはニックに向かって頭を下げた。

断るの、早っっっ！

おいおいおいおいおいおい、こんな好条件の就職先、もう少し迷ってもいいんだぞ？　こんなおっさんと一緒にいるよりは、華やかな活躍ができるだろうし。

とは思うものの、断りたくなるユーリの気持ちも痛いほどよく分かる。

ユーリは勇者たちにいいように使われてきた。どんなに尽くしても褒められることはなく、むしろ貶《けな》されることの方が多かった。

もしまたそんな扱いを受けたら……という怖さもあるだろう。

それに仲間が多いと楽しいだろうが、その分気遣いもしなきゃいけないからな。

勇者たちに気を遣いすぎて疲れている彼女は、新しい仲間と行動を共にする気にはなれないのだと思う。

まさか即断られるとは思わなかったようで、ニックはやや焦った口調で言った。

「俺たちはあの馬鹿勇者みたいに君を無下に扱ったりしない。ちゃんと決まった休日もあるし、行動も縛ったりはしないし」

ニックはユーリが勇者たちに、いいように使われていたことも知っていたみたいだな。

ウォルクは勇者のパーティーと対立する可能性があるから、ユーリが夕闇の鴉に入ることは望ましくない、と言っていた。

とはいっても、一番大事なのはユーリの気持ちだ。

「ユーリの気持ちはどうなんだ？」

「ロイ……僕は……」

ユーリは俯いて、一度口をつぐむ。

ニックと共に行きたいのか？　まだそんな気持ちになれないのか？　ちゃんとユーリの気持ちを聞いておかないとな。

「夕闇の鴉はいいパーティーだと思うぞ。一緒に行きたいのであれば行けば良い。次の仕事は俺一人でやるから、俺のことは気にしなくても」

「嫌だ！」

俺の言葉に、ユーリは反射的に声を上げた。

彼女のブルーパープルの目がうるうると潤む。

目を瞠る俺に、ユーリは震える声で俺に尋ねてきた。

「……引き留めてくれないの？」

「……っっっ!?」

ぼんっっ！　と煙が出るんじゃないかってくらいに、俺の顔は一気に熱くなった。

ひ、引き留めて欲しかったのか!?

まるで見捨てられた仔犬のような目で俺のことを見ている……ま、まさか俺に捨てられると思ったのか!?

俺は慌てて首を横に振った。

「い、いや!!　俺は君とずっと一緒にいたいと思っている！」

「ずっと一緒って、本当に？　僕のことを厄介者だと思っているんじゃ」

「違う!!　そんなわけがないだろ!!」

「だったら何故、向こうに行けって言うの？」

「向こうに行けとは言っていない。夕闇の鴉の皆は勇者のパーティーとは違う。ユーリの実力をちゃんと見てくれている人たちだってことを言っているだけで、俺よりもあっちの方がいい男だろ？」

「ロイの方がいい男だよ！」

俺の言葉が終わらないうちにきっぱりと答えるユーリに、ニックが一瞬にして石化しちまった。

美男子と誉れ高い英雄様が、こんなおっさんに負けるとは思っていなかったんだろうな。

いや、俺だってびっくりだよ。まさか俺の方が格好良いだなんて、ユーリの美的感覚がどうなっているんだか知りたい。

ユーリは言葉を続けた。

「確かに追放された時は辛かったし、勇者たちと冒険した時のことを思い出すと泣きたい気持ちにはなる。でも、それが一番の理由じゃない」

「ユーリ……」

「僕は他の誰よりも、ロイと一緒に仕事がしたいんだ」

「………‼」

ユーリが俺と一緒に？　しかも誰よりも一緒にって。

なかなか信じられずに、俺は思わず首を横に振っていた。

「ユーリ、俺は冴えないB級冒険者だぞ。地味でささやかな生活を好んでいるから、こいつらのような華やかな生活は一生送ることはない」

「僕もそういう生活の方が好きだよ。今までみたいにロイと暮らしたい。それにロイは自分で言うほど地味じゃないよ？」

「お前の目が節穴なんだよ」

「ロイが自覚ないだけだよ」

ははは……こいつは一本取られたな。だけど嬉しすぎて俺まで泣きたくなった。

君と出会うまで俺は一人の生活を満喫していた。だけど、君と暮らすようになってからは、
二人で暮らす楽しさを知って、一日一日が幸せに感じるようになった。

君も俺と同じ気持ちなのか？

愛しい気持ちがこみ上げ、思わず抱きしめたくなる。

「駄目かな？」

もう一度上目遣いで不安そうに尋ねてくるユーリに、俺は首を横に振った。

ここで駄目なんて答えられる馬鹿いるわけないだろ。

俺は情けないくらい涙声になって答えていた。

「それが君の意志なら……俺は嬉しいよ。引き続きよろしくな」

「ロイ!!」

抱きしめたくなる衝動を抑えに抑えていた俺だが、ユーリの方から抱きついてきたものだから、反射的に彼女の身体を抱きしめていた。

そんな俺たちの様子を見て苦笑いするのはニックだ。

「どうやら、俺は邪魔者だったようだ」

「そーだね。結婚はしてないみたいだけど、恋人同士を引き離して仲間にするのは良くないよ」

エルフのコンチェも、うんうんと頷く。

い……いや、恋人同士ではないんだけど。でもこうして抱き合っていたら、そう見えても仕方がないか。

「あーあ。可愛い娘だと思ったんだけどな」

ユーリを狙っていたのか、つまらなそうに口を尖らせる獣人族の青年の脇腹を、隣にいるドワーフ族の少女が軽く小突いた。

それにしてもウォルクの言う通り、夕闇の鴉のメンバーはいい奴らなんだな。

それ以上ユーリを誘ってくるようなことは言ってこなかった。彼らもまたユーリの気持ちを第一に考えているのだろう。

それまで他の来客の応対をしていたエリンちゃん。俺たちの会話の一部しか聞いていなかったらしい。彼女は両手を組んで目を輝かせて、こっちを見て言った。

「ロイさん、ユーリ君。お幸せに！　男の子同士の恋愛は大変かもしれないですけど、私応援していますから!!」

……エリンちゃんはまだユーリのことを男だと勘違いしているみたいだった。

◇・◇・◇

商都エトから家に戻った後、ユーリはアランゴーラの唐揚げを作ってくれた。

衣はサクサク、絶妙なスパイス、そしてジューシーな肉。一口食べただけで、肉汁が口いっぱいに広がる。こんな美味い唐揚げは他にない。

食事の用意はいつも当番制なのだが、アランゴーラの肉がかなりの量だったので、今回は俺も揚げるのを手伝った。

大皿に山盛りになった唐揚げだが、あっという間になくなった……いや、八割は俺が食っちまったんだけどな。自分でもびっくりするほどの量を食べてしまった……ユーリの料理は何から何まで絶品だ。

夕食を済ませた俺たちは、順番に風呂に入ることになった。昨日は俺が先に入ったので、今日はユーリが先に入る番だ。

洗った皿を布巾で拭いてから全て片付けた俺は、テーブルの上を拭いていた。

「お風呂、先に入ったよ」

我が家の風呂は露天風呂だ。

外からは見えないよう生け垣で囲んであるし、雨の日でも入れるよう屋根がついている。

ユーリはあまり湯に浸かる習慣がなかったらしいが、俺の家にある温泉はすっかり気に入って、いつも幸せそうな顔で風呂から上がる。

そこはかとなく赤く染まり湯気が出ているユーリの肌を見て、思わず俺は目を逸らす。

大きめのシャツをぶかぶかに着ている姿が妙に可愛い。

そういや寝間着は俺のお古だったんだよな……寝間着も買っておけばよかった。いや、そのままでも可愛いんだけどな。

「今日は楽しかったよ。おやすみなさい」

「ああ、俺も楽しかったよ。おやすみ」

……鏡で見たわけじゃねぇが、今の俺、絶対に緩んだ顔しているな。あんな無邪気な笑顔で、楽しかったって言ってもらえたら、こっちだって嬉しくて仕方がない気持ちになるだろ。

ユーリが二階の寝室に上がっていった後、俺はふう、と息を吐き手で額を押さえた。


「なぁ……前世アレだった俺は、こんなに幸せでいいのか？」


誰にともなく問いかける。

一人で気ままな暮らしも気に入っていたけど、二人での生活は、今までのような気ままさをそのままに、楽しさも加わっている。

このまま二人で地味にのんびり暮らすことができたら理想なんだけど。

その時、窓をこんこんと叩く音がした。

窓を開けると、そこには家周辺を見張らせている蝙蝠の羽を持つネズミ、マウスバットがいた。

俺は子供の頃から魔物の言葉が分かり、人懐っこい魔物であれば仲良くなっていた。アランゴーラが家に突進してきた事件以来、俺はマウスバットに家の周辺の警備を頼んでいた。

窓を開けるとマウスバットは羽をパタつかせながら、チーチーと鳴いて俺に状況を報告する。

【接近者アリ　強イ魔力持ッテイル奴ダ　ワイバーンニ乗ッテ、コッチ近ヅイテイル】

マウスバットの報告を聞き終えた俺は鋭い目を窓の外に向けた。

どうやら、なかなか地味でのんびりな生活をさせてはくれなさそうだな。

……ま、腹ごなしに散歩したかったところだからな。ちょっと様子を見に行くとするか。

俺は外に出ると解放の呪文を唱える。

煙を纏い現れたのは大剣『破壊神《ディアレス》』だ。俺はそいつを手に持った。

ユーリがいる二階の部屋は既に消灯済みだ。彼女は寝ているみたいだ。

「家に侵入者が来るようだったら知らせてくれ」

見張り役のマウスバットに告げる。

こんな山中に建つ家に侵入者なんてことはないだろうし、いたとしてもユーリならすぐに撃退するから心配はないと思うが、念のためな。

マウスバットは心得たと言わんばかりに「チー」と鳴いて、家の周辺を飛び始めた。

「隠密魔法《ステルス》」

俺が小声で隠密の呪文を唱えると、周辺はうっすらとした霧に包まれる。こうしとかないと俺が出て行く気配で、ユーリが起きちまう可能性があるからな。

ユーリも冒険者だ。寝ていても不穏な空気を察知すれば、すぐに起き上がる。せっかく寝ているところを起こしたら悪いからな。

ワイバーンでこっちに来ているってことは、多分、中腹のところで降りるだろう。あそこはだだっ広い草原があるからな。

俺は大剣を担いで走り出した。

◇・◇・◇

予想通り、山の中腹にある草原のど真ん中にワイバーンがいた。

ウォルクから借りているブラックワイバーンほどじゃないが、なかなか立派な雄のワイバーンだ。

SS級でも乗ることが難しい飛空生物に乗っているのは、ニック・ブルースターだ。

どうも向こうも一人で来たみたいだな。

ニックは地上に降り立つと、乗っていたワイバーンの頭を撫でた。随分と懐いているようで、ワイバーンは気持ち良さそうに目を閉じている。

俺の姿に気づいたニックは収納魔法《ストレージ》の呪文を唱え、ワイバーンを収納玉《ストレージボール》の中に収めた。

そしてこっちを見て、爽やかな笑みを浮かべる。

「まさか、迎えに来てくれるとは思わなかったよ。ロイロット・ブレイク」

「滅多に来ないお客様だからな、丁重にお迎えしたいと思っていたところだ」

俺は担いでいる大剣で軽く肩を叩きながら言った。

一応、向こうに敵意はなさそうだな。腕組みをして俺の前に立っていた。

「何故、俺がここに来たのか分かる？」

「まだユーリのことが諦められないとか？」

「まぁ、それもないことはないけど、一番の理由はあんただよ」

「俺？」

てっきりユーリに用事があるもんだとばっかり思っていた俺は、思わず自分自身を指差した。

ニックはニコリと笑って頷く。

「うん。あんたに凄く興味が出てきた」

「――俺、そういう趣味ないんで」

「そういう意味じゃないよ。あんた、ベルギオンにいたクマさんだろ？」

「――――」

バレた……！

不意を突かれたので、しらを切る余裕がなかった。

顔を引きつらせる俺に、ニックはクスクスと笑った。

「その反応。やっぱりねー。あんた初対面のはずなのに、どっかで聞いたことある声だなって思ったんだよ」

「こんなおっさんの声、よく覚えてたな」

「うん。クマさんにはもう一度会いたいって思っていたからさ。あんたの声はよく覚えておこうって思ったんだ」

「随分と気に入られたもんだな」

まさか声を覚えられているとは思わなかったな。別に特徴がある声じゃねぇのに。

やっぱり史上最強の冒険者パーティーのリーダーは違うな。

こいつは強力なパーティーを作るために、常に感覚を研ぎ澄まし、情報感度を高めているんだ。

「それからあのユーリ・クロードベルが、何故あんなにもあんたのことを慕っているのか？それも気になっちゃって眠れないんだよね」

「そりゃ、俺の方が知りたいね。どう考えてもあんたの方が男前だし、冒険者のランクも上だからな」

「お褒めにあずかりまして。だけど、実際に彼女が選んだのはあんただった。俺としてはこのままじゃ納得できないわけ」

「……」

なるほどな。今や勇者と張り合えるほどの実力を持つニック・ブルースター。彼の活躍で救われた国、そして町や村も多い。輝かしい活躍をする彼の仲間になりたがっている冒険者は星の数ほどいるだろう。

しかしユーリはそんな英雄の誘いを秒で断っちまったからな。

悩みに悩んで断られるならまだしも、迷いもなく断られてしまったのだから、向こうとしても納得できないのだろう。

「でも、ここに来て確信したよ……ロイロット・ブレイク、やっぱり俺の見込んだ通り、あんたは強いな」

「何故、そう思う？」

「ここに来た気配、全く感じなかったから。俺に気配を感じさせなかった奴は今まで一人もいない」

「隠密魔法《ステルス》を使ったからな」

「隠密魔法《ステルス》を使ったとしても、もし相手が生半可な冒険者だったら俺には分かる」

「……」

どうも誤魔化しがきく相手じゃなさそうだ。正直に答えないと失礼に当たるよな。

俺はニックの目を見て、はっきりと答えた。

「少なくともお前よりは強い」

「……」

穏やかな笑みを浮かべているニックだが、目だけは鋭くなった。

恐らくそんな風に言われたことがなかったのかもしれないな。だが、本当のことだ。

「……信じられないな。万年B級と呼ばれているあんたが俺よりも強いなんて」

「どうしたら信じてもらえる？」

「それは言うまでもないだろう」

ニックはゆっくりと剣を抜く。

刃が青く輝いている。恐らく名のある名剣なのだろう。

あんまり気乗りはしないが、相手にしないと向こうも納得しないだろう。

俺も担いでいた大剣を構えた。

「うわ……破壊神《ディアレス》を持てるのか」

「この剣を知っているのか？」

「どんな強者も寄せ付けず、手に持つことができない呪われた剣だ。あらゆる武器屋が持て余していて、つい最近エトの武器屋の爺さんが引き取ったって聞いている」

そういや武器屋の店主がそんなことを言っていたな。

俺は手に持つことができたから、この剣に歓迎されているってことでいいのかな？

「取りあえず、とっとと片を付けるぞ」

「とっとと片付けないでよ」

俺の言葉にカチンときたのだろう。ニックの表情は険しいものに変わり、剣を振り上げこちらに突進してきた。

青白く輝く刃が弧を描き閃《ひらめ》く。

ギィイィイン！

うん、いい感じに重みがある剣を打ち込んでくるな。闘技場の軽やかな剣の音とは全然違う。

続けざま斬りかかってくるニックの剣。俺は全ての攻撃を受け流してから、最後のひと振りを後方へ飛び退いて避けた。

相手との距離ができたところで、今度は俺から連続斬りを仕掛ける。

向こうは何とか躱《かわ》すのが精一杯といったところだな。

「そんな大剣、よく軽々と持つな」

「俺にはちょうどいい重さだからな」

「化け物か」

ニックは軽く悪態をついてからバク転を繰り返し、俺から距離をとった。

そして掌を俺に向け呪文を唱える。

「魔法の実力はどう？　氷柱《アイシクル》」

次の瞬間、巨大な氷柱が俺の頭上に落ちてくる。

俺は大剣でそれを薙ぎ払う。氷柱は細かく砕け、無数の小さな氷の欠片《かけら》が飛び散る。

息をつく暇はない。ニックがその隙にジャンプして、俺に斬りかかってきた。

ギィィィィン!!

剣と剣がぶつかり合った衝撃で火花が生じ、降下した勢いで先ほどより剣の重みが増す。

普通の人間だったら、真っ二つに斬られている。剣を受け止められたとしても、ただの鉄剣だったら折れていただろうな。

ニックは額に汗を浮かべながらも楽しげに笑う。

「力技で魔法を砕く奴、初めて見たよ」

「この大剣の力だな」

「剣の力だけじゃない……あんた……本当に人間か？」

ニックの問いかけに答える代わりに、俺は呪文を唱えた。

「衝撃波魔法《ウェイブショック》」

「!?」

俺が唱えると、ニックの身体は何かに追突されたかのように吹っ飛んだ。

普通の人間だったら今の時点で大怪我をしているが、さすがにＳＳ級の冒険者は鍛え方が違うな。

吹き飛ばされても無傷ですぐに立ち上がる。そしてこちらに突進し、再び斬りかかってきた。

さっきよりもスピードが上がったな。

振り下ろされた刃を全て受け流す俺に対しニックは問いかける。

「……何故それだけの実力がありながらB級に甘んじているんだ？」

「B級でも充分に食っていけるからな」

「魔王を倒したいと思わないのか？　A級以上になれば貴族や王室からの仕事も受けられる」

「生憎《あいにく》、地位や名誉には全く興味がない」

「なるほど」

話し合いをしているうちに、剣と剣の押し合いになる。しかしそれは長く続かない。力比べなんざ十年早いわ、そこの若いの。

俺は剣ごとニックを押し返す。

ニックは尻餅をつくものの、すぐに剣を構える。俺が剣を振り下ろしたからだ。

剣と剣がぶつかり、再び押し合う形になる。

「おっさん、どんだけ馬鹿力なんだよ」

「お前の鍛え方がまだまだ足りないんだ」

「俺、一応ＳＳ級の冒険者なんだぞ？」

「そんなもん人間が勝手に決めた階級だろ？」

ニックの額から汗が噴き出た。剣を持つ両手が震えている。俺の剣の重みに耐えられなくなってきたんだろうな。

その時だった。

「火炎弾《ファイアボール》」

どこからともなく聞こえてきた炎の攻撃呪文に、俺はすぐさま後ろへ飛び退き、その場から離れた。

炎の玉が俺とニックの間を通り抜け、近くの岩にぶつかる。岩は粉々に砕け散った。

火炎弾が飛んできた方を見ると……緑のフードマントを纏った一人の少女が立っていた。

俺とニックの間を割るように放たれた炎の攻撃魔法、火炎弾《ファイアボール》。

まぁ、魔法が来る気配がしたから一応避けたけど、俺を狙ったわけではないようだ。炎の威力も弱いので当たったとしても全くダメージにはならなかったと思う。

魔法を放ったのは一人の少女……いや、少女ではなくあれはエルフだ。夕闇の鴉の一員である魔法使いだったはず。

ニックが訝《いぶか》しげに彼女の名を呼ぶ。

「コンチェ」

「あんたが夜中にこっそり出て行くから、尾行して様子を見てたけど、ここまでだわ」

「勝負はまだ」

「もう始まった時点でついてる。いい加減遊ばれているって気づきなよ」

「遊……」

「この坊やが本気になったら、あんたなんか瞬殺だよ。これ以上続けていたら指の骨が折れたかもしれないよ？」

「──」

俺を坊や呼ばわりしているこのエルフ。見た目や喋り口調は少女だが、やっぱり俺より年上か。

コンチェはこっちに歩み寄ってきて、ニックの背中を叩いて立つように促す。

そして俺の方を見て問いかけてきた。

「……あんた、何者なの？」

「しがないB級の冒険者以上でも以下でもない」

「それは分かっている。アタイが聞きたいのは何で、そんな規格外の魔力を持っているかってこと。本当に人間？」

ああ、そっか。エルフの中には、魔力の保有量を感じ取るスキルを持つ奴がいるんだっけ？

俺は息を吐いてから答えた。

「一応人間のつもりだけど？」

「何、その言い方。凄く意味深ー」

「細かいことは気にするな。少なくともお前らの害にはならない」

「うん。それは分かるよ。ロイがいい子なことぐらいは」

三十代のおっさんを摑まえていい子って……このエルフ、本当に何歳なんだろ？

さっき尻餅をついた時に痛めたのか、ニックは腰を摩《さす》っていた。

コンチェがニックの腰に治癒魔法をかけてやる。

俺がポリポリ頰を搔いてその様子を見ていると、腰を治してもらったニックが前に出てきてペコリとお辞儀をした。

「夜遅い時間に付き合ってくれてありがとう」

「あ……ああ」

礼儀正しく礼を言われるとは思わなかった。

何というか……まぁ、悪い奴ではないよな。夜遅い時間よりは、昼間に来て欲しかった気もするが、それだとユーリを巻き込む可能性があるしな。

ニックは自嘲交じりに言った。

「コンチェの言う通り、もう始まった時から勝負は決まっていた。あんた全然本気じゃなかったもんな」

「……」

まぁ、否定はしない。俺が本気になったら、色々被害も出るしな。コンパクトに勝負できるように力を抑えていた。

それに一撃で倒したら可哀想かな……という気持ちもあった。

「あんたと戦って納得したよ。ユーリ・クロードベルがあんたに惚《ほ》れた理由も」

「え……!?」

ユーリが俺に惚れている!? そ、それはさすがにないんじゃないのかな? 保護者として慕ってくれているという気持ちはあるとは思うけど。

と思ったのも束の間。

「俺もあんたに惚れた！」

——え?

目をキラキラ輝かせてこっちを見ているニック。

いやいやいや、さっきも言ったが俺にはそういう趣味は……と思いかけたが、どうも俺のことを見詰めるニックの熱い眼差しは、色恋沙汰のそれとは違う。

子供が勇者や英雄に向ける憧れの眼差しに近い。

「あんたの漢らしさ、強さに惚れた！」

惚れたって、そういう意味での惚れたってことかい!!

ニックは両手を拳に握りしめ、力説する。

「芸術的なまでに鮮やかな剣技、風のように軽やかな身のこなし、それだけ筋肉があって、あのしなやかな動き……全部、俺の性癖に刺さった！」

いやいやいや、刺さらなくていい！　刺さらなくていいから！

ぶんぶんと首を横に振ってから、コンチェに助けを求めるが彼女は肩を竦める。

ニックは俺の前に跪《ひざまず》き頭を下げてきた。

「俺を弟子にしてくれ!!　ロイロット師匠!!」

「困る、困る、困る!!　俺、弟子は取らない主義だから」

思わず逃げ腰になりそうになる俺を摑まえるかのごとく、ニックは腰に抱きつき縋ってきやがった。

「月一でいいから！　ちゃんと月謝は払う！」

「お前、充分強いから大丈夫！」

「さっきまだまだ鍛え方が足りないって言ってたじゃないか！」

だぁぁぁぁ！　俺、余計なこと言っちまった。

おい、コラ、目をうるうるさせるな!!　そんな目で見ても駄目なものは駄目だぞ!!

というかいい加減離れろ!!　大の男に抱きつかれても全然嬉しくない!!

コンチェはやや哀れむような眼差しを俺に向けて言った。

「諦めろ。こいつ、弟子入りを認めるまで絶対離れないぞ」

「…………」

結局、俺はニックの熱意に根負けして弟子入りを認めてしまったのだった。まさか今をときめく夕闇の鴉のリーダーに懐かれるとはな。

「俺に弟子入りしたことは広めんなよ」

「分かってますよ、師匠」

「師匠呼ばわりもしなくていい」

「分かりました、先生」

……いや、先生もやめろ……と言いたいが、何かきりがなさそうなのでやめた。

とにかく俺が師匠であることは仲間以外誰にも言わないようにしてくれ、と口止めをしておいた。

ニック・ブルースターの師匠と聞いたら、弟子入りしたがる奴がどんどん現れるだろうから。

「じゃ、先生。来月末、またここに来ますから!!」

大満足な表情でワイバーンの背に乗り、俺に手を振るニック。

俺はやや疲れた表情で手を振り返す。まぁ、慕ってくれるのは悪い気はしないけど熱苦しい奴だな。

コンチェも小型のワイバーンに乗ったところで、俺の方を見て言った。

「兄ちゃん、気をつけろよ。ヴァンロストがユーリ・クロードベルを捜しているらしいから」

「ああ、知っている」

「ま、ロイだったら、あんなクズ勇者どうってことなさそうだけどね」

「……」

俺はそれには答えず笑顔で手を振っておいた。

冒険者ギルドの館エト支部は個人情報の保護は徹底されていると聞く。

勇者たちにそう簡単にこの場所を突き止められることはないだろうが……まぁ、情報なんてどこから抜けているか分からないからな。用心する必要はあるだろうな。

やれやれ、勇者様と争うような、ド派手なことはしたくねぇんだけどな。

俺はユーリの笑顔を思い出す。そして彼女との幸せな日々のことも。

……俺が、守らないとな。

◇・◇・◇

～勇者視点～


「ここにも来ていないのか？　ユーリ・クロードベルは」

「はい、ユーリ・クロードベル様は来ていません」

「……」

クソ……!!　勇者であるヴァンロスト・レインを手こずらせるとは。

あの雑用係、やってくれるじゃないか。

これで何軒目になる？　いくら捜しても、ユーリは見つからない。

最初にユーリに解雇宣告をした酒場から一番近い町にある冒険者ギルドの館に立ち寄った。

しかし、受付嬢曰《いわ》く、ユーリ・クロードベルという名の冒険者は訪れていないという。

仕方がないので酒場から二番目、三番目に近い町や村にある冒険者ギルドの館、職業安定所などを何軒か渡り歩いたが、ユーリは見つからない。

「あーん、またハズレ～」

「一体どこに行ったのでしょうね？」

カミュラの疑問にイリナもうーんと首を傾げる。

「ユーリを連れて行ったおじさん、ギルドに案内するって言ってたんだよね……もっと遠くに行ったってことかなぁ」

「でも飛空生物借りるほどのお金は持っていないのでしょう？　馬車にでも乗り合わせたのでしょうか？」

「まぁ、ついでに乗せてくれる人の良い馭者《ぎょしゃ》のお爺さんって時々いるもんね」

そして今、酒場から馬車で一時間の場所にある冒険者ギルドの館を訪ねたのだが、ユーリは見つけられず徒労に終わった。

クソ……あの役立たずはどこに行ったんだ!?

俺は思わずギルドの館の扉を蹴った。その時通りかかった子供に指を差される。

「あ、ブロッコリーだ！　ブロッコリー!!」

「コラ!!　す、すみません!!」

子供を叱咤《しった》し頭を下げる母親。子供のブロッコリーという言葉を聞き、近くにいた人々もクスクスと笑う……おい、イリナとカミュラ、ローザまで笑ってんじゃねぇ!!

そういえば俺様の髪型はまだ爆発頭だった。

くそぉぉぉ！　あのクマ、勇者様にこんな屈辱的なダメージを与えてただで済むと思うな!!

さすがにこの髪型のままでうろつくのは勇者の威厳が下がるので、俺は急いで理髪店に飛び込んだ。

理髪師は俺の爆発ヘアをしげしげと見てから、はさみを取り出した。

「あー、毛先から半分は完全に傷んでいるから切らなきゃ駄目ですけど、残った髪は薬液を使えば真っ直ぐな髪に戻ると思います」

「じゃあそれで頼む。ついでに綺麗に切り揃えてくれ」

「承知しました」

理髪師に髪の毛を切ってもらいながら俺は考える。

一文無しのユーリが徒歩で行ける所など限られている……あの酒場の近くにある冒険者ギルドの館を徹底的に捜し回ったが、なかなか見つからない。

例の酒場に戻り、情報を洗い直すか……。

「はい、できましたよ」

お、もう散髪が終わったのか。仕事が早いな。

鏡越しに自分の姿を見た俺はギョッとする。

キノコだ。どう見ても笠《かさ》が立派なキノコにしか見えない。

「おい……この髪型は」

「今、この町で流行している髪型です。僕もしているんですけど、女性から可愛いって評判なんです」

「ふん、流行っているのか」

確かに理髪師の髪型も同じだ。小柄で童顔というのもあり、女が可愛いと言いたくなるのかもしれない。

可愛いと言われるのも悪くはないか……。

納得した俺は意気揚々と理髪店を出て仲間が待つカフェへ向かう。

髪の手触りが良くなったな、と喜んだのも束の間、先ほどの子供と再び会った俺はまたもや指を差された。

「あ、キノコだ！　キノコ！　でっかいキノコだー！」

「コラ!!　いい加減にしなさい!!　勇者様本当に申し訳ありません。その髪型よくお似合いですよ」

「……」

頭を下げ謝罪する母親も俺の顔を極力見ないよう懸命に笑いを堪《こら》えていた。

俺はワシャワシャと髪をかきむしる。

やっぱりキノコじゃねぇかぁぁぁ！　あの理髪師め!!

一瞬、あの理髪店を燃やしてやろうかと思ったが、さすがに髪型が気に入らなかったからといって民間人の店を燃やすわけにはいかない。

それによくよく見ると、このキノコカットが流行っているというのは本当らしく、時々同じ髪型の人物がいる。しかし彼らが笑われないのは、顔とよく似合っているのもあるが。髪のカットの仕方が微妙に違うからかもしれない。

俺は改めて窓に映る自分の顔を見る。

他のキノコカットが丸みを帯びたカットに対し、自分の髪型は笠のようだ。

あとやはりキノコの髪型自体が似合っていない。顔の輪郭も含めキノコ感が強すぎる。

クソ……他の理髪店で更に短く切ってもらうか。しかし、この髪型が流行っている町だ。他の理髪師も同じようなものかもしれん。別の町の理髪店に行くか。

◇・◇・◇

ユーリを解雇した時にいた例の酒場は、料理も美味く、酒も安い人気の酒場で、昼間でも常連客で繁盛していた。

取りあえず腹ごしらえだ。

俺たちが席につくと店員の女性がやってきた。イリナたちはそれぞれ料理を注文する。

「あたし、仔牛《こうし》のグリエ、季節の焼き野菜と、ワースホワイトフィッシュのムニエル、オレンジコーンのスープに、ベリーベリーゼリー、グリーンティータルトに、ピンクポエトのケーキ、あとブルーワインお願い！」

イリナがまず早口で注文する。それに続きカミュラも淡々とした口調で注文をする。

「ワース鶏の素揚げ、薔薇のサラダ、ウルトラシュリンプのフリッター、ブルースカイゼリー、アールグレイタルト、それからシャンパンお願いね」

更にローザが注文する。

「アランゴーラの唐揚げ、ワース鶏の串焼きの皮ともも、あとは冷えた麦酒《ビール》をジョッキでお願い」

っつたく、こいつら遠慮って言葉を知らないのか？

今まではユーリにばっか苛立っていたから全然気にしていなかったが、ユーリがいない今、女どもの図々《ずうずう》しさが気になって仕方がなかった。

しばらくして酒が来たので女三人は乾杯をする。

俺は乾杯する気にはなれん……盛大な溜め息をついた時、女性店員が料理を運んできた。

「お待たせしました。エトワース牛のステーキです」

目の前に出てきたステーキは程良く焼けていて柔らかく、味に申し分もない。

しかしユーリが焼いたステーキの焼き加減は絶妙で、肉汁の広がり、噛んだ時の弾力が全然違う。それにソースもキノコの風味が効いていて……クソ……何で、あいつの味を思い出すんだ!?

苛々しながら肉にフォークを突き立てた時、隣席の客たちの会話が耳に入ってきた。

「いやぁ、びっくりしたよ。俺、窓から見てたんだけどさ、あの地味ロイがデカい飛空生物に乗って飛んで行ったんだよ」

「へぇ、ミディアムドラゴンじゃなくて?」

「あれよりはデカかったし、顔も凶悪だったぞ?」

「まさかワイバーンじゃないよな?」

「ワイバーンはないだろ? ありゃS級でも乗るのが難しいんだぜ? あいつ、万年B級だぞ?」

……今、あいつら地味ロイの話をしていたよな？

地味ロイといえば、解雇したユーリと共にこの店を出て行ったB級冒険者だ。

俺は席を立ち二人の元に駆け寄った。

そしてバンッとテーブルを叩き、恐れおののく二人の客の顔を覗き込んだ。

「その話、詳しく聞かせてくれ」

「え……キノコ……じゃなくて、勇者様、その話とは？」

「さっきの話だ！　地味ロイがどうこう言っていただろ!?」

俺がギロっと睨むと、客の一人がビクビクしながらも、自分が目撃したことを話し始めた。

「あれですよ、勇者様がお仲間を解雇した時のことですよ」

自分がユーリを解雇した場面をこの酒場の常連たちは目撃している。

「ユーリ……いや、その地味ロイがどこへ行ったか分かるか？」

一度追い出した仲間を捜し回っていると思われたくない俺は、あくまでロイロットを探している体で問いかける。

「どこに行ったかは分かりませんよ。ただ、俺が窓から見たのは地味ロイが少年と共に、大きな飛空生物に乗って、どっかに飛んでいってしまったことぐらいで」

「飛空生物だと？」

「身体が黒くてやたらにデカかった記憶はあるんですけどね。ワイバーンってことはないと思うんです。ロイはB級だし。ワイバーンって勇者様のようなSS級の人間じゃなきゃ乗れないものなんでしょう？」

「……ああ、そうだな」

俺は頷いてから、舌打ちをする。

ロイロットが何に乗っていたのか知ったことではない。問題はユーリたちが飛空生物で移動したことだ。あいつらは思った以上に遠くに行った可能性がある。

「道理でこの辺を捜しても見つからないわけだ……」

「飛空生物の移動となると、捜索範囲が広がっちまうね」

苦々しく呟く俺に、ローザも大きな溜め息をつく。イリナは「このケーキ、まぁまぁいけるんじゃない」と、我関せずだ。カミュラもタルトを食べて「タルトの方がマシよ」と呟く。

そんな二人を呆れた目で見ながらローザは肩を竦めて言った。

「飛空生物で移動したのなら、ここから一番近い都会に行った可能性があるね。エトにある冒険者ギルドの館に行ったんじゃないの？」

イリナとカミュラはそれを聞いて目を輝かせる。

「エトに行くの!?　やった！　お買い物に行くー!!」

「エトへ行くのであれば、新しい杖を買いたいわ」

商都エトは、この前行った南都ベルギオンと同じくらい大きな都だ。商業が盛んなあの都には品揃えの良い大きな店が多く軒を連ねている。

「あと防具屋で新しい防具も買いたいし、まだ行ったことがない料理店があるからそこにも行きたい!!」

「それなら評判のカフェにも行ってみたいです!!」

こいつら急にはしゃぎやがって……こっちはユーリを捜すのに必死だというのに、二人とも積極的に協力しやしない。

まぁ、酒場周辺で心当たりがある場所は行き尽くした。ここは商都エトに行くしかないだろう。

待ってろよ……ユーリ。勇者様直々にお前を迎えに行ってやる。

◇・◇・◇

俺たちは商都エトへ向かうべく、近くの町にある飛空生物貸出所《ひくうせいぶつかしだしじょ》に向かった。

飛空生物貸出所《ひくうせいぶつかしだしじょ》は大きな厩舎《きゅうしゃ》に、ミディアムドラゴンやスモールドラゴン、グリフォンなど飛空生物たちが待機している。

グリフォンは鷲《わし》のような上半身と獅子《しし》のような下半身を持つ飛空生物だ。

値段は借りる生物や期間で変わるが、一時間もしない片道程度であれば五千ゼノスからだ。

飛空生物は客を送り届けると自分で厩舎に戻るよう調教されている。

「良い子だね。私はこの子を借りるよ」

全身が真っ白なグリフォンの頭を撫でてから、手綱を引くローザ。彼女はどうも動物好きなようだ。

白いグリフォンもすっかりローザのことが気に入ったのか、甘えるように頬ずりをする。

飛空生物は皆、自分より弱い相手は背中に乗せないという習性があり、グリフォンも例外ではない。ＳＳ級冒険者であるローザにはすぐに懐いたが、Ｓ級冒険者であるイリナとカミュラには威嚇をしていた。

俺はやや不満顔で貸出所の店主に尋ねる。

「ここにワイバーンはないのか？」

「うちで扱えるのはコレが限界ですよ。ワイバーンに乗りたいのなら、この辺じゃエトにある冒険者ギルドの館にしかないのです」

店主の言葉にローザは露骨に顔をしかめ首を横に振る。

「ダメダメ、あそこにいるのはブラックワイバーンだろ？　大きいけど凶悪すぎるよ。私でも乗りこなせなかった」

「ブラックワイバーンは、エト支部の支部長のものです。あれは規格外でＳＳ級の冒険者でも乗るのは難しいですよ」

そんな会話を聞いていた俺はふと、酒場の客の言葉を思い出した。

そういえば、ロイロットが乗っていた飛空生物は身体が黒くてデカいと言っていたような気がしたが……まさかな。

あの地味なおっさんがブラックワイバーンに乗れるわけがない。別の飛空生物に決まっている。

店主はにこやかに笑って言った。

「大丈夫、エト支部ならブラックワイバーン以外にも、ＳＳ級の冒険者様たちもご満足頂ける大きなワイバーンがいますよ。まぁ、今は近距離移動するだけですし、こいつで我慢してくださいよ」

店主がこいつと指差したグリフォンは何とも目つきが悪く、嫌そうな顔で俺の方を睨んでいた。

ローザがクスクスと笑って言った。

「あんたとそのグリフォン、顔そっくり」

「何だと!?　何で俺がこんな馬鹿鳥と似ているんだ!?」

馬鹿鳥という言葉がかんに障ったらしく、グリフォンは怒りの声を上げながら俺の髪をむしりやがった。

「うぉい!!　何、人の髪をむしってんだ!?　おい、店主、こいつを止めろ!!」

「いや、そんなこと言われましても」

結局、グリフォンは俺にそっぽを向き、髪がボロボロになった俺も生意気なグリフォンが気に入らなかったので、別の飛空生物に乗ることになった。

ローザは苦笑して言った。

「あーあ、せっかく顔が似ているんだから仲良くしたら良かったのに」

「どこが似ているんだ!? そもそも似ているからといって、何で仲良くならなきゃいけないんだ!?」

俺は仕方なくミディアムドラゴンに乗ることにした。

ミディアムドラゴンはイリナとカミュラも乗っている。大人しくて小柄なので、女性の冒険者がよく乗るのだ。

く……勇者が乗るには小さすぎだろ。こんなのに乗るのは屈辱だが短い飛行時間だ。我慢するしかない。

俺はイリナたちを引き連れ、商都エトを目指し飛び立った。

第六章　地獄の大地

今日は北風が冷たかった。

極寒である夜のアイスヒートトランドほどの寒さではないが、ユーリはフワフワモコモコな猫耳フードの上着を着込んでいる……はっきり言って滅茶苦茶可愛い。

これがドラゴンの氷雪攻撃すら防ぐ防御力を誇る上着なんだぜ？　信じられないよな。

俺は収納玉《ストレージボール》からブラックワイバーンを解放した。

通常のワイバーンより一回り大きいこいつは、羽を広げるだけでもかなりの迫力だ。身体が黒く凶悪な顔のため、多くの人間はブラックワイバーンを恐れるのだが、ユーリは少しも恐れない。

しかも「おはよー」と言って、鼻を撫でている。ブラックワイバーンも気持ち良さそうに目を閉じていた。

「それにしても、本当に大きいね。この子」

「ああ、そいつは元々ウォルクの持ち物なんだ」

「ギルド支部長の？　……あの人、そういえばＳＳ級だったね」

「そいつに乗れる冒険者はウォルクぐらいだ。ニックや勇者なら乗れるかもしれないが……こいつは気難しい奴だからな」

「でもロイは乗ってるよね……この子に」

「まぁ、俺は例外だと思ってくれ」

言いながら俺はブラックワイバーンの背中に跨《また》がった。そしてユーリの手を引いて彼女を前に乗せる。

俺が手綱を引くと、ブラックワイバーンは飛び立った。

「うわぁ、綺麗だなぁ」

上空には朝焼けで赤く染まった雲海が広がっていた。

本当に絵にしたいくらい綺麗な景色だ。もっとこういう景色を見せてあげたい。

目を輝かせているユーリの横顔を見ていたら、そう思わずにはいられない。

「ユーリ、寒くないか？」

「上着が凄く温かいから平気。ロイは寒くない？」

「俺も平気だ。ただ、手袋をはめとけば良かったなとちょっとは思っているけど」

上空は予想以上に冷え込んでいて、あっという間に手がかじかんでしまった。

次の休憩地点に降りたら、鞄《かばん》の中に入れてある手袋をはめることにしよう、と俺が考えていた時、ユーリが手綱を持つ俺の手に自分の手を重ねてきた。

「温感魔法《ヒーティス》」

身体を温める魔法でユーリの掌がまるで懐炉のように温かくなる。

俺のかじかんでいた手は一気に温まる。

「飛んでいる間はずっとこうしているね」

そう言って笑いかけてくるユーリの笑顔に、俺はドキッとする。

最初に出会った頃のことを考えると、彼女はとても明るくなった。そして綺麗になっている。

正直、ユーリとの暮らしは毎日が楽しくて仕方がなかった。今だってこうして一緒に飛んでいる時すら、俺はウキウキしている。

こうして手と手が触れ合っているだけでも落ち着かない気持ちになる一方、幸せな気持ちで満たされていた。

俺は日に日にユーリのことが好きになっている。

参ったよなぁ、今頃になって恋をするとは。

生まれてから、人に対して恋愛感情なんか抱いたことがなかった。

ウォルクや孤児院で一緒に兄弟のように育った奴らには身内のような感情はあるが、それ以外の他人にはあまり執着したことがなかったから。

前世がアレだったことも影響しているのかもしれない。

だけど、ユーリだけは違う。ユーリという名前を初めて耳にした時、胸を突かれたような感覚がした。

とても真面目で堅実で、働き者で、思いやりもあって。一生懸命すぎて、危なっかしいところもあるが、だからこそ守りたい気持ちもあって。

一緒に暮らしているうちに、保護しなきゃいけない存在から、愛しい存在へと変わっていった。

だけど……どう考えても、俺とユーリとじゃ釣り合わない。

輝かしい未来が待っているまだまだ若い彼女に対し、自分は冴えないおっさん。それでいて前世はアレだから……いや、前世はもう関係ないとは思っている。それでも自問自答せずにはいられない。

俺は本当に幸せでいいのか？　と。

ユーリは今、俺と一緒にいたいと言ってくれている。

だけど、その気持ちがこの先も続くのか？

もし彼女の気持ちが変わって、俺の元を去ることになったとしても、俺は元の一人の生活に戻るだけだ。

そう、元に戻るだけ。

……やばい。その時のことを想像しただけで落ち込みそうだ。

「ロイ、どうかしたの？」

「あ……いや、天気が大丈夫かな？　って思って」

「そうだね。今はいい天気だけど、アイスヒートランドの方向は暗い雲が出ているね」

ユーリの言う通り、山脈の向こうにあるアイスヒートランドの空は灰色の空に覆われていた。

「もしかしたら、到着した頃には雪が降るかもしれないいな」

「吹雪《ふぶ》くと視界が悪くなるね」

「ああ。ただ雪の方がアイスディアには遭遇しやすい。思ったよりも早く片が付くかもしれないな」

俺は速度を上げるべく、手綱を軽く打つとブラックワイバーンは忙しなく翼を上下に動かし始める。

とっとと仕事を済ませて、またのんびりと過ごしたいな。

「ユーリ、次の休憩地点で何か食べるか」

「う……うん」

「どうした？　俺、変なこと言ったか？」

「いや、嬉しいんだ。旅先でロイと一緒にご飯を食べるのが」

そんな幸せそうな顔すんなよ。家だったら毎日一緒に食べているじゃないか。でも旅先で一緒に食べるってのが重要なんだろうな。多分、ユーリは勇者たちとは一緒に食事をしたことがなかったんだろうな。

だから旅先で誰かと一緒に食事をすることそのものが新鮮で幸せなのだろう。

「俺も君と一緒に食べられて嬉しいよ」

俺がそう答えると、ユーリは頬を紅潮させて笑った。そしてさりげなく俺に寄りかかってくる。

いきなり甘えるような仕草をしてくるものだから、びっくりして声が出ない俺に、ユーリは振り返り無邪気な笑みを浮かべた。

「ロイの上着、前が開いて寒そうだから。こうしてくっついておけば、寒くないでしょ？」

「あ……ああ」

び、びっくりした。そ、そうだよな。ユーリが何の前触れもなく俺に甘えてくるわけないよな。

確かにユーリのフワフワモコモコな上着がくっついて胸の所も温かくなった。

ただ……俺の心臓が早鐘を打っているのがバレないといいのだが。

エンクリスの町にたどり着いたのは、それから間もなくのことだった。

エンクリスの町。

アイスヒートランドから一番近い町だ。

とはいっても、あの地獄の地帯にたどり着くまで飛空生物で移動しても、あと一時間以上はかかる。広い樹海、山も越えなきゃならないので、一度ここで休憩を取らないといけない。

エンクリスの町は雪の町として有名で、大通りは街路樹の代わりに氷のツリーが立ち並んでいた。

しかも魔法でツリーが光るようになっていて、昼でも薄暗いこの町の道を明るく照らしてくれている。

街の一角にある食堂にて、窓から雪景色を眺めながら、俺とユーリは温かいシチューとパンを頂く。

俺もこうして、旅先で誰かと一緒に食事をするのは久しぶりだ。五年くらい前に、ウォルクと軽食を食べたくらいだよなぁ。

美味しそうにパンを食べているユーリの顔を見ていると、こっちも幸せな気持ちになる。

時々、外で一緒に食事をするのもいいかな……？

そんなことを考えつつも食事を終えた俺は、ユーリと共にエンクリスの町を歩くことにした。

この町は様々な魔石が採れることで有名だ。鉱山によって採れる魔石の色は異なるが、いずれも透明度が高く、魔力を増幅させる作用もあるので武器の材料に適している。

町の中心部にある大通りには魔法の杖やステッキの専門店も多い。

あとアイスヒートランドに向かう冒険者たちが必ず立ち寄る場所でもあるので、冒険アイテムの専門店もある。

「雪避けのテントが売ってる。あれ買おうかな？」

「ああ、それなら俺が持っているよ。まぁ、アイスヒートランドはわりと休憩所になる洞穴が所々にあるし、中心部には宿泊する所もあるから必要ないとは思うが」

「宿泊する所？　あんな所に宿なんかあるの？？」

首を傾げるユーリに俺は「まぁな」と軽く答える。

〝あそこ〟は、転生してから一回も行ったことがないから、ちゃんと泊まれるかどうか分からないけどな。少なくとも、テントや洞穴の中に泊まるよりは快適なはずだ。

「それよりもあっちに行ってみよう」

俺が指差した方向は、アクセサリーショップだ。

ここで採れる魔石はアクセサリーとしても人気があって、たくさんのアクセサリーショップが並んでいた。

俺とユーリはその中でも一番大きな店に入った。

店内はクリスタルのシャンデリア、そしてオブジェが部屋を飾り立てていた。キラキラ眩しい店内にユーリは少し緊張気味だ。

ショーケースの中、光り輝く魔石製品をユーリは目をまん丸にして見詰めていた。

ブローチ、ネックレス、指輪、イヤリングの他、猫を象《かたど》った置物、鳥や犬、クマの置物もあった。

「凄く、綺麗……」

ユーリの視線の先にはブレスレットがあった。

細いプラチナのチェーンにブルーパープルの魔石があしらわれている。

「こういうのあんまり着けたことがないから……」

ぽつりと呟くユーリに俺は言った。

「着けてみればいいじゃないか」

「え……でも……」

「そこのブレスレットを見せてくれるか？」

戸惑うユーリの横で俺は店員の青年に言った。

青年は快く頷いて、ショーケースからブレスレットを取り出す。

俺はユーリの右の手首にそれを着けた。ユーリの瞳の色と石の色が似ているからよく似合っているな。

「……っ!?」

ユーリはしばらくの間、呆《ほう》けたようにそれを見詰めていたが、やがて戸惑ったように俺の方を見た。

「ロイ……凄く素敵だけど……僕はこれを買うお金は持っていない」

「このブレスレット買うわ。いくらだ？」

「え……ちょ、ちょっと、ロイ!?」

「少し遅れたが誕生日プレゼントだ」

俺は店員の青年に金貨を渡し、支払いを終えた。

店を出てからもブレスレットを見詰め、呆然とするユーリの肩を叩いて俺は言った。

「ユーリ、誕生日おめでとう」

「ロイ……」

「俺にはこれくらいのことしかできないけど」

「そんな……充分すぎるよ……言葉だけでも嬉しいのに。これ大事にするね」

ユーリは目に涙を浮かべて言った。

こんなに喜んでもらえるのなら、来年は盛大にお祝いするか……って、何を当たり前のように来年のことを考えているんだ!?

来年も彼女と一緒にいられるかなんて分からないだろ!?　そりゃ俺は一緒にいたいけど、人生何が起こるかなんて分からないし。

ユーリは溢れそうになる涙を拭ってから、明るい声で言った。

「じゃあ、今度は僕がロイの誕生日をお祝いするよ」

「俺はもう誕生日祝いされて喜ぶ年じゃねぇよ。それに誕生日がいつなのか、俺も分からないんだよな。二歳か、三歳ぐらいの頃に孤児院に拾われたから」

「そうなんだ……」

「だから気にしなくていいぞ。親に捨てられたくらいだ。俺の誕生なんかそんなめでたくなかっただろうし」

「何を言っているんだ!? 僕はロイが生まれてきてくれたことに感謝したいよ」

「……っ！」

ま、まさか怒られるとは思わなかった……だけど、怒られて嬉しいこともあるんだな。

嬉しさがこみ上げ、俺は笑みと泣き顔が混ざったような表情を浮かべていた。

クソ……涙腺が弱い年になってきたぜ。

「ありがとな、ユーリ」

「仕事が終わったら、今度は僕がロイに何かプレゼントするから。ロイ、何が欲しい？」

そう言って首を傾げるユーリに俺は胸がドキドキする。

こっちを覗き込んでくる顔があまりにも可愛いものだから、思わず次の言葉が喉まで出かかっていた。

君が欲しい……、と。

だぁぁ!!　何を言いそうになってんだ、俺はっっっ!?

まずい、まずい、まずいっっ!!

自分でも顔が熱くなっているのが分かる。ユーリにはバレていないよな!?

「ロイ、顔が赤いよ？　もしかして恥ずかしいものなの？　僕はどんなものでも気にしないけど」

ば、バレていた……!!

どんなものでも気にしないって……お前が欲しいって言ったらさすがに気にするだろ!?

「ま……まぁ、仕事が終わってからゆっくり考えるよ」

「うん。恥ずかしがらなくていいからね」

滅茶苦茶恥ずかしいわ！

その時冷たい北風が吹き抜けたが、全身が熱くなった俺には涼しかった。

誕生祝いをしてくれるユーリの気持ちは素直に嬉しい。

俺が生まれてきたことに感謝する……か。

ユーリもさっき言っていたが、言葉だけでも充分に嬉しいものなんだな。

本当にありがとな、ユーリ。

◇・◇・◇

～勇者視点～

「俺たちはユーリ……じゃなくて、ロイロット・ブレイクを探している。奴は本当にここに来ていないのか？」

「勇者様、他の冒険者の個人情報は守秘義務がございますので、お答えすることはできません」

俺はヴァンロスト・レイン。神に選ばれし勇者だ。

商都エトの理髪店で髪を切ってもらい、ようやくまともな髪型になった。

今までクスクスと笑われていた俺だが、店を出るとたちまち女たちの熱視線を集めることになる。

仲間を引き連れ、意気揚々と冒険者ギルドの館エト支部を訪れた俺は、早速受付に行ってユーリの行方を尋ねた。するとエリンと名乗るその少女はニコニコ笑って守秘義務を主張してきた。

確かに本来、冒険者ギルドの館には守秘義務がある。

だが、俺は勇者だぞ？　そういった情報も特別に教えてくれるものだろう？

今までの受付嬢はこちらが勇者と名乗っただけで、熱っぽい眼差しを向けながらあっさり教えてくれた。

しかしこの少女は驚くほど勇者に対して憧憬《どうけい》の念がない。むしろ軽蔑の眼差しで俺のことを見てやがる。

睨んで脅してみるが、彼女は勇者の怖さを知らないのか、頑として答えてくれない。

するとその場に居合わせた冒険者が、手に持つ酒瓶を持ち上げながら代わりに答えた。

「勇者さん、ロイを探しているのかい？」

「ちょっと！　駄目ですよ！　むやみに教えたら」

「俺が言わなくても誰かが言うって」

咎《とが》めるエリンに酔っ払いの冒険者は構わず話を続ける。

「あいつなら、パートナーの小僧と一緒に仕事してるみたいだぜ」

「小僧？」

「ちょっと小柄な紺色っぽい髪の小僧だったなぁ」

小柄な紺色っぽい髪の小僧……ユーリのことか。あのB級地味野郎のパートナーだと!?

俺は酒場で見た、B級冒険者の冴えないおっさんの顔を思い出す。

ローザの一言であのB級冒険者がユーリと共に酒場を出て行ったことは確かだ。そしてどこかの冒険者ギルドの館を訪れていることも予想できたが、まさかパートナーとして一緒に働いていたとは。

「E級のあいつに何ができるんだか」

みすぼらしいユーリの顔を思い出し嘲笑する俺に対し、エリンはにこやかに笑って言った。

「ユーリ君は今、S級ですよ」

「何⁉」

S級⁉　あいつがS級だと⁉

つい最近までE級だったあいつが⁉　俺でもS級までたどり着くのに一年かかっているのに。俺がユーリを解雇してから半年も経っていない。そんなにすぐにS級を取ったのか？

エリンという少女は笑顔のまま更に言った。

「だからユーリ君に相応しい仕事場に行って頂いています。私が言えるのはそれだけですね」

「あいつ……俺の許しを得ずに勝手に昇級試験を受けたのか⁉」

「あれ？　勇者様はユーリ君を解雇したのでしょう？　もう関係ないのでは？」

盛大な嫌味を言うエリンに、俺は怒りで顔が真っ赤になる。クソ……反論する言葉が見つからない。

屈辱だがここは笑顔を作ってでも愛想良くして、このガキから情報を引き出さないと。

「いや、実はそのユーリに大事なことを伝えなきゃならなくてな。すぐに連絡を取らなければならない」

「ユーリ君は遠方でお仕事をしていますので、今すぐは無理ですね」

「だから遠方ってどこなんだ!?」

「それは守秘義務ですから答えられません」

俺は声を荒らげたがエリンは全く怯むことなくニコニコ笑ったままそう答えた。

こ、このクソガキ……!!

思わずその胸倉を掴みたくなったが、ローザが呆れたように溜め息をついてから、俺の肩を軽く叩いた。

「こっちじゃ埒《らち》があかないから、別の所で聞こうじゃないか」

「し、しかし……」

「そのお嬢さんはあんたがどう脅しても絶対に喋らないさ。優秀な受付嬢だからね」

「ちっっ……」

ローザは周囲には聞こえないよう小声で俺に言った。

「私の知り合いの情報屋だったら、誰がどの依頼を受けたかも知っているはずだ。そいつに聞いてみようじゃないか」

「……」

この女は本当に使える。雇うのに金はかかったがそれだけの価値はある。ユーリとは大違いだ。しかし、あれはあれで雑用として少しは役に立つ。だから今後もそばに置いてやるつもりだ。

「ローザ、情報屋の元に案内してくれ」

◇・◇・◇

雑貨屋ゼンク。

エトの都心から少し離れた場所にある雑貨屋。

一見、客も来ない寂れた店だが、店主は凄腕の情報屋でこちらの方が本業であった。

ローザとは古くからの知り合いらしい。

年齢は八十歳ぐらいのジジイだ。

冒険者ギルドの館から歩いて二十分、路地裏にある廃墟《はいきょ》のような店舗兼住居に彼は住んでいた。

そのジジイはカウンターの向こうで新聞を読んでいたが、俺たちの姿を見るなり面倒くさそうに欠伸をしてから言った。

「何じゃ、ローザじゃないか。今日は何の用じゃ？　また金になる情報を持ってきたのかの？」

「違うよ。今日は買う側」

「勇者様と一緒に冒険なんざあんたも物好きだね」

「うるさい小鳥が二羽いるし、勇者様も何かと世話がかかるけどね。それなりに金になるよ」

ローザの台詞を聞いたイリナは首を傾げ、隣にいるカミュラに尋ねる。

「カミュラ、鳥なんかいたっけ？」

「さぁ、ローザが飼っている鳥のことでしょ」

おめーらのことだよ、と俺は突っ込みたくなったが、取りあえず我慢する。この二人は自分がうるさいという自覚がまるでないのだ。

そんな小鳥たちに苦笑しながら、ローザが前に出てゼンクに尋ねる。

「万年B級冒険者のロイロット・ブレイクのことを探しているんだ」

「ロイロット・ブレイクゥ？　何じゃ、お前さんたちもあの男に用事があるのかい」

「「？」」

首を傾げる俺とローザ。

ちなみにイリナとカミュラは会話には参加せず、店棚に置いてある雑貨を見ていた。

「俺たちの他にもあのおっさんを探している奴がいたのか」

「そうそう。ロイが住んでいるトコ教えてくれってね。凄い熱量で尋ねてきた奴がいたよ」

「誰だよ、B級のおっさん追いかける物好きな奴って」

「お金くれたら教えてあげる」

「小さな情報でも手がかりになるからね。教えてくれない？」

おい、ローザ。勝手に話を進めるな……金を払うのは俺だぞ？　ケチな男だと思われるのも嫌なので、取りあえず黙っておくが。

「ロイロットのことを聞いてきたのは、ニック・ブルースターじゃよ。勇者と英雄様が気になるとは、やはりあやつはタダのB級じゃなかったということじゃな」

ニック・ブルースターもロイロット・ブレイクを探している⁉

何であいつがロイロットのことを……ニックの目的は本当にロイロットなのか？

あいつがあんな冴えないB級冒険者のおっさんに興味があるとは思えない。

本当の目的がロイロットではなくユーリだとしたら？

俺と同じように、ロイロットとユーリが冒険者ギルドの館エト支部に来たという事実を知り、彼らの居所を知るためにここに来たとしたら？

ニック・ブルースターの奴、以前からユーリを粗末に扱うな！　そんな扱いするくらいならユーリを夕闇の鴉のメンバーにするとか、やたら俺に突っかかってきた……クソ、まさか本気でユーリを手に入れるつもりなのか⁉

だがユーリが夕闇の鴉のメンバーになったという噂は聞かない。

あれだけ有名なパーティーだと情報屋を使うまでもなく、新たな仲間が入るとそれなりに噂になる。それにエト支部にいたあの酔っ払い冒険者も、ユーリは今ロイロットのパートナーとして働いているようなことを言っていた。

恐らくニックはまだユーリの勧誘には成功していないのだろう。

当然だ……単なる冒険者パーティーよりは、勇者のパーティーと一緒にいた方がいいに決まっているからな。しかし悠長に構えている場合じゃないな。ユーリがニック・ブルースターの口車にのって夕闇の鴉のメンバーになったら厄介だ。

ユーリとニック・ブルースターが笑い合うところを想像してしまった俺は、唇を嚙みしめた。あいつは俺の物だ。あんな野郎に取られてたまるか。一刻も早く、ユーリを捜し出さないと!!

俺がそんなことをぐるぐると考えていると、ローザが口を開いた。

「ふーん、ニックといえば、闘技場にいたクマにやたら興味を持っていたねえ」

「お、ローザもクマが気になるのかね?」

目をキランと光らせ尋ねてくるゼンクに、ローザはギョッとする。

どうもクマ情報はゼンクにとって特上の情報のようだ。

あのクマには恨みがある。俺は身を乗り出してゼンクに尋ねた。

「あのクマの正体を知っているのか？　ついでにそれも教えろ」

「いや、儂《わし》も今クマの情報を集めておるところじゃ」

「何だ、まだ分からないのか」

「まぁ分かったとしても、五百万ゼノス以上は頂かんとな」

「は？」

「五百万ゼノス以上は用意してもらわんと売る気にはなれんわい」

「何でそんなに高いんだよ!? 何なんだよ、あのクマは!?」

「だってゴリウス・テスラードが出したクマの懸賞金、五百万ゼノスじゃぞ？ まだまだ懸賞金は跳ね上がりそうじゃし。クマの情報が欲しかったら少なくとも五百万以上は貰わないと」

「何であんなクマに五百万以上払わないといけないんだ!? 馬鹿馬鹿しい。クマのことは後回しだ!! とにかくロイロットの行方を教えろ！ あいつは今、仕事で家にはいないのだろう？ どこにいるんだ!?」

「何じゃ、急ぎなのか？ わざわざ仕事場まで追いかけんでも良いじゃろ？」

「それじゃ、遅い！」

家に帰るまで悠長に待っていたら、ニック・ブルースターに先を越される可能性がある。あいつがそう簡単にユーリを諦めるとは思えない。

誰よりも早くユーリを捜し出さないと!!

ゼンクは後ろにある本棚から一冊のノートを取り出し、頁《ページ》をめくった。

暗号で書いてあるのか、頁をちらっと見ただけじゃ内容は分からない。

「ロイロット・ブレイクの今回の仕事はアイスディアの生け捕りじゃ。あんたらが引き受けないから代わりに引き受けたようじゃぞ」

「アイスディアの捕獲？　そういやギルドから依頼が来ていたけど断ったな。報酬が割に合わないから」

俺はギルドからの依頼を思い出していた。

ローザは怪訝《けげん》な表情を浮かべ、ゼンクに尋ねる。

「A級……いや下手すりゃS級の魔物じゃないか？　何でそんなものB級のあいつが」

不思議そうに首を傾げるローザにゼンクは肩を竦める。

「実力はあってもあえて昇級しない奴は結構いるよ。A級以上になると、王侯貴族どもがすり寄ってくるからな。社交を嫌う冒険者はB級で止めている」

「えー、貴族様なんて、いい金蔓なのにね。でも、地味ロイらしいっちゃ、らしいか」

一人納得するローザだが、今、ロイのおっさんの話なんかどうでもいいんだよ！

俺は身を乗り出してゼンクに尋ねた。

「アイスディアってことは、氷雪地帯か？」

「うむ、アイスヒートランドじゃ」

アイスヒートランド、と聞いた瞬間、イリナとカミュラは露骨に顔をしかめた。

二人は同時に甲高い声を上げた。

「何でそんな遠くまで!?　めんどくさーい!!」

「アイスヒートランドって、寒暖の差が地獄な所じゃないですか!!」

文句を言い始めるイリナとカミュラに、俺は危うくブチ切れそうになった。その場でぶん殴りたくなったが、何とか自制心を保ち、二人に質問する。

「お前らそれぐらいの所は今までも行ってただろう?」

イリナとカミュラは顔を見合わせてから、しばらく黙り込んでいたが、やがて明後日《あさって》の方向を向きながら小声で答える。

「だってあの時はユーリがいつも温かい寝床を整えてくれたし」

「私たちが寒くないよう、テント内や洞穴の温度調整もしてくれましたし」

「今、それがない状態であんなトコ旅をするってきっついよねー」

「私はユーリほど長時間の間、温風、涼風の魔法はできませんよ?」

俺は再びブチ切れそうになった。床を整えたり、料理をしたり、買い出しに行ったりするのは、イリナ、カミュラもしてくれているのかと思っていた。しかし実際はユーリだけがそれをしていたらしい。

「お前ら、そういうこともユーリよりできるんだろ!?」

「何を言っているの!?　あたしは戦いで疲れているんだよー」

「そうですよ。私だって体力が残っていたらやっていますよ!!　そんなに言うならあなたも今後は料理や寝床の準備をしてください！」

ものすごい剣幕のイリナとカミュラに同時に言い返され、俺は何も言い返せなくなる。

そして妙に納得させせられてしまうのだった。

確かにこいつらはよく戦ってくれている。あの役立たずと違って。イリナやカミュラたちのためにも、早くユーリを連れ戻さないと。

◇・◇・◇

アイスヒートランド。

通称地獄の大地と呼ばれ、灼熱の太陽が照りつける中、大型魔物が闊歩し、延々と砂漠と裸の岩山が続く険しい地帯である。

しかし夜になると大地はマイナスの温度になり、氷雪系の魔物がうろつくようになる。

今回の依頼は、夜のアイスヒートランドのみ現れる鹿型の魔物、アイスディアを捕まえることだ。

アイスディアとは白銀の体毛、ダイヤモンドのような角が特徴の魔物だ。日中は赤毛で黒い角が特徴のサンドディアという別の魔物として過ごしている。

夜になるとアイスディアに変貌するのだ。このアイスディアの角がものすごい高額で取引される。

大きさは全長が二メートルから三メートル。高さは俺の背丈を余裕で超えるデカさだ。

枝分かれした角はこの世のものとは思えない輝きを放つといわれている。

俺とユーリは吹雪の中、一時間歩いていた。

見渡す限り雪景色……これが昼には砂漠になるなんて信じられない。

創造神《ゼノリク》も変わった場所を創ったものだ。

ユーリが慣れない雪の上を歩いていて尻餅をつく。

「大丈夫か？　ユーリ」

「平気だよ」

「すぐ近くに休憩所の洞穴があるから少し休もうか」

アイスヒートランドの岩山には、所々洞穴がある。

洞穴の場所は冒険者ギルドの館で貰える地図にも示されていて、冒険者たちの休憩所として利用されている。

俺たちは一度そこに避難し、一休みすることにした。俺は風が入ってこないよう、洞穴の入り口に防御魔法をかけた。

中でランプを灯すと洞穴の中は明るくなる。

「温風魔法《ウォームウィンド》」

ユーリが呪文を唱えると洞穴の中は暖かくなる。あっという間に快適な部屋になった。冷え切った身体も温まるな。

この魔法は持続性がある分、魔力の消費が大きいのだが、ユーリは平然としている。彼女も相当な魔力を保有しているのだろうな。

「地面は冷たいから、これに座って」

収納玉《ストレージボール》から出して地面に敷いてくれたのは、クッションだ。何とも座り心地が良い。

「デーモンシープの毛を使ったクッションだよ。この毛をクッションにすると凄く座り心地が良いんだ」

「す……凄いな。デーモンシープの毛って色が悪いし、肌触りも悪いから毛皮としては売れないんだよな」

「でも、肌触りの良い布の中に入れたら良い感じになるんだ。マットレスも作ってみたんだ。テントの下に敷いておくと寝心地が良いんだよ」

「凄い……全部ユーリが作ったのか」

そりゃ、商品化したら冒険者に売れるやつだぞ!?　冒険者にならなくても金持ちになれるんじゃないのか?

ただ大量生産が難しいか。デーモンシープもそう都合良く捕まえられるわけじゃないし。家畜として飼うにはあまりにも凶暴な魔物だ。

俺がそんなことをぐるぐる考えている間にも、ユーリは手慣れた様子で、収納玉《ストレージボール》から次々と薪《まき》、鍋、予め切ってある食材を出して簡単なスープを作り始める。

こうやって勇者たちの旅も助けてきたんだろうな。ユーリと一緒だと過酷な大地の旅も快適になるんだな。

「はい、できたよ。ロイ」

そう言って笑顔でスープが入ったカップを渡してくれるユーリに俺の表情は緩む。仕事中だというのに、また浮かれそうになっている自分がいる。

ああ……スープが身に沁みる。しかも超絶美味い。何だか力が漲ってきたような……もしかしたら回復の薬草も入っているのかな？　薬草は独特の匂いがあるから料理向きじゃないんだけど、あんまり気にならないな。

俺が不思議そうにスープの匂いを嗅いでいると、ユーリが俺の心を読んだかのように答えた。

「その薬草はクセがないんだ。わりと家の近くに生えていたよ。これを乾燥させて粉にすると料理にも使えるんだ」

「へぇ、俺の家の近くにそんな薬草が生えてたのか」

「ロイの家の周辺って結構薬草の宝庫だよ？」

し……知らなかった。あんま薬草とか興味なかったんだよな。薬なんて買えばいいと思っていたし。ましてやこんな料理に使えるなんてな。

しかも身体もぽかぽかしてきた。これだったら自分に温感魔法《ヒーティス》をかけるまでもなく、外に出てもしばらく温かそうだな。

ちょうどスープを飲み終わった時、洞穴の外からケーン、ケーンという鳴き声が聞こえた。

あれは鹿系統の魔物が仲間を呼ぶ声だ。

「アイスディアが近くにいる」

外に出た俺たちは周囲を見回す。吹雪いていないのは幸いだが、辺り一面雪景色だ。

ケーンッ……ケーンッ
俺とユーリは声がする方へ走る。

俺たちが近づいてくる気配を感じ取ったのか、アイスディアの声はピタリと止まった。

俺たちも立ち止まり、もう一度周囲を見回す。

岩山が多い場所だ。アイスディアは岩山に生えている苔《こけ》を食べるんだよな。

「ロイ、あそこ」

ユーリが一番高い岩山の上を指す。

岩山の頂には、白銀の毛、青い目、枝分かれした角はキラキラと輝いている。

アイスディアは俺たちの姿を認めると、岩山を駆け下りてきた。

来る……!!

「キィィィィィ――――ッッ!!」

アイスディアが敵意に満ちた鳴き声を上げると、氷の粒が次々と俺たちに襲いかかってくる。

こいつは魔物でありながら、氷の魔法を使うのだ。

「防御魔法《フルシールド》!!」

ユーリが呪文を唱えた瞬間、半透明なドームが俺たちを覆う。氷の粒はドームの壁によってはじき返された。

魔法が通じないと分かるとアイスディアの青い目が赤く光りだした。そして猛スピードでこっちに突進してくる。

よし、ここは力比べだな。

俺はアイスディアの角を摑み、鹿の突進を受け止めた。ものすごい勢いで押してくるが、俺の足が動くことはない。

「ユーリ、今だ!」

「了解! 束縛魔法《リストリン》!」

ユーリが呪文を唱えると、いくつもの光の縄がアイスディアの四肢を捕らえる。

動けなくなった鹿から離れた俺は、袋から収納玉《ストレージボール》を取り出す。

「収納魔法《ストレージ》」

俺が呪文を唱えると、魔物は収納玉《ストレージボール》に収められる。

殺してしまえば、角の採取は一度きりになるが、生け捕りにすれば角は一度切っても、また生え変わる。

上手く飼い慣らせば毎年、上等な角を手に入れられるのだ。ただ、こいつを飼い慣らすのはかなり難しかったりする。何しろA級の魔物だ。普通の人間にはまず懐くことはない。

飼う環境も気温がマイナスじゃないとアイスディアはたちまちサンドディアという別の魔物になるからな。サンドディアの角は武器の材料として重宝されるが、アイスディアの角ほど高くは売れない。

「ロイ……アイスディアの突進を正面から受け止めるって凄すぎなんだけど」

「そうか？　あんなの朝飯前だが？」

「アイスディアの突進力はドラゴンの数倍だよ？」

「い……いやぁ、アイスディアの調子が悪かったんじゃないのか？」

俺は誤魔化し笑いをしながら、ユーリの問いかけに答えていた。

そうか……俺には朝飯前でも、普通の人間にとってはそうでもないんだな。

「さて、エンクリスに戻りたいところだけど、もう夜も遅い。この先に城があるから、そこに泊まった方がいいかもしれないな」

「城？」

目をまん丸にするユーリに、俺はニッと笑った。

第七章　幻の城

幻影城。

アイスヒートランドのど真ん中にある、前世では俺の下僕だった奴……じゃなくて、知り合いだった奴から貰った城だ。

元々あいつが愛人と二人きりで静かに過ごすために建てられた小城だが結局使うことなく、あいつは死んじまった。

『どうかこの城をお役立てください』

『別に俺はいらんけどな』

『まぁそう言わずに。このような過酷な地でも快適に過ごせるようにしていますので』

『まぁくれるのなら遠慮なく貰うけど』

前世の記憶によると、確かそんな軽いノリで貰った城だったと思う。

実は俺もここに来るのは初めてだった。だってこんなところ、用事がなきゃ来ないだろ？

雪原をしばらく歩いていたら、明かりが見えてきた。

真っ白な壁、真っ白な見張り塔の尖り屋根。城ではなく大きな邸宅と言った方が良いのかもしれない。

近づくと幻のように城は消えかけてしまう。

そこで俺は呪文を唱える。

「幻影解除《ファントオフ》」

その瞬間、消えかけていた城が再び姿を現す。

今度は近づいても消えない。本物の城が目の前に現れたのだ。

俺たちが城に入った後、もう一度幻影魔法をかけておく。この呪文を唱えておくと、他の誰かが近づこうものなら、幻のように城が消えるようになる。

城の周りには防御魔法のドームが張ってあり、周辺は温暖な気候だ。

建ててからもう何百年も経つが、時間凍結《フリーズ》の魔石を置いてあるので部屋の状態は建てた当初のまま真新しい。保存状態も完璧だ。

ユーリは驚いたように周りを見回している。

「こ、ここは？」

「知り合いから譲ってもらった城だな」

「へ……ロイの城!?」

「とはいっても、俺もここに来るのは初めてだ。寝具とか風呂が使えるといいんだけど」

「……ロイって何者なの？」

「俺？　俺はしがない冒険者だけど」

「しがない冒険者は城なんか持ってないよ」

前世がアレだったなんて口が裂けても言えないので俺は軽く濁しておく。背中にものすごい怪しむような視線を感じるけどな。

取りあえず風呂が沸かせるか確認しよう。何百年も経っているが、一度も使ってないはずだからな。

家具や物はあいつの物がそのまんま置かれている。脱衣所は綺麗だな……お、ちゃんと服もある。

奴はクローゼットの服は常に新品じゃなきゃ嫌だとか贅沢を抜かしていたからな。ここの服は未使用とみていいだろう。ただし、服のサイズは色々だ。

あいつ、愛人が多かったからなぁ。デカい女魔族から小柄な人間の女まで食いまくっていたもんな。

連れてきた愛人のサイズに合うようドレスもピンからキリまで揃えていた。

ドレスは宝石や細やかな刺繍《ししゅう》まで施されていて、お姫様が着るようなものばかりだ。

サイズが合う合わないはあるだろうが、ユーリならどんなドレスを着ても似合いそうだ。

隣のクローゼットは女性用の部屋着だろうな。ネグリジェらしきものがかけてある。他にもバスローブやワンピースなど色んな部屋着があるようだ。

その隣が男性用部屋着みたいだ。ほとんど絹のバスローブだな。お貴族様が好みそうな金糸の刺繍が施されている。俺には似合わないような気がするが、見たところ未使用みたいだし使わせてもらうか。

浴室に入り、壁のレバーをひねると浴槽蛇口から滝のように湯が出てくる。

良かった。ちゃんと温かい風呂には入れそうだ。

こいつはいいな。一日だけじゃなくて、しばらくここに泊まろうかな。

どうせ仕事も来月まで猶予を貰ってるし。今回は運良く一日でアイスディアが見つかったから、すぐに捕まえることができたんだけど、運が悪かったら見つけるだけでも一週間、下手すりゃ二週間近くかかるんだよな。

風呂場は硝子の窓から外の景色がよく見える。

さっきの吹雪が嘘だったかのように空が晴れていて、星も見える。明かりが灯されている城周辺の雪景色もよく見えるな。朝風呂も気持ち良さそうだな。

風呂場のチェックを終え、今度は寝室のチェックだ。

二階にある寝室を開けると……おいおい、キングサイズのベッド一つかよ。

他にベッドは――――なさそうだな。

そりゃそうだ。あいつが愛人と過ごすために造った城の寝室だもんな。ベッドが別々であるはずがない。

一緒に寝るしかないってか？

『このまま結婚しちまえばいいじゃねぇか。お前もそろそろ家庭を持った方がいいぞ』

だぁぁぁ!! 何でお節介ウォルクの言葉を思い出すんだよ!? 俺はっっ。

カーテンを開けると一枚硝子の窓からも景色が見渡せる。

夜、雪景色が見えるこの部屋で、恋人同士抱き合うというのは、何ともロマンチックだな。

俺はその時、ユーリを抱きしめるシーンを妄想してしまい、慌てて首をぶんぶんと横に振った。

邪な考えはやめるんだ、ロイロット!! 俺はあの娘の保護者みたいなものだ。

こんな冴えないおっさんに思いを寄せられても、ユーリにとっちゃ迷惑なだけだ。

俺が部屋のチェックをしている間に、ユーリは調理場で収納玉《ストレージボール》からパンと、予め下準備をしていた材料を取り出し、ホワイトシチューを作ってくれていた。

そいつを美味しく頂いているうちに風呂の湯が入ったみたいだ。

風呂の湯がたまった知らせのベルがリンリンと室内に響く。

食事を終えた後、最初に俺が。それからユーリが風呂を頂くことにした。

◇・◇・◇

「脱衣所に部屋着が入ったクローゼットがあったから、そこから適当に服を選んだらいい」

先に風呂から出た俺は濡れた頭をタオルで拭きながら言った。

そういや、ユーリはちゃんとした寝間着を持ってなかったよな。あそこにある服は未使用だし、上等なものが多い。上等な寝間着は疲れを取ってくれる作用がある癒やしの絹が使用されているからな。

ユーリの寝間着として貰っておくことにしよう。

「あ……ありがとう。何もかも揃っているんだね、ここって」

ユーリはまだ戸惑いながら、浴室へと向かった。

それにしてもいい湯だった。窓から見える雪景色も乙なものだな。

俺はソファーに座って風呂上がりの一杯を楽しんでいた。

調理場にはよく冷えた酒を保存してある冷蔵庫も置いてある。冷蔵庫とは氷魔法が込められた魔石によって、飲み物や食べ物を保存する箱のことだ。

絹のバスローブは最上等なものだろうな。滑らかな肌触りだ。

しかも美味い酒まで残してくれていたとは……もっと早くこの城に来れば良かった。

用事でもない限り、夜は吹雪、昼は砂漠という、こんな地獄地帯のど真ん中に来ることないもんな。

今はユーリが一緒だからいいが、たった一人でこの城に滞在するのはさすがに寂しすぎる。

ユーリも今頃、浴室から見えるあの景色には驚いているだろうな。

広い風呂も独り占めできるし、優雅なバスタイムを楽しんで欲しいところだ。

俺がほろ酔い加減になった半時間後。

「あ……あの……コレ、着て寝たら良いの？」

脱衣所から出て来たユーリは恥ずかしそうに尋ねてきた。

何事かと彼女の方を見た俺は目を見開く。

着ているのは、何ともドレッシーなネグリジェ。それは良いのだが——滅茶苦茶透けてるじゃねぇかっっ!!

「ロイってこういう服、恋人に着せてたの？」

「馬鹿を言うな!!　俺は生まれてこの方恋人なんかいねえし!!　そいつは前の持ち主が持っていた服だ」

「そ、そっか……そういえば、前に女性の知り合いはいないって言っていたもんね」

少しホッとしたような表情を浮かべるユーリ。

誤解が解けて良かったと思ったのも束の間……いやいやいや、他の部屋着もあっただろ!?

俺はソファーから立ち上がり、脱衣所にあるクローゼットの中身を今一度確認する。

さっきはざっとしか見てなかったから気づかなかったが、よくよく見たら、紐のような服や、ビキニや、穴が開いた服とか。

愛人に着せる服、ろくなもんがねぇ!!

つーか、こんな服置いたまんま、俺に城を譲るんじゃねぇ!!

あの馬鹿が生きていたら、ボコボコにぶん殴っていたところだ。多分、比較的マシだったのが、透け透けのネグリジェだったんだろうよ。

俺はふらふらな足取りで、リビングに戻った。

そこには透けたネグリジェを着たまま佇《たたず》んでいるユーリの姿があった。

「やっぱりさっきまで着ていた服、綺麗にしてから着た方が良かったかな？」

「いや、あの服はこの部屋の中じゃ暑い。それに防御力が高い分、重みもある」

「……そ、そうだけど」

「俺は見ていないから！　気にせずそのまま寝てくれ」

「あ……う、うん」

見ていないというのは嘘だ。さっきばっちり見てしまった……透け透けの服越しに彼女の裸を。

抜けるような白い肌が目に焼き付いて離れない。

とにかく、別々の部屋で寝ないといけないな。そうじゃないと、俺がどうにかなりそうだ。

「ユーリは上のベッドで寝てくれないか？　俺はソファーで寝るから」

「そ、そうはいかないよ！　だったら僕がここで寝る」

「気にするな。俺はソファーの方が落ち着くから」

「……あの……ベッド広いし、一緒に寝たらいいんじゃないのかな？」

「駄目だ。俺は一人じゃないと寝られないから」

一緒に寝てしまったら、それこそ理性が保てなくなる。正直、もう我慢できる自信が一ミリもない。

だがユーリは何故かショックを受けたかのように固まっていた。そして今にも泣きそうな、震えた声で俺に謝罪する。

「ご、ごめん……配慮に欠けていた。ヴァンにもそれで怒られたのに」

配慮？　え……どういうことだ？　何故、ユーリが謝るんだ？？　しかも、そんな悲しそうな顔をして。

「勇者が怒る？　一体どういうことなんだ？」

「同じテントで寝ようとしたら……出て行けと」

「何を言っているんだ？　野営しなきゃいけない時は、同じテントで寝なきゃいけないこともあるじゃないか」

「僕がいると寝られないって言っていた。邪魔だからあっちへいけって……だから、冒険中はずっとテントの外で寝てたんだ」

あのクソ勇者！！！　一生懸命尽くしている仲間に対して邪魔とは何なんだよ!?　しかも外で寝させていただと!?　どうせ、可愛い女の子だけをテントの中に入れておきたくて、男である（本当は男じゃないのだが）ユーリを追い出したかっただけだろ!?

そうか……だけど俺はあの勇者と同じようなことを彼女に言ってしまったんだ。

俺はユーリの両肩を持って、首を激しく横に振った。

「俺は君が邪魔だから一緒に寝ることを拒んでいるわけじゃない！」

「分かってるよ。ロイはヴァンとは違う。ロイは一人の生活が長かったし。誰かと一緒には寝にくいんでしょ？」

「違う！　違うんだ!!」

「気を遣わなくていいよ……僕はロイに甘えすぎていた……」

「だから違う!!　そんなんじゃない!!」

俺は激しく首を横に振ってから、思わずユーリをきつく抱きしめた。

俺は馬鹿だ。ずっと勇者に蔑ろにされてきた彼女の気持ちも考えずに、拒否するようなことを言ってしまった。

今のユーリには、はっきり言わないと理解してもらえない。

「俺は……君が好きなんだ……」

「うん……分かっているよ……ロイは優しいから僕のこと保護対象として大切にしてくれていることぐらい」

「そうじゃない！　保護対象なんかじゃなくて恋愛対象として好きなんだ！」

「え……!?」

俺は一度抱擁を解き、ユーリの両肩に手を置いて項垂《うなだ》れた。そして絞り出すような声を漏らした。

「だから一緒のベッドに寝たら、俺は君を女として求めてしまう」

「ロ、ロイ」

驚いたように目を見開くユーリ。

彼女は黙って俯いた。

あーあ、引かれちまったかな。

俺は自嘲めいた口調で彼女に言った。

「一緒に寝られない、というのはそういうことだ。今日はソファーで寝る。君はベッドで寝ろ」

「……」

ユーリは何も言わなかった。いや、多分、何も言えなかったのだと思う。

ずっと男として生きてきたんだもんな。多分、初めて異性から告白されたんだろう。

動揺するのも無理はない。

ソファーをベッドの形に変え、毛布をかけて横になる。ユーリは二階の寝室へ。

気まずい感じになってしまったな。

だけど、いつまでも気持ちを隠しているわけにもいかない。

気持ちを隠して、一緒のベッドに寝る羽目になっちまったら、理性を保つ自信が全くといってない。

この仕事が終わったら、ユーリの新しい住居を探さないといけないな。

本当はもう少し二人で過ごしたかったけど。


「あの……ロイ」


二階で寝ていたと思われていたユーリがいつの間にか戻ってきていた。

俺は思わずビクッと身体を震わせる。

振り返るな。振り返ったら、ユーリを見た瞬間俺は狼になる。

「あの、やっぱり僕一人であの広いベッドに寝るのは心苦しくて」

「だから気にするなよ。俺はソファーの方が好きだって言っただろ？」

「………………ベッドに一緒に寝るの、やっぱり駄目かな？」

小さな小さな声で問いかけるユーリに、俺は舌打ちをする。

さっきも説明したのにまだ分かっていないのかよ⁉　このままじゃお前に襲いかかるっつってんだろ⁉

俺は飛び起きてユーリにそう訴えようとした。しかし、それは声にならない。

「――――っっ⁉」

声を上げる前にユーリが俺の胸に飛び込んできた。そして俺の背中に手を回し、ぎゅっと抱きついてくる。

こここここここれは、どういうことだ⁉

俺の気持ちを知った上で、抱きついてくるなんて。

「駄目……かな？」

震えた声で問いかけるユーリに、俺はしばらく金魚のように口をパクパクさせていた。

まさか……まさか……誘っているのか？

ユーリが俺のことを？

彼女の目は潤んでいて、恥ずかしそうに頰を赤らめていた。

滅茶苦茶恥ずかしがっているのに、何て大胆なことをしているんだ⁉　恋愛なんかしたことないような娘が。

いや、経験がないから、逆に大胆になってしまうのかもしれない。

「駄目なわけないだろ……!!　だけど、いいのか？　俺みたいなおっさんで」

「ロ、ロイはおっさんじゃない！　凄く格好いいし、強くて優しいし」

「格好いい？　俺が？」

「今まで出会った男性の中でロイが一番格好いい！　僕もロイのことが好きだよ！　……その……恋愛対象として」

顔を真っ赤にしながら告白してきたユーリに、俺は思わず叫びたくなった。

お前の目は節穴か!?　俺より若くてイケメンな奴はいくらでもいるだろぉぉ!?

だけど俯いていたユーリが切なげな眼差しを俺に向けてくる。

俺は手で目を覆ってから天井を仰ぎ、一度深呼吸をした。

もう断る理由がない。

ユーリはずっと俺のことを見てくれていた。

勇気を出して想《おも》いを告げている彼女に、俺も勇気を出して応えるべきだろう。

俺は目を覆っていた手を離し、彼女の頬に触れた。

そして彼女のブルーパープルの瞳をじっと見詰め、俺は静かな声で告げる。

「前に俺の誕生日プレゼント、何が欲しいか尋ねてきただろ？」

「うん、恥ずかしいものだって……え……じゃあロイが欲しいものって」

「ああ、俺は君が欲しい」

俺はユーリの身体を先ほどよりもきつく抱きしめた。

冒険者として戦い抜いてきた身体とは思えないほど柔らかくて華奢《きゃしゃ》な身体だ。

まだ信じられない気持ちのまま、俺はユーリの唇に自分の唇を重ねた。

唇も柔らかい。

一瞬、そこはかとなく甘い、花のような香りがした。

香水？　いや、香水ほど強い匂いではない。

自然の花の香りが鼻孔をくすぐってきたのだ。

どういうことだ？　ユーリの身体から花の香りがするなんて。

しかもこの匂いを俺は知っている。

確か前世にも……駄目だ、思い出せない。

思い出そうとすると、頭の中に靄《もや》がかかったような感じになる。しかもそこはかとなく香る甘い匂いは俺の理性を容赦なく崩しにかかってきた。

く……このまま押し倒してしまいたいが、落ち着け。ちゃんと寝室まで運ばないとな。

一度唇を離し、俺はユーリを抱き上げ、寝室へ移動することにした。

寒いのか……もしかしたら怖いのか？　ユーリの身体はかすかに震えていた。

「嫌だったら言えよ？」

「嫌じゃない。初めてだから緊張してるけど」

寝室にたどり着くと、ユーリの身体をベッドの上に横たえた。そして俺も身に着けていたバスローブを脱ぎ捨てベッドの上へ。

四《よ》つん這《ば》いになりユーリの耳元に囁《ささや》くように問いかける。

「ユーリ、俺の妻になってくれるか？」

「うん……今日から僕はロイの妻だよ」

迷いもなく頷くユーリに愛しさがこみ上げる。

そして俺は彼女の身体に自分の身体を重ねて、もう一度キスをした。


俺は今凄く幸せだ。

好きな人と結ばれた。

これ以上、何を望むことがある？

この幸せが続くのなら、俺は何だってやる。

今日からユーリは俺の妻だ。

あの勇者なんかに絶対渡しはしない!!

◇・◇・◇

～ユーリ視点～


僕の名はユーリ・クロードベル。

勇者の仲間の一人だったけど、追放されてからはロイと一緒に暮らすようになった。

今までロイと一緒にいたい、ロイと仕事をしたいとは言ってきたけど、ちゃんと自分の気持ちを伝えていなかった。

伝えるのが怖かった……というのもあったと思う。だって、ロイは僕のこと保護対象としか見ていないって思っていたから。

ロイのことを男性としてはっきりと意識するようになったのは多分、ギルドの支部長が新たな仕事依頼を伝えに来た時だ。

あの人は僕とロイが結婚することを勧めていた。

僕はとても驚いたけど、同時にとても嬉しかった。

最初はロイに迷惑をかけないように、できるだけ早く自立したいって考えていた。でもロイと一緒にいたいと思う気持ちがだんだん強くなっていた。

そこにギルド支部長が結婚を勧めてきたのをきっかけに、ロイへの気持ちを自覚するようになった。

もしロイと結婚したら、僕とロイは家族になる。これからもずっと一緒にいられる。

そんな期待を抱いたのも束の間。

「俺とユーリが結婚って……あ、あのな……こんな一回り以上離れたおっさんと結婚なんかしたら、可哀想じゃないか」

ロイの言葉を聞いて僕はムッとしてしまった。

何を勝手に可哀想だって決めつけているんだ!? 僕はロイのこと、おっさんと思ったことなんか一回もないのに。しかも何だか子供扱いされたみたいで腹が立った。

僕は自分が二十歳になったことをロイに主張した。ロイはピンときていなかったみたいで、結局結婚の話はうやむやになった。

ロイは、僕のことを女性として見ていないのかな？ ……もう少し大人になったらちゃんと女性として見てくれるだろうか。今までずっと男として生きてきたし、ひょっとして男扱いしている!? この言葉遣いが悪いのかな？

でもロイは『僕』という一人称の女の子も可愛いって言ってくれたし。

あああ、いくら考えても答えなんか出るわけがない！

とにかく、新しい依頼も来たことだし、仕事に集中しよう。しばらく仕事に生きる女になる！　と、思ったのも束の間。

「ユーリ、誕生日おめでとう」

素敵な誕生日プレゼント、くれるんだもの……言葉でお祝いしてくれるだけでも凄く嬉しいのに、好きな人からこんなプレゼントまで貰ったら、僕の気持ちはどうにかなってしまう。

あの人は無自覚に僕の心を惑わすのだから始末に負えない。

そんな調子だったから、どうせ僕のことは子供扱いしていると思っていたし、僕自身もロイが一人の男だという意識が足りていなかったのだと思う。

ベッドが広いから一緒に寝ようと誘ったら、ロイに断られた。

その時、僕はヴァンにテントから追い出された時のことを思い出し、悲しい気持ちになった。ロイも僕のことを邪魔だと思っている？　違う……彼はヴァンとは違う。僕のことを嫌っているわけじゃない。

ずっと一人の生活が長かったから、二人で寝るのは抵抗があるだけだ。

僕は言い聞かせたけど、自分のことを拒絶されたみたいで泣きたくなった。

その時ロイは僕を抱きしめた。そして告白してきたんだ。

「好きだ」と。

保護対象としてではなく、恋愛対象として好きだとはっきり言われた。

男の人から告白されたことがなかった僕は驚いた。ずっと僕のこと子供扱いしているって思っていたから、すぐには信じられなくて思わずその場から逃げ出した。

あああ、僕は馬鹿だ！　何であの時、一度逃げたんだ!?

このまま寝ようかとも思ったけど、そうしたら気まずい気持ちのまま明日になってしまう。

もしかしたら今よりも距離ができて……いよいよ別々に暮らすことになってしまうかもしれない。


絶対このままだと駄目だ。

僕は意を決して、もう一度ロイが寝る一階のリビングを訪れた。

そして勇気を振り絞って、もう一度言ったんだ。

「………ベッドに一緒に寝るの、やっぱり駄目かな？」

思い出しただけでも恥ずかしい!!

ロイに抱きついて、僕から誘うなんて……あの時逃げずにロイの気持ちにちゃんと応えていれば、あんな恥ずかしいことしなくて済んだのにっっ!!

「駄目……かな？」

怖かったけどもう一度問いかけた……断られたらどうしよう？　と不安に思ったのも束の間、ロイはそんな僕を優しく抱きしめてくれた。唇にキスもしてきて。

初めてのキスに心臓が爆発しそうになった。

ロイは僕をお姫様みたいに抱き上げて、寝室まで運んでくれた。

僕をベッドに横たえると自分も服を脱いで。

鍛え抜かれたロイの全身に僕は目を奪われた。いつ見ても凄い……ロイの身体は筋肉の陰影も綺麗に見える。

ロイもまたベッドの上に横になるともう一度、僕の額にキスをしてきた。

それからは……。

それからは……。

具体的な描写は大人の事情でここでは言えないけど。

男女のあれこれは冒険中に、娼婦《しょうふ》のお姉さんから色々聞いていたから、知識としては知ってはいた。

……ヴァンも時々そういうお店に行っていたからね。僕は勇者が部屋から出るまで、娼館《しょうかん》のロビーで待たされてさ。その間に娼婦のお姉さんの話し相手になっていたりしたんだ。

まさか自分が男の人に抱かれる日がくるなんて想像もしていなかったけど、でもロイが僕のことを女として求めてくれるのが凄く嬉しかった。


今、僕は幸せだ。

身も心も好きな人と結ばれて。

ロイが僕を求めてくれるのが泣きたいほど嬉しい。

これからは妻としてずっと一緒にいるよ。

たとえ世界中の人間が敵に回ったとしても、僕はロイを守るから。

◇・◇・◇

～勇者視点～


「ちょっとぉぉぉぉぉ！　寒いんですけどぉぉぉぉぉ!!」

イリナは自分自身の身体を抱きしめ、震えた声で叫ぶ。

アイスヒートトランドは、天気が変わりやすい。先ほどまで空は晴れていたのに、小一時間もすると再び曇りだし雪が降り出した。更に強風が吹き荒れ吹雪になり始めた。

アイスヒートトランドは極寒すぎて飛空生物たちは飛べない。暑さには強いので日中だったら飛べるのだが、夜である今は飛べないのだ。なので俺たち勇者一行は雪原をひたすら歩いていた。

「本当にユーリがここにいるのですか!?」

いつもは落ち着いているカミュラもヒステリックな声で俺に尋ねてくる。

我慢の限界に達した俺は二人を怒鳴りつけた。

「うるさい、うるさい、うるさいっっ!! お前ら高い毛皮のコートを強請《ねだ》っておいて今更寒いとか文句を垂れるな!!」

「だって寒いものは寒いんだもん！」

「そうですよ。こんな所、何を着ても寒いじゃないですか!!」

イリナとカミュラが身に着けているコートは、銀毛の最高級品。ローザは自前の豹《ひょう》柄のコートを身に着けていた。いずれも商都エトで買った最高級品だ。俺もそこで最高の防寒具を買ったが寒くて仕方がない。

クソ……俺だって好き好んでこんな極寒の地に来ているわけではない。あの役立たずがここにいるというから、来てやったのだ。

ユーリの奴、見つけ次第、首根っこ捕まえて連れて帰ってやる。

連れて帰ったら早速飯を作らせて、寝床も整えさせて、装備品も磨かせてやろう。やってもらうことは山ほどある。この勇者のために働けるのだ。あいつだって誉れに思うだろう。それにしても、あいつはどこにいるんだ？

こんな広い雪原の中、すぐに捜し当てられるとは思ってはいない。ただ、所々に洞穴があり、そこはアイスヒートランドを訪れる冒険者たちの休み場となっている。

ユーリたちは洞穴のどこかにいる可能性が高い。地図にも洞穴の場所は示されていて、取りあえず一番近場の洞穴を目指していた。

ローザは一人元気で、ずんずんと歩いている。そして一度立ち止まり、小手をかざして周囲を見回した。

彼女の目がキランと輝いたのはその時。

「あ、アイスアランゴーラ発見。あいつを捕まえたら相当な金になるよ!!」

どすん、どすんと飛び跳ねる真っ白な巨大兎を発見したローザは隊列から離れ、巨大兎を追いかけ始めた。

その言葉を聞いたイリナもローザを追いかける。

「ローザ、それって本当?」

「本当だよ。毛皮と角だけでもしばらく遊んで暮らせるよ。肉も高級料理店で高く売れるからね!!」

「やーん、手伝う!!」

「よし、挟み撃ちにするよ」

巨大兎の魔物を追いかけ自分から離れてゆくローザとイリナ。自分勝手な行動をする二人に俺は怒鳴り声を上げた。

「うぉぉぉい!! お前ら勝手な行動すんじゃやねぇ!!」

しかし強風の音により、怒鳴り声は空《むな》しくかき消される。背後にいたカミュラは深い溜め息をついた。

「取りあえず、休憩所の洞穴で吹雪を凌《しの》ぎましょう。もしかしたらユーリたちもそこにいるかもしれないですし。イリナもローザも洞穴の場所は地図で把握してますから、狩りを終えたら来ると思いますよ」

「……」

カミュラが指差す方向には、地図の通り岩山の洞穴がある。

一瞬、ユーリがいるか期待したが、中には誰もいなかった。ただ、焚き火の跡は残っている。しかもつい最近のものだ。

ここにユーリたちがいたのか？　いたとしたら、もう次の場所に移動したというのか？

後を追いたいところだが、仲間たちはまだ帰って来ないし、凍《い》てつく強風の中を歩き続けるのも危険だ。今日はここで夜を明かすしかない。

洞穴の中は吹雪が凌げるだけ外よりはマシだった。カミュラが収納玉《ストレージボール》から薪を取り出し、火をつける。洞穴の中は明るくなり、僅かに温かくなった。

そして彼女の手から渡されるのは、今日も無味の干し肉だ。地面は硬く、尻から冷えていく。

こんな時、あいつはクッションを用意していた。あの座り心地が懐かしい。しかしカミュラはそんなクッションなど持ち合わせてはいない。

「温風魔法《ウォームウィンド》」

少しだけ温かい風を感じた。ユーリがいた時は洞穴の中でも快適な温度で過ごせていた。あんなこと誰でもできることだと思っていた。カミュラの魔法だと洞穴の中はあまり暖かくならない。

しばらくしてローザとイリナが戻ってきた。二人とも満足そうな顔をしているところからして、アイスアランゴーラ狩りには成功したのだろう。

洞穴の中に入ったローザは感心したように言った。

「お、部屋の中あったまっているじゃない」

「えー？　そう？」

イリナは首を傾げる。

「焚き火もしてあるし、温風魔法《ウォームウィンド》も効いてるじゃないか……カミュラ、ありがとね」

礼を言うローザにカミュラはぷいっとそっぽを向く。イリナは不満そうな声を漏らす。

「えー、いつもならもっと暖かいのに」

「極寒の地でこれだけ暖かければ死にやしないよ。本当にあんたたち、今までどんな贅沢旅してきたんだよ？」

「「「……」」」

呆れかえるローザに、その場にいる全員が黙り込んだ。

今まで当たり前だった快適な旅は実は当たり前じゃなかった……今の状況の方が実は普通だというのか？

そんな馬鹿なことがあるか。部屋を暖かくするぐらい誰でもできるだろう？

「温風魔法《ウォームウィンド》」

試しに俺が呪文を唱えると部屋の中は突然熱風が吹き荒れ出した。暖かいどころか、洞穴の中は暑くなってしまい、全員慌てて外へ出る。

俺はカミュラに怒鳴られた。

「慣れない魔法を使わないでください！　温風魔法《ウォームウィンド》は魔力の微調整が必要なのです！」

「む……そうなのか」

「あーあ、あの中しばらく熱風地獄だね。別の洞穴に行こっか」

ローザの言葉に「最悪――」とイリナは唇を尖らせて呟く。

こうしてまた新たな洞穴を目指し、俺たちは小一時間ほど歩くことになるのであった。

カミュラは溜め息交じりに呟く。

「洞穴を探すにしても、こんな広い雪原でユーリたちを見つけるのは不可能じゃないでしょうか？」

「激しい戦闘でもあれば、魔物たちの動きがあるから分かるんだけどねぇ……あの子にも捜させているけど、どうも反応はないね」

あの子というのは、遥か上空を旋回している鷹のことだ。ローザが飼い慣らしている鷹で伝書や偵察の役割を果たしている。

「まぁ、ここは金になる魔物がたくさんいるから、狩りでもしながら気長に捜せばいいんだよ。見つからなかったとしても、金は稼げるから無駄足にはならないよ」

渡りのローザはどんなパーティーにも適応できる逞しさがあるが俺たちは違う。ほとんどの雑用をユーリに任せていたので、あいつがいない状況になかなか慣れずにいた。

くそっっ!!　絶対に、絶対に見つけ出してやる。

俺が目を凝らして雪原を見渡した時、遠くの方に城のようなものが見えた。

「おい、あそこに城があるぞ」

俺は後ろに続くイリナたちの方を見て言った。しかし彼女たちは訝しげに首を傾げる。

「お城ってどこー？」

「見えるのは岩山だけですよ」

「寒すぎて幻でも見たんじゃないのかい？」

女三人のつれない反応に、俺は今一度、城が見えた前方へ視線を戻す。

そこに城の姿はなかった。

俺は目を擦《こす》る。寒さのあまり頭が朦朧《もうろう》としていたのか？

これはいよいよ下手い。早いところ、休憩できる洞穴を探さないと。

第八章　勇者との戦い

朝――

広々としたベッドの上、カーテンの隙間から差し込む朝日の光で目を覚ました。

視線を感じたので寝返りを打つと、ふわりと笑うユーリの顔が間近にあった。

俺はそんな彼女を抱き寄せ、その額に口づける。そして綺麗なブルーパープルの目をじっと見詰めて問いかけた。

「ユーリ、俺とずっと一緒にいてくれるか？」

「…………うん」

俺の胸に額を当てて答えるユーリ。

こんな可愛い娘が俺の嫁さんになるのか。

俺の腕の中にいるのに、何だかまだ実感できない自分がいた。

◇・◇・◇

「ロイ、擦る強さ大丈夫？」

「ああ、ちょうどいい」

「痛かったら言ってね」

一時間後――

汗を流すために風呂に入ることにした俺は、ユーリに背中を洗ってもらっていた。自分じゃ手が届きにくい所も洗ってくれるから助かるな。こういうのは何だか夫婦らしい感じがする。

不意にユーリは俺の背中を洗う手を止めて不思議そうに問いかけてきた。

「ロイ、この肩の模様は痣なの？」

「そういや、こいつのこと言ってなかったな。こいつは制御の印だ」

「制御の印？」

驚きに目を瞠るユーリ。

記憶が曖昧である今、全てを話すことはできないが、妻になる彼女には前世のことを話しておかないといけないな。

「ユーリは前世ってやつを信じるか？」

「う、うん。村に勉強を教えにきていた神官様から教わったことがある。勇者は創造神《ゼノリク》の子供の生まれ変わりだって。人は誰かしらの生まれ変わりなんだって言っていた」

……嘘教えてんじゃねえよ。神官。

あのヴァンロストが創造神《ゼノリク》の子供の生まれ変わりなわけねぇだろ？　多分それは勇者を神格化させるために後付け設定されたものだ。だけど、まぁ、前世のことを信じているのであれば話は早い。

「俺には前世の記憶があるんだ」

「どんな前世だったの？」

振り返るとブルーパープルの目が興味深そうに丸くなっていた。あんまり自慢できるような前世じゃないから俺は苦笑いをする。

「俺の前世は酷《ひど》いもんでな。力こそが全て、戦うことが全てだと思っていた。そしてそれが自分の存在意義でもあった」

「……」

「戦いに明け暮れたド派手な生活をし続けていたからな。俺は方々から憎まれていた。そして目に余る破壊行為は多くの神々の怒りを買うことになった。俺は天界の裁きの間に連れて来られ、断罪されることになった」

「か、神々……？」

「ああ……俺をこの世界に転生させたのは創造神《ゼノリク》だ。俺の罰は、弱い人間として生まれ変わることだった」

「……前世は人間じゃなかったってことだよね？」

「ああ、そうだ。ただ人として生きるには、俺が持つ力はあまりにも強すぎた。だから創造神《ゼノリク》の手によって、生まれ変わる人間の身体に力を制御する印が刻まれたんだ」

「神の手によって？　そういえばヴァンが生まれた時に持っていた勇者の石にも似たような文字が描かれていたけど、ロイの前世ってまさか……」

ユーリは言いかけたが躊躇しているのか、そのまま口を閉ざした。

俺は肩の印に触れる。人間として生きている間は制御が利かなくなるような事態になって欲しくないな。

その時、背中に温かく柔らかい感触がした。ユーリが背後から俺を抱きしめたのだ。

「ロイが何者でも構わない……どんな存在でも、この気持ちは変わらない」

「……ありがとう、ユーリ」

ユーリの一途《いちず》な気持ちが嬉しい。俺が彼女を守らなければ……と思っていたのに、どうやら守られているのは俺の方らしいな。

風呂から上がり着替え終わった俺は一度テラスに出た。ユーリは調理場で朝食の準備をしてくれている。

極寒だった雪原は灼熱の砂漠に変わっていた。本当に奇っ怪な場所だ。日中と夜の気候が真逆なんてな。

砂漠の大地に所々雪が残っているが、日が高くなる前に跡形もなくなるだろう。

城の敷地内は強力な防御魔法のドームに覆われているので春のような気候だ。

手摺《てす》りに一羽の小鳥がとまっている。魔物の一種であるこの小鳥は黒いつぶらな目とオレンジの身体、白い腹が特徴だ。可愛らしい容姿だが、敵と見なした相手には弾丸のようにぶつかってくる。日中はオレンジ色の身体だが、夜は全身真っ白な身体になるという。

ここの魔物は夜と昼の姿が違うことが多い。

魔物の中には幻影魔法が効かない奴がいる。特にこの小鳥は視覚よりも嗅覚が発達した魔物だからな。

そういった魔物が暖や涼を求め城周辺の庭に来ることがあるみたいだ。

小鳥は嬉しそうに俺の指にとまった。

「砂漠の様子を見てきて欲しい」

「ピピピッ」

心得た、と小鳥は鳴いて空へ羽ばたいた。できれば魔物の妨害もなく、スムーズに帰りたいからな。

「ロイ、ご飯ができたよ」

ユーリが声をかけてきた。

テラスのテーブルの上には、ふわふわのパンケーキ、スクランブルエッグに厚めのベーコン、色鮮やかなほうれん草のバター炒めが載った皿、カゴの中に入った焼きたてのパン、ヨーグルトの小皿や野菜スープまである。

凄いな……旅先でもいつもと変わらない食事ができるとは。砂漠が見渡せるテラスにて朝食を頂く。

……………ああ、優雅な朝だな。

「ロイ、これからどうする？」

「そうだな。取りあえず冒険者ギルドの館に戻って、アイスディアをウォルクに渡そう。報酬を頂いたら、しばらく旅行にでも行くかな」

「旅行？」

「ああ、お金も大分貯まっているし、自分のご褒美ってとこだな。もちろん、お前も一緒だ」

「い、いいの？　旅行なんて」

「当たり前だ。俺の妻なんだから。一緒に行ってくれないと寂しいだろ？」

「旅行とか……全然考えたことがなかったので」

そうだよなぁ。旅行なんて比較的生活に余裕がある家庭じゃなきゃ無理だもんな。ましてや、勇者と魔王を退治するための旅に出てたわけだからな。

今まで頑張ってきたんだから、ユーリにもご褒美は必要だ。

「こんな風にゆっくりご飯を食べられるだけでも幸せなのに……」

そう言ってパンケーキを味わって食べているユーリを見て、俺は胸が締め付けられる。

勇者たちと共に旅をしていた時は、落ち着いた食事など一度もできなかったのだろうな。彼女は俺と暮らすようになってからも、毎日幸せを噛みしめるように食事をしていた。

この前、エンクリスの町で外食した時もそうだ。ユーリにとって、こうしてゆっくり食事できることそのものが、信じられないくらいに幸せなのだろう。

気を張らなくてもいいゆったりした生活が当たり前になるまでは、もう少し時間がかかりそうだな。

その時、先ほど砂漠の偵察を頼んでいた小鳥がテラスの手摺りにとまってきた。

ピィピィピィ……チチチチチチ……。

警戒の鳴き声。俺は耳を凝らし、小鳥の報告を聞く。

【近クニ人間イル。一人ハ、雄。アト三人雌……強い魔力感ジル】

……何だと？

一人は男で、あと三人は女で、魔物が恐れるほど強いパーティーといったら……まさか、勇者のパーティーか!?　あいつら、ユーリを追いかけてこんな所まで来てんのか。

は……っ、よっぽど後悔してんだな。ユーリを手放したことを。悪いが返す気は全くないからな。

【怖イ……大キナ鳥ニ追イカケラレタ……怖イ、怖イ、怖イ】

大きな鳥？　天敵に出くわしてしまったのだろうか？

何にしても俺が偵察に行かせたばっかりに、大きな鳥に追い回されてしまったみたいだな。

俺は震える小鳥を宥《なだ》めるよう、背中を撫でた。

「凄いね、魔物と話ができるなんて」

「前世の時から魔物とは仲が良かったからな」

「へぇ、いいなあ」

……ん？　何か目をキラキラさせてこっちを見てるな。

「もしかして、ユーリも魔物と話をしてみたいとか？」

「うん。凶暴な魔物との話し合いは難しそうだけど、可愛い魔物とはお話ししてみたいなって」

「それだったら、ここから東の海を渡った島国、アルニード王国に行けばいい。あそこだったら魔物使いの勉強もできるからな」

「アルニード王国？」

「ルメリオ大陸とネルドシス大陸の間にある島国だ。あの国に魔物の専門家がいるからそこで学べる」

アルニード王国は港湾都市プネリをはじめ、王都ベールルギュントなど世界屈指の大都市があることで有名だ。国王はエルフ族と人間のハーフだといわれている。国民はエルフ族をはじめ、人間やドワーフ族、人魚族や獣人族などが住んでいる、世界でも珍しい多民族国家だ。

港都プネリは美味しい果物や食べ物もあり、建物全てが赤いとんがり屋根と白壁なので、街並みもとても綺麗だ。

そのプネリの郊外に俺と同じ孤児院で育った奴が住んでいる。そいつは魔物の専門家で優秀な魔物使いだ。あいつの家だったら魔物に関する専門書もたくさんあるしな。ユーリもそこでじっくりと学べるだろう。

「よし、最初の旅行はアルニード王国にするか」

「え!?」

「魔物使いの資格も取れるし一石二鳥だろ」

「で、でも、それは申し訳ないような」

「港湾都市のプネリは良い所だぞ。あの綺麗な街並み、ユーリにも見て欲しいな」

「……」

俺の言葉に、ユーリの目は少し涙ぐんでいた。そんな大したことは言っていないんだけどな。

彼女は俺と出会うまでは、そんな大したことすら言ってもらえたことがなかったのだろうな。

ユーリはもっと幸せになるべきだ。

俺がこの手で幸せにする。

そのためには、まずは邪魔者を片付けなきゃいけねぇな。

◇・◇・◇

今日は良い天気だ。雲一つない青空で砂漠の見通しもいい。

朝食を食べ終え、清浄魔法《クリーン》をかけて、部屋を綺麗に片付けてから俺たちは城を出た。

「幻影魔法《ネイヴィジョン》」

それまでそこにあった城は幻のように消えてゆく。

極寒だった夜はモコモコな猫耳のフードジャケットを着込んでいたユーリだが、極暑である今は全身を覆う日よけマントのフードを深く被っていた。

可愛い顔が見えなくなるが、砂漠にいる間は仕方がない。ここの紫外線は人によっては肌を刺すような痛さだからな。

このまま何事もなく砂漠地帯を出られたらいいのだけど、そうはいかないみたいだ。

遠くから凄い勢いで駆け寄ってくる四人がいる。

城は幻影魔法で隠された状態。勇者とて見破るのは難しいはずだが、あいつらどうしてここが分かったんだ？

するとどこからともなく甲高く鋭い鳥の鳴き声がした。

上空を見上げると、鷹……厳密に言うとオーガホークという名の鷹型の魔物だ。

アイスヒートランドにはいるはずがない生物。あれは……もしかして勇者側の使役鳥か？

そういえば勇者の接近を知らせてくれたあの小鳥、大きな鳥に追いかけられたって言っていた。

獲物である小鳥を追いかけていたら、たまたま幻影城にたどり着いちまったのかもしれねぇな。

偵察に行かせたのが裏目に出ちまったか……まさか勇者がこんな所まで来ているとは思わなかったからな。

俺は収納玉《ストレージボール》から破壊神《ディアレス》を解放し手にすると、そいつを肩に担いだ。

走りにくい砂漠を全速力で走ったためか、勇者ヴァンロスト・レインは少しふらついた足取りでこちらに近づいてきた。

「見つけたぞ!!　ユーリ。俺たちの元に戻ることを許す!!　だから、こっちへ来い……へ、へ、へ、へっくしっつっ!!」

台詞を言い終わらないうちにヴァンロストは立ち止まり、盛大なくしゃみをした。

俺は顔を引きつらせ掌を前に出す。

「お前、風邪引いているだろ？　二メートル以内近づくな」

「黙れ！　俺様に物申す立場じゃないだろ」

「勇者様の心の成長を促すために、俺は人としてのマナーを教えただけだ」

そう答える俺に対し、勇者ヴァンロストは目を剝いた。

大半の人間は、勇者という肩書きを聞いただけで跪いただろうからな。まさか俺に反論されるとは夢にも思っていなかったのだろう。勇者様を甘やかしている人間が多すぎるな。

「ちょっと、地味ロイ。大人しくそいつを引き渡しなさいよ。相手は勇者様なんだよ？　いくらなんでもB級のあんたごときが太刀打ちできる相手じゃない」

そう言うのは渡りのローザだ。俺はムッとして反論する。

「最初に面倒を見ろって言ったのはお前だろうが」

「事情が変わったんだよ。私もその子に興味があるしね」

ふふふ、と意味深に笑うローザ。こいつのことだから勇者のパーティーの要がユーリであることを見抜いたのかもしれないな。

ヴァンロストはジロリと俺を睨み、こちらを指差してきた。

「そこのB級野郎、大人しくユーリを返せばさっきの態度は許してやる」

「おいおい、勇者様のお言葉とは思えないな。どこの悪党の台詞だよ」

「誰が悪党だ！　いいから返せって言っているんだ！」

「今更返せと言われてもな。お前らがユーリを追放したんだろ」

「その追放を許してやると言っているんだ」

「別にお前の許しなんかいらん。お前こそ大人しく帰れ」

俺は勇者に向かってしっしっと手で払う仕草をした。

全く従う様子のない俺に、ヴァンロストは歯ぎしりをして、仲間の女たちの方を見た。

「くそっっ……イリナ、カミュラ、ローザ、こいつを片付けろ」

「えー、B級のおじさん相手にS級の私ら相手って可哀想じゃない？」

「ユーリを取り戻すためですよ。情けは無用だわ」

馬鹿にしたように俺を見下す魔法使いの少女に対し、眼鏡を指で押し上げながら冷淡に答えるのは女性神官だ。

その時ユーリが両手を広げて俺の前に立ちはだかった。

「ヴァン、やめるんだ！　この人は関係ない!!」

無意識なのだろうが勇者に対しては、ユーリの声はまるで少年のように低くなっていた。

「うるせぇ!!　ユーリ、お前が俺に口答えすんな!!　お前は黙って俺の命令に従っていればいいんだよ!!」

「ロイに手を出したら、僕は君を絶対に許さない!!」

「何だと、貴様!?　衝撃波魔法《ウェイブショック》」

ヴァンロストはユーリに向かって衝撃波魔法《ウェイブショック》を放った。ユーリの身体は数メートル先まで吹っ飛んだ。

「ユーリッッ!!」

俺はユーリの名を叫んだ。彼女ははじき飛ばされた衝撃で起き上がれないのか、うつ伏せに倒れていた。

ヴァンロストはそんな彼女に怒鳴りつける。

「だから口答えすんなっつってんだろ!? そんな奴より勇者の俺と一緒にいた方が、お前だって幸せだろうが!!」

追放したとはいえ、かつては仲間だった人間を攻撃するとは、想像していた以上に勇者はクズだな。

俺はユーリの元へ駆け寄ろうとするが。

「束縛魔法《リストリン》!」

女性神官が俺に捕縛魔法をかける。身体が何重もの糸に絡まれたかのように動かなくなる。

更に魔法使いの少女が嬉々として呪文を唱えた。

「黒焦げになっちゃえ! 火炎弾《ファイアボール》」

いきなりでっかい火の玉ぶつけてきやがったよ。

相手はS級の魔法使い。B級の冒険者だと確かに太刀打ちできない。

俺は炎の弾丸をもろに食らった。身体に炎がまとわりつく。こいつは標的を焼き尽くすまで消えない炎だ。

だが――

「雪花魔法《ブリザージュ》」

呪文を唱えると砂漠地帯となったアイスヒートランドに、雪の花が舞う。

俺を取り巻いていた炎は雪の花に触れた瞬間あっけなく消えた。こんなショボい魔法、俺には痛くも痒《かゆ》くもない。いや、ほんの少し火傷はしたか。人間の身体というのは不便なものだ。

「魔法無効《キャンセット》」

俺が呪文を唱えると、身体を束縛していた魔法の紐はしゅるしゅると解かれる。

女性神官が愕然《がくぜん》と目を瞠った。S級冒険者が仕掛けた魔法が、B級冒険者によってあっさり解かれるなどまずあり得ないから、そういう顔になるのだろう。

魔法を解除した瞬間、俺は大剣を構えた。

ギイィィイン!!

ローザが俺に斬りかかってきたので、俺は破壊神《ディアレス》でそれを受け止める。

彼女は軽く舌打ちをしてから、俺に問いかける。

「あんた、本当はB級じゃないね……何でB級でとどまっているわけ?」

「色々面倒くさいからだよ」

フッと笑みを浮かべ俺はローザの剣を、彼女の身体ごと突き飛ばした。

彼女は数メートルほど吹っ飛び、尻餅をついたが、すぐに立ち上がり俺に斬りかかる。

彼女が持つレッドスコーピオンの剣は毒が仕込まれているから触れないようにしなければな。触れたら少し面倒なことになる。

「行け!!　ローザ」

援護もせずに上から目線で命じるヴァンロスト。大した勇者様だぜ。

ローザもそんな勇者に苦笑い。

「さっきの台詞、取り消すわ。勇者のあんたでも、こいつは手に負えないかもよ？」

「は……？　何を言っているんだ」

「まぁ、やるだけはやってみるけどね」

そう言いながらローザは剣を振り下ろしてきた。彼女が打ち込んでくる剣は重い。ＳＳ級の戦士の中でも上位ランクの実力と見ていいだろう。

一撃、一撃、俺が剣を受け止めるたびに、ローザは嬉々とした表情になる。こいつ、もしかして俺が思わぬ実力だと知って喜んでいる？　相手が強ければ強いほど燃える性格なのか？

渡りのローザは金銭至上主義であると同時に、好戦的だと冒険者の間で噂になっていたけど本当だったんだな。

剣と剣が一際強くぶつかり火花が散る。剣の押し合いをしながら、俺はローザに静かに問いかけた。

「勇者たちに追放されたユーリをどうして俺に任せようと思ったんだ？」

「さすがに所持金ゼロの坊やを追放するのは、私も気が引けたからね。無害そうなあんたに押しつけることにしたんだよ」

俺のどこを見て無害そうに思ったのかは不明だが、やはりユーリのことが放っておけなかったわけか。

今の言葉が本音なのかどうかはさておき、俺はローザにニッと笑ってみせた。

「じゃあユーリに免じて勇者の巻き添えにならないようにはしてやる」

「は!?　何を言っているんだい？」

「お前がユーリを俺に押しつけてくれたおかげで今があるからな」

ローザが振り下ろしてきた剣を受け流してから、俺はすかさず呪文を唱えた。

「強風魔法《ストロングウィンド》」

「く……っっ！」

身体がはじけ飛ぶ衝撃波魔法《ウェイブショック》とは違い、強風によって相手を吹き飛ばす魔法だ。

ローザの身体は強風によって遠くへ吹っ飛ばされた。もう少し加減すればよかったか？

あっという間に豆粒のように小さくなってしまった。

「ちょっと、まだ戦い足りないよ!!」

というローザの不満そうな怒鳴り声が聞こえたような気がしたが、聞こえなかったふりをする。

「く、クソ……!!」

頼りになる戦闘要員が遠くへ飛ばされたため、勇者ヴァンロストが剣を抜き俺に斬りかかろうとした。

しかし俺の前にユーリが立ちはだかり、その剣を受け止める。

ユーリは冷ややかな声でヴァンロストに告げる。

「ロイを傷つけるな。傷つけたらただじゃおかない」

「く……ユーリの分際で!!」

勇者の剣を水晶剣で受け止めるのには限界がある。

俺はユーリの剣が壊れる前に「衝撃波魔法《ウェイブショック》」を唱えた。

身体を吹っ飛ばされたヴァンロストはそのまま尻餅をついたが、すぐさま起き上がる。

「ユーリ、そんな地味野郎のことなんかどうでもいいだろ!?　俺と一緒に行った方が遥かに充実しているし、魔王退治という大きな仕事にも関われるんだぞ!?」

「ヴァン、僕は……ロイのことが好きなんだ」

「は!?　一体、何を言っているんだっっっ!?」

「僕はロイと共に生きていきたい!!　君の元には絶対に戻りたくない!!」

はっきりそう言ってからユーリはヴァンロストに向かって剣を突きつけた。

その時、ユーリのフードが風で翻り、彼女の顔が露《あら》わになる。

それまで、フードで彼女の顔を半分しか見ていなかったヴァンロストは、髪を整え、貧相ではなくなったユーリの顔を見て目を見開く。

「え……君は誰だ？」

ヴァンロストは目を見開いてユーリを凝視していた。驚きのあまり声も出ないようだな。みすぼらしい少年とばかり思っていた人物が、とんでもない美人だったのだから。

そんな勇者をユーリは冷ややかな目で見る。

「いきなり君呼ばわりしないでくれる？　寒気がするから」

「……!?」

寒気がすると言われたことがショックだったのか、ヴァンロストは一瞬声を失った。

更に強い風が吹き抜け、フードだけではなく、全身を覆っていたマントも翻る。マントの下から女性らしい体型が見えたのだろう。

魔法使いの少女が素っ頓狂な声を上げた。

「あ、あれ!?　声はユーリなのに……女の子!?」

「髪の毛の色も目の色もユーリと一緒だけど……え……性別を隠していたってこと？」

女性神官も戸惑っているようだった。

彼女たちもユーリが女性だったことには気づいていなかったのか。同じ女性なら気づきそうなものだが……それだけユーリは完璧に男になりきっていたってことなんだろうな。

ヴァンロストはユーリを指差し、声を震わせた。

「…………ユーリが女……いや、だって村でも男と同じ仕事をしていたし、男の格好をしていたし」

「ユーリは女だよ。ずっとお前の護衛を全うするために性別を隠して生きてきたんだ」

「な、何だと……!?」

今度は俺がユーリの前に立ちはだかり剣を構え、勇者一行に告げる。

「ユーリは俺の妻だ。お前たちに返すことはできない」

「――――っっ!?」

ヴァンロストはまだ信じられないのか、ユーリの姿を上から下まで凝視している。

そりゃこんな美人と今まで旅をしていたのに、まるっきり気づいていなかったのだからな。

不覚にもほどがあるだろうよ。

その時女性神官が俺たちの手元を指差して言った。

「あなたたち、まだギルドに正式な婚姻届は出していませんね？　だとしたら既婚者ではないので、ギルドの規則は通用しませんよ」

確かに結婚した冒険者は冒険者ギルドの館に婚姻届を出さなければならない。その際、冒険者ギルドからは祝いの品として結婚の証である指輪が渡される。その指輪が正式な夫婦となった証となるのだ。

「だったら何だ。誰が何と言おうとユーリは俺の妻だ。俺から妻を奪おうとする奴は全て敵だ」

俺の言葉にヴァンロストは目を剝いた。

「貴様、勇者に逆らう気か⁉」

「逆らうと言ったら？」

「勇者の恐ろしさを思い知らせてやるまでだ‼」

ヴァンロストは勇者の剣を振り上げ俺に向かって斬りかかってきた。

白く輝く勇者の剣と漆黒の刃を持つ破壊神ディアレスがぶつかり合う。

ギィイイイイイイ――――ンンンンンンンッッッ‼

まるで空間を引き裂くような鋭い音が響き渡る。

勇者の剣に触れた瞬間、破戒神ディアレスの剣身が禍々《まがまが》しい黒いオーラに包まれた。

こいつは生半可な人間が触れたら精神を食われる闇のエネルギーだな。勇者の光のエネルギーとは相反するものだ。

勇者はさっと顔色を変える。

「貴様……人間であるはずのお前が何故そんなものを持てる⁉」

「さぁな。何故かこの剣には気に入られているみたいでな」

破壊神《ディアレス》が黒いオーラなのに対し、勇者の剣は白光のオーラだ。

勇者は体重をかけて押してくるが、俺はびくともしない。

黒いオーラはだんだん白いオーラを凌駕《りょうが》しヴァンロストを苦しめることに。

その時魔法使いの少女が声を上げる。

「さっきは手加減してたわ。今度は本気出すわよ。火炎弾《ファイアボール》！」

先ほどよりも大きな炎の弾丸がいくつもこちらに飛んでくる。

しかし魔法使いの少女が呪文を唱えた直後にユーリも防御魔法の呪文を唱えていた。

炎の弾丸は防御の壁にぶつかり消失する。魔法使いの少女が頬を膨らませた。

「んもう!!　ユーリのくせに!!」

「イリナ、そこをどいて。束縛《リスト》……」

今度は神官の女性がユーリに向かって束縛魔法をかけようとした。

しかしその前にユーリの方が早く呪文を唱えていた。

「束縛魔法《リストリン》!!」

たちまち魔法使いの少女と、神官の女性は目に見えない紐で拘束されたかのように動かなくなった。

「く……魔法無効《キャンセット》!!」

女性神官はすぐさま呪文を唱えるが、ユーリが仕掛けた束縛魔法が解けることはなかった。

身動きが取れなくなった仲間を見て、ヴァンロストは舌打ちする。

「この……!!　衝撃波魔法《ウェイブショック》」

俺に向かって勇者は呪文を唱えた。しかし俺の身体は吹き飛ぶことはない。

顔色一つ変えない俺を見てヴァンロストは一瞬狼狽《うろた》えた。

「クソ……ッ！」

ヴァンロストは後ろへ飛び退き距離を取ると、剣の柄を両手で握りしめた。

勇者の剣が眩しい輝きを放つ。

「これならどうだぁ!?」

上から一直線に振り下ろされた剣。

普通の人間であれば目に見えない速さなのかもしれないが、俺は後方へ飛び退いてそれを避ける。

攻撃を余裕で躱している俺が信じられないのか、勇者の表情に焦りが浮かぶ。

「く……B級冒険者のくせに!!」

「できりゃB級らしく地味に生きたかったけどな。だけど大事な存在を守るためだったら、たとえ世界を敵に回しても俺は戦うさ」

「ふざけんな!!」

破壊神《ディアレス》と勇者の剣が再びぶつかり合う。俺や勇者の意志とは別に剣と剣が拒絶し合っているみたいだな。

剣と剣がぶつかるたびにはじき返されるような衝撃を覚える。まるで電流が流れたかのような痛みを伴ったしびれを感じる。

俺はこのくらい平気だが、ヴァンロストは勇者の剣をぶつけるたびに苦痛に顔を歪めていた。

勇者の剣は創造神《ゼノリク》が作り上げた剣。破壊神《ディアレス》を信仰する者が作り上げた武器とは相容《あいい》れないのだろうな。

俺たちは剣の打ち合いを一度やめ、互いに距離を置いた。

ヴァンロストは剣を構えながらも今一度ユーリを見た。

「ユーリ、そんなおっさんなんかと別れて俺の所に戻って来い!!　今までは雑用係だったが、今日からは俺の恋人にしてやる」

この馬鹿勇者、どういう神経をしているんだ!?　ユーリが女と分かったとたん恋人にしてやるって……。

刺し殺してやろうかと思ったが、その前にユーリは顔を蒼白にして首をぶんぶん横に振って言った。

「冗談じゃない!!　死んでもごめんだ!!」

「な……何だと!?」

「僕のことをあれだけ馬鹿にして、邪魔者扱いしたくせに今更何なんだ!?　気持ち悪い!!」

「……!?」

ユーリの完全なる拒絶にヴァンロストは驚愕《きょうがく》していた。いや、逆に何で、ユーリが喜んで自分の元に来ると思ったんだよ？　自分がユーリにどんな仕打ちをしてきたのか、すっかり忘れているんじゃないのか？

「この俺が誘ってやっているのに、それを断るのか、貴様は!?」

その時、勇者の剣が赤く輝き始めた。

勇者の怒りに剣が呼応したみたいだな。

怒りのエネルギーを引き出し、攻撃力を上げる武器は時々見かけるが、その手の武器は怒りで我を忘れ、仲間まで傷つけてしまうことが多々ある。

額に青筋を立て白目を剥くヴァンロストを見て嫌な予感がした俺は、予め防御魔法をかけておく。

既にユーリが防御魔法をかけてくれた状態だが念のためだ。

ヴァンロストは両手の拳を握りしめ、怒声を張り上げた。

「俺に逆らう奴は全員許さん!!　爆破魔法《ヴォンデス》!!」

勇者が呪文を唱えた瞬間、俺たちの視界は炎と黒煙に占められた。

ドォオォオンッッッ!!

爆破音が砂漠の空に響き渡り、岩場にとまっていた鳥たちは驚いて一斉に飛び立った。

予め防御魔法をかけて正解だった。爆破の渦中の中でも無色透明なドームに守られた俺たちは無傷だった。

怒りで我を忘れているとはいえ、俺だけじゃなくユーリまで巻き込むとは。本当にヴァンロストはクズ勇者だな。いや、俺はこいつを勇者とは認めたくないな。どこの馬鹿がこんな奴を勇者に選出したのか知らねぇけど。

「凄い……僕の防御魔法だけだったら、防ぎきれなくて怪我してたところだよ。この魔法、古代遺跡のドラゴンを倒すほどの威力なのに」

古代遺跡のドラゴンとやらがどれだけ強いか分からんが、俺の防御魔法を破るほどの力はないみたいだな。

「浮遊魔法《フワリス》」

俺はユーリの腰を抱くと、浮遊の呪文を唱えて宙に浮いた。身体が接触していれば浮遊魔法はユーリにも効果をもたらす。爆煙が立ち込めて視界が悪いので、俺たちが宙に浮いていることに勇者は気づいていない。

今までは俺は加減して魔法を使っていた。

さっきの衝撃波魔法《ウェイブショック》も俺が少しでも加減を誤れば勇者は消えてなくなっていただろう。それだけならまだしも、衝撃が強すぎてユーリも巻き込んでしまう可能性がある。

創造神《ゼノリク》が施した制御の印をもってしても、俺の力は人が持つにはあまりにも強すぎるからな。

勇者たちを相手に魔法で一気に片を付けるには、ユーリを巻き込まないようにしないといけない。


一番低い雲の位置までたどり着くと、俺は下にいる勇者たちに掌を向けた。

「爆破魔法《ヴォンデス》」

俺は〝軽く〟魔力を込めて、勇者と全く同じ爆破魔法の呪文を唱えた。

その次の瞬間、勇者たちは黒煙と真っ赤な炎のドームに覆われた。

ドォオオオオオオオオン――――――――！！！

他の攻撃魔法と比べると群を抜いて破壊力がある爆破魔法。

この魔法は俺とやたらに相性がいい。俺が使うと威力が何倍にもなってしまうので、かなり控えめに放った。少しでも力の加減を間違えたらアイスヒートランドが吹っ飛ぶからな。

爆破の衝撃で地震が起こったのか、岩山が揺れている。

爆煙が立ち込め、しばらくの間は何も見えなかった。

やがて砂混じりの風が吹き抜けて煙が晴れた時、砂漠の大地だったその場所は深く抉《えぐ》れて、

巨大なクレーターが出来上がっていた。

今、幻影魔法で見えなくなっている城も爆破魔法に巻き込まれている可能性があるが、あそこは強固な防御魔法が常にかけられた状態だから特に被害はないだろう。

俺が放った爆破魔法をもろに食らったにも拘わらず、まだ立っている勇者はかなりのしぶとさだが、反撃する力はもうないようだった。脚はふらつき短い髪の毛も爆破のショックで栗《くり》の毬《いが》のように逆立っていた。

立ち続けることが儘ならなかったのか、その場に頽《くずお》れる。

魔法使いと神官も髪の毛はチリチリになり、服もボロボロだ。服のぼろさ加減は出会った時のユーリの格好と同じくらいだな。勇者と違って倒れたまま起き上がれないようだった。

俺はゆっくりと降下し、岩山の上に降り立つと勇者を見下ろし冷たく言い放つ。

「ゴミクズが」

「……!?」

おっと、ゴミクズは言い過ぎたか。今の俺は前世とは違う。勇者と同じ人間だからな。人様をゴミ扱いするのは良くないな。だがクズは撤回しないぞ。ヴァンロストの人間性は正真正銘のクズだからな。

俺の鋭い視線から逃げて、縋るようにユーリの方を見るヴァンロスト。

「ユーリ……俺に治癒魔法をかけろ……早くしろ……」

声は切れ切れだが、この期に及んでユーリに向かってまだ偉そうに命令する勇者。

しかしユーリは無表情で答える。

「僕よりも有能な仲間がいるのだから、僕が治療しなくてもいいじゃないか」

「そ……それは」

「村長さんから言われていたんだ。勇者の役に立たなくなったら、潔くパーティーから去るように、と」

「──」

「僕は役立たずなんだし、もう戻る必要はないよね？」

「……っっ!!」

プライドが高い勇者は言えないだろうな。

本当はユーリがものすごく役に立っていることを……それどころか、ユーリがいないと困るんだ、と口が裂けても言えない。役立たずなお前を、慈悲の心で使ってやっているというスタンスでいきたいのだ。

俺は一瞬だけ殺気を露わにし、ヴァンロストに向かって淡々と告げる。

「今度ユーリに近づいたらお前をこの世から消す」

「……!?」

俺の凍てついた眼差しに、ヴァンロストの身体はビクッと震えた。

たちまち蒼白になる顔。今、こいつは圧倒的な力の差を見せつけられ、俺に恐怖を抱いている。目を合わせることすらできずにいた。

俺はユーリに問いかける。

「どうする？　ユーリ、何なら今すぐでもこいつらを消してもいいが」

「え!?」

目をまん丸にするユーリ。普通の人間だったら死んでもおかしくない攻撃を仕掛けられているからな。俺はこいつらを消すことに何の躊躇もない。

俺が本気であることを悟ったのか、ユーリはしばらくの間黙って考えていた。

情けなくも震えている勇者を冷ややかに見てから彼女は言った。

「勇者が失踪した、もしくは勇者が死んだことが知れ渡ったら、魔族たちが大陸に総攻撃を仕掛けてくると思う」

「まぁ、そうかもしれないな」

「そうなったら世界は混乱し、平穏な暮らしは夢のまた夢になるよ。それにこんな奴のためにロイが手を汚す必要はない」

俺はお前のためならいくらでも手を汚しても構わないけどな。

前世なんかもっと酷かったし。

まぁ、いい。いざとなったら、こんな奴らいつでもこの世にいなかったことにできるからな。

呆然自失状態のヴァンロストを横目で見ながら、俺は収納玉《ストレージボール》からブラックワイバーンを解き放つ。

その時、強風魔法《ストロングウインド》によって吹き飛ばされていたローザがワイバーンに乗って戻ってきた。そして自分が乗っているワイバーンよりも一回り大きいブラックワイバーンを見て自嘲交じりに呟いた。

「こいつは驚いたね……そのワイバーンに乗れる冒険者はウォルクぐらいだと思っていたよ」

俺はユーリを前に乗せると、ブラックワイバーンの手綱を引いた。

羽ばたくワイバーンの翼は強風を起こし、砂漠の砂を巻き上げる。

全滅した勇者一行を残し、俺たちはあっという間に雲の上まで飛んでいた。

◇・◇・◇

ブラックワイバーンを飛ばし、アイスヒートランドを出た俺たちは、ひとまずエンクリスの町を目指していた。砂漠対応だった格好から、普段の格好に着替えるためだ。

ユーリはちらっと後ろを振り返って言った。

「ヴァンはさすがに追って来ないね……」

「追う体力も気力も残っていないだろうな」

「ロイって、本当に何者なの？　勇者まで倒してしまうなんて、まさかアレじゃないよね」

「ユーリの言うアレが何か分からんけど、俺はしがないB級冒険者だよ」

「ロイ、しがないB級冒険者は、あんなにあっさり勇者を倒すことはできないんだけど？　このやり取り何度目かなぁ」

言いながらユーリは可笑しそうに笑う。彼女は俺が多くを語らないことを、あまり気にしていないみたいだった。

「ユーリは俺のことあんまり聞いてこないよな」

「だって話したくても話せないんでしょ？　前世のことだってロイ自身が思い出せないこともあるだろうし」

「まぁな。断片的なことしか思い出せないでいる。俺は多くの存在を消してきた。ありとあらゆる生命……いや世界を無にしたこともあった……色んな奴に恨まれていた存在だったことは確かだ」

「そっか。でもそれは前世の話だよね？　僕も孤児だったたし、親の記憶も曖昧で。自分のルーツとか全然分からないからさ。もしかしたら両親は大罪人だったかもしれないし」

そういやそうだよな。お互い家族がいない身の上。自分がどこの誰だったかも分からないという点では共通しているんだよな。

「過去のロイよりも、これからのロイが僕にとっては大事だからね」

ユーリのその言葉は、俺にとっては泣きたいくらいに嬉しい言葉だった。

彼女を幸せにしたい……俺自身が今幸せだから。もっともっと彼女の笑顔が見たい。

お互いに笑い合える、そんな日々を送りたい。俺は後ろからユーリの身体を抱きしめた。

◇・◇・◇

冒険者ギルドの館エト支部。

敷地内にはワイバーンが離着陸する広場があるので、そこに着陸する。

双眼鏡で俺たちが来るのを確認していたのだろう。ウォルクが出迎えて、すぐに応接室に案内された。

俺とユーリがソファーに腰掛けると、エリンちゃんがお茶を持ってきてくれる。

向かいにウォルクが腰掛け、金貨が入った袋と透明に輝くカードをテーブルの上に置く。俺もまたアイスディアを収めた収納玉《ストレージボール》をテーブルの上に置いた。

ウォルクは収納玉《ストレージボール》を手に取り、重さや玉の中身を確認する。玉を覗き込むと、アイスディアが空間の中で眠っている姿が見えるんだよな。

「確かにアイスディアが生け捕りにされた状態だな。一日で仕事を終わらせるとはさすがだ」

「今回はユーリの助けもあったからな」

俺とユーリは顔を見合わせて笑う。彼女の助けがなかったら、もう少し時間がかかっていたところだっただろう。

ふと視線を感じウォルクを見ると、奴は何かを見透かしたかのようにニヤニヤと笑っていた。

俺はさりげなくユーリから視線をはずし、お茶を飲むことにした。

「で、お前ら。結婚式はいつなんだ？」

ド直球を投げてきやがるウォルクに、俺は飲んでいる茶を吹き出しかけた。

く……喉の気管に入っちまった。

むせる俺にユーリが慌てて背中をさする。背中に治癒魔法をかけてくれたおかげで、すぐに苦しさからは解放された。

俺は涙ぐみながら思わずウォルクに怒鳴った。

「おい、今はその話じゃないだろ!?」

「もう仕事の話は終わった。お前ら今回の仕事を機にデキたんだろ？」

「…………デキたけどな」

俺は自分でも出したことがないくらいの小声で答えた。

何でそんなことが分かるんだ？　そんなに俺たちの雰囲気って前より違うのかな。

隣に座るユーリも顔が真っ赤だ。

「今すぐ式を挙げろとは言わない。だが受付に婚姻届は出しておけ。そうしておけば、いくら勇者でもユーリ君には手を出しにくくなるからな」

「わ……分かった。ユーリもそれでいいか？」

「う、うん。僕はあの時からロイの妻になったと思っているから」

あ、あの時って……あの時のことだよな。ユーリと過ごした夜のことを思い出し俺は顔が熱くなる。

それに勇者の前で彼女が妻であることを宣言したからな。ちゃんと事実にしなきゃいけない。

ユーリとの新婚生活を想像すると、頬が緩みそうになるが、今は浮き足立っている場合じゃない。大事なことを報告しておかないとな。

「その勇者だがユーリを追いかけてアイスヒートランドまでやってきたよ」

「アイスヒートランドまで!?　よほどユーリ君がいなくて困っていたようだな」

ウォルクはその場にはいない勇者に呆れ果てていた。

俺だって勇者様がユーリを取り返しにあんな所まで追いかけてくるとは思わなかったもんな。

「しかしお前らがアイスヒートランドに行っている情報、勇者はどこで手に入れたんだか。うちは守秘義務を徹底しているはずだ」

「おおかた闇情報屋から手に入れたんだろ？」

闇情報屋とは情報屋ギルドに所属していない情報屋たちのことを指す。

違法な手口で情報をかき集めたり、金のためなら顧客情報も売ったりするので、相当リスクがいる情報屋だ。

その分、通常の手口では手に入りにくい情報が手に入ったりするんだけどな。

俺の個人情報もバレいてそうだよなぁ……こんなおっさんの個人情報手に入れてどうすんだよって思うけど、情報屋にとっちゃ些細《ささい》な情報でもお宝になる可能性があるからな。

ウォルクは盛大な溜め息をついてから後ろ頭を掻いた。

「……職員の中に情報屋のスパイが紛れ込んでいる可能性があるな」

冒険者ギルドの館エト支部は職員が多いからな。

見つけ出すのには時間がかかるかもしれないな。スパイじゃなくても、出来心で情報を売ってしまう人間もいる場合もあるし。

「いずれにしても勇者との衝突は避けられなかっただろうよ。馬鹿勇者が力ずくで俺からユーリを奪おうとしたから叩き潰しておいた」

「勇者を虫扱いするな」

「だって俺からすりゃ、あんな奴虫けら……」

「それ以上言うな。時々昔の凶悪な性格が表に出るな。お前は」

俺たちの会話を聞いていたユーリは戸惑いながら尋ねる。

「あの……支部長はロイが勇者を倒したことにあまり驚いていないようだけど……」

おっとユーリからすりゃ、俺とウォルクの会話は不思議だったかもしれないな。

彼女の疑問にウォルクはニッと笑って答えた。

「ああ、こいつのことは大昔から知っているからな。あの勇者じゃロイには勝てないことくらい分かる」

ウォルクは唯一、俺の前世を知る者だ。

前世のウォルクは仔犬でいつもクンクン言いながら俺にくっついていた。


「お前は人として転生することになる」

「ヒト？」

「罰として人という脆弱な存在として生きろ、ということだろう」

「……」

「この円陣が光った瞬間、お前は人として転生することになる」

「分かった……ウッド、お前はここから離れていろ」


何度も見る前世の夢。

その中に必ず登場する仔犬、ウッドは結局俺から離れることなく一緒に断罪されてしまった。

遠い昔のことなのに、ウッドが俺の膝の上で眠っている姿を昨日のことのように思い出すことができる。

俺の表情から何かを感じ取ったらしく、ウォルクは何だかむず痒《がゆ》そうな表情を浮かべた。

「……お前、仔犬《ガキ》を見るような目で俺のこと見るなよ」

「すまん、つい昔のことを思い出して」

あの仔犬のウッドがこんなごつい男に転生するとは思わなかったなぁ。

ウォルクと初めて出会った時、こいつがウッドの生まれ変わりであることが、何故かすぐに分かった。見た目も、性格も全然違うのにな。

ウォルクと目が合った瞬間、胸を突かれたと同時にウッドとの思い出が次々と蘇ってきた。

ウォルクもまた匂いで俺のことが分かったらしい。生まれ変わっても匂いは同じなのか……？という疑問は生じたけどな。獣人族の仕組みは、いまいち分からん。

お互いに記憶が断片的だったからな。答え合わせをしながら互いが前世では相棒だったことを確認したんだ。

ウォルクはまだむず痒そうな顔をしながら俺を指差し、やや強めの口調で言ってきた。

「俺はもうあの時の仔犬とは違うからな」

「……」

――俺と再会した時、親犬を見つけた仔犬のように号泣して抱きついてきたくせに。自分が超怪力の大男だってことをすっかり忘れていたじゃねえか。抱きしめられた時、背骨が折れるかと思ったぞ。

そんなウォルクも今は結婚して、奥さんと共に暮らしている。

前世と違って常に一緒というわけじゃないが、こいつに何かあった時はすぐに駆けつけるつもりだ。

胸を突かれるといえば、ユーリの名前を初めて聞いた時も似たような感覚がしたが……もしかして前世でも彼女とは縁があったのだろうか？

もし俺とユーリが前世でも縁があって、それがたとえ敵同士だったとしても、今の俺たちには全く関係ないことだ。

とにかく前世は俺の相棒だったウォルク。

今世は地味にのんびり暮らしたいという俺の気持ちを理解してくれていたからな。

極力他のパーティーと組むような仕事依頼は持ってこなかったし、B級以上の金になる仕事も俺に回してくれた。まぁ、そいつは俺じゃないと解決できない厄介な仕事でもあるんだけどな。

勇者が俺の敵じゃないこともよく分かっていた。

俺とユーリとの結婚を勧めたのも、今回みたいなことを想定していたんじゃないかって思うんだよな。

もし勇者が強引にユーリを自分の元へ戻そうとしても、俺なら奴をいつでも消せる——じゃなくて、俺なら勇者を追い返せると考えていたのかもしれない。

ユーリはまだ信じ難いのか、ぽつりと呟くように言った。

「強いことは分かっていたけど、まさか勇者を倒せる人がいるなんて」

「勇者は別に人類最強というわけじゃない。普通の人間と違って、神から与えられた力はあるが、それを生かせないようじゃ、他の冒険者と変わらん」

ウォルクの言葉に、ユーリは目を丸くする。いまいち信じられないって顔しているな。

「そ、そんなものなの……？　村では勇者は神の子の生まれ変わりだって言われていたし、人類の希望とも言われていたんだけどなぁ」

まぁ、人間たちの間では勇者様というのはそういう存在だ。実際、前の勇者は人間たちの希望に応えて、見事に魔王を倒した。

この部屋の壁にも前勇者とその仲間が描かれた絵が飾ってある。絵を見る限り勇者もおっさん、他の仲間もおっさんだ。今の勇者と違ってかなりストイックな雰囲気がする……ハーレムパーティーを作ろうとしている現勇者とは大違いだ。

まぁ、あくまで絵だから、現実に忠実とは限らんけどな。

そんな女好きの現勇者、ヴァンロストも相当な馬鹿じゃない限り、もう俺たちを追ってくることはないだろう。俺との実力の差をあれだけ肌で感じておきながら、それでも追いかけてくるようなら、もう救いようがない馬鹿だ。遠慮なくこの世から消えてもらうことにしよう。

大きな仕事も終わったことだし、ウォルクにはしばらく休暇を取ることを伝えておかないといけないな。

「ウォルク。今まで借りていたワイバーン、返しておくわ。これから家を留守にすることになるから、新しい依頼はしばらく引き受けられないぞ」

「お、新婚旅行か」

「い……いや、そういうわけじゃなくて、ユーリが魔物使いの勉強をするからな。プネリに魔物使いの知り合いがいるから、そいつを訪ねるつもりだ」

「プネリは新婚が行く観光地としても人気だからな。ゆっくり楽しんでこいよ」

「……」

だから新婚旅行じゃないんだけどな。

そりゃ、魔物使いになるための勉強だけじゃなく、観光もしたいけど。

……新婚旅行か。あそこ、温泉が有名なんだよな。俺の家にも温泉はあるが、旅行先の温泉はまた違うからなぁ。泳げそうなくらい広い温泉や、絶景を見ることができる温泉、乳白色の温泉……色んな温泉があるんだよなぁ。

温泉に浸かったユーリが笑いかけてくるところまで妄想してしまい、俺は慌てて首を横に振る。

いかんいかん、今から楽しいことばっか考えて浮かれていたら。ユーリが魔物使いの資格を取ることが最優先だからな。

俺はちらっとテーブルの上で輝く透明なカードを見る。今回の報酬の一つであるダイヤモンドパスカードだ。このカードさえあれば、部屋が空いていれば、いつでも宿泊施設の客室にタダで泊まることができる。

そうだな……結婚式を挙げてから、アルニード王国行きの豪華客船に乗ることにするか。

◇・◇・◇

ウォルクとの話が終わった後、俺とユーリは受付に婚姻届を出した。

エリンちゃんはそれを受け取って内容を確認してから満面の笑顔で言った。

「ご結婚おめでとうございます!! あらゆる障害を乗り越えたお二人をこれからも応援していこうと思っています」

あらゆる障害って……いやいや、エリンちゃん、まだユーリのことを男だと思っているのか？ 確かにギルドに提出する婚姻届には性別欄がないが。

ユーリは今、フードマントの上に胸当てをしている格好だ。小柄な少年に見えなくもないけど。

「エリンさん、ありがとうございます！」

ユーリは祝福の言葉を聞いて嬉しそうなので深くは追及しないことにした。

エリンちゃんは奥の部屋から紺の天鵞絨《びろうど》の小箱を持ってきた。

カウンターの上に置かれた小箱の蓋を開けると、そこには銀色の指輪が二つ並んで入っている。

婚姻届を出した時に渡される結婚指輪。

指輪の大きさは全く一緒だ。こいつは特殊な金属でできていて、持ち主の指に合わせてサイズが変わるようになっている。身に着けていると、攻撃力が上がり、魔力の消費を抑えてくれる、冒険者にとってはありがたいアイテムでもあった。

指輪は冒険者ギルドからのお祝いであり、結婚した証にもなる。

エリンちゃんは満面の笑顔で言った。

「結婚式の時、指輪交換するの楽しみにしていますね！」

第九章　結婚式

エルディナ神殿。

創造神《ゼノリク》の妹、エルディナ神を祀《まつ》るこの神殿は、人々が結婚式を挙げる場でもある。

俺はその神殿の控えの間にいた。

今まで着たことがない真っ白なジャケット姿の自分を鏡で見て、理髪師の力量に感心する。

髭も綺麗に剃って髪もセットしてもらった俺は、自分でも別人かって驚くくらいに垢抜《あかぬ》けていた。理髪師は仕上げに白ジャケットの胸ポケットに白薔薇を挿してから親指を立てて片目を閉じている。

その時、控え室のドアがバンッと開く。

「先生、この度はご結婚おめでとうございます!!」

爽やかな笑顔で突入してきたのはニック・ブルースターだ。

理髪師の青年がびっくりして、俺とニックを交互に見ている。何しろニックはスーパースターだからな。英雄と知り合いなのか!?　と言わんばかりだな。

「何だよ、ニック。こんな所まで来て」

「今日は結婚式に招待してくださってありがとうございます！」

「だってお前が招待しろってうるさいから……」

「仲間と一緒に盛大にお祝いしますから!!」

「……」

両手の拳を握りしめ、頬を上気させ目を潤ませるニック。

やっぱこいつ、熱苦しいな。

あれから俺たちはウォルクの強い勧めもあり、結婚式を挙げることになった。

とはいっても俺もユーリも身内や親戚がいるわけじゃない。孤児院で育った兄弟みたいな奴らはいるが、遠くに住んでいるからな。気軽に来いとは言えない。

だからウォルクとその奥さんに立ち会ってもらうつもりでいたのだけど、ある日ニックがうちにやってきて稽古の日時を決めようってことになった時に。

「先生、来月の十五日はどうですか？」

「あー、その日は駄目だ。実はユーリとの結婚式があるんだ」

「何と!?　おめでとうございます!!　式は何時からですか!?　俺も行きます!!」

「え!?」

「俺は先生の一番弟子です！　ぜひ結婚式に参加させてください!!　先生の晴れ姿を見たいで

す!!」

と言ってきたのだ。

この手の人間は招待しておかないと後で拗《す》ねる気がしたので、俺は結婚式の時間を教えることにした。

そしたら夕闇の鴉のメンバーからも祝いの品が送られてきたので、彼らも招待することになっちまった。

あいつらそこまでの知り合いでもないのにな。ニックの先生は俺たちの先生、とか思っているのだろうか?

理髪師の青年は不思議そうに俺とニックを見比べながら部屋から退出した。

ドアが完全に閉まったのを見計らい、ニックはにんまりと笑って言った。

「先生、ついにやったんですね」

「やったって?」

「勇者ですよ。勇者のパーティー全滅させたの先生でしょ!?」

「……え……何で勇者のことがお前の耳に?」

「だって、あいつらエンクリスの宿でずっと寝込んでいたらしいですよ。かなりボロボロにやられてたから、魔王とやりあったんじゃないかって噂されてますけどね」

あー、あいつら、何とかエンクリスの町まではたどり着いたんだな。

勇者のパーティーがボロボロになってエンクリスの町にやってきたことは随分と噂になったみたいでニックの耳にも届いていたようだ。

ニックが目をキラキラさせて俺に尋ねてくる。

「俺は先生がやったと思っているんですけど」

「俺知ラナイ。俺ソノ時仕事シテタ」

「先生、棒読みになっていますよ。俺に隠さなくてもいいでしょ？　魔王はまだネルドシス大陸から出て来ていないことぐらい分かってますから」

「何でお前がそんなこと知っているんだ？」

「一応、魔族のツテもあるんで。魔族も人間と敵対している奴ばっかりじゃないんですよ」

得意げに話すニックに俺は首を傾げる。ニックは確か仲間の家族が殺されたとかで魔族を憎く思っていたはず。

「お前、魔族を憎んでいるんじゃなかったのか？」

「人間に敵意を向ける魔族は憎いですけど、友好的な魔族にはそんな思いは抱いていませんよ。人間だって憎い相手もいれば、そうじゃない相手もいるでしょ？」

「ああ、そうだな」

それを聞いて俺も安心した。魔族の中には争いごとを嫌う奴も少なくないからな。魔族との和平を望んでいる人間も多い。人間と魔族の夫婦もいるくらいだからな。

魔王を倒す目標はあるにしても、魔族全体を敵だと考えていないのはいいことだ。

あーあ、ヴァンロストじゃなくてこいつが勇者だったら良かったのにな。

そんなニックには本当のことを言わない限り、解放してくれそうもないので話すことにした。

「俺からユーリを力ずくで奪おうとしたからな。勇者たちに軽くお仕置きをしておいた」

「お仕置きレベルの怪我じゃないみたいですけどね!! でもさすが先生です!!」

「……」

言っていることに嘘はない。俺は軽く魔法を一発使っただけだ。

その一発が、一国が率いる大軍を吹っ飛ばすほどの威力はあったかもしれんが、俺的には軽く一発お見舞いしただけだからな。

その時ドアをノックして、一人の少女が入ってきた。いや、少女じゃなく、少女のような姿をしたエルフ族の女性、コンチェだ。

「あんたたち、いつまで話しているんだよ。花嫁さんの準備できてるよ」

俺が花嫁の控えの間に行くと、そこにはウエディングドレスを纏ったユーリがブーケを持って立っていた。

ま……眩しくて、まともに見ることができねぇ。

綺麗だ。綺麗すぎる。この世のものとは思えないくらい綺麗な花嫁だ。

今すぐ抱きしめたいが、せっかくの衣装がくしゃくしゃになったらいけないからな。

俺は抱きしめる代わりにユーリの手の甲に口づける。

ユーリの頬が薔薇色に染まった。

俺はそのまま彼女の手を引いて神殿の礼拝堂へと向かった。

◇・◇・◇

礼拝堂の席にはウォルクとその奥さん、エリンちゃん、それから夕闇の鴉のメンバーが俺たちを出迎えるかのように拍手をしてくれる。

式を執り行う神官は夕闇の鴉のメンバーの一人だ。

女神像の前に立つその青年は優しい笑みを浮かべ、まずは俺に問いかける。

「神に仕える神官として問います。ロイロット・ブレイク、あなたはユーリ・クロードベルを妻として迎え入れ、生涯を共にすることを誓いますか？」

しん、と静まりかえった空間の中、俺は目を閉じて一言答える。

「誓います」

神官は一つ頷いてから、今度はユーリに問いかける。

「ユーリ・クロードベル。あなたはロイロット・ブレイクを夫として迎え入れ、生涯を共にすることを誓いますか？」

ユーリはブルーパープルの目に涙をにじませながら、掠《かす》れそうな声で一言答える。

「誓います」

神官は頷いてから天鵞絨の箱を俺たちの前に差し出した。中には既婚の証である指輪が入っている。

ここで指輪への注意事項が神官の口から告げられる。

「なおこの指輪は離婚した場合、神の元に返さなければなりません」

神の元というか、ギルドに返せってことだな。離婚後も結婚の証である指輪を持つことは禁じられているのだ。

冒険者の証である魔石と同様、勝手な売却は禁止。不正に手に入れたことが判明した時は高額の罰金、もしくは鉱山労働という罰則があるという。

「では指輪交換を」

指輪を取り出しユーリの薬指にはめると、次の瞬間大きめだった指輪はぴったりサイズになる。ユーリも指輪を取り出して俺の薬指にはめる。たまたまサイズが合っていたのか、指輪の大きさに変化はなかった。

神官が祈りを捧《ささ》げる中、指輪が輝き始めた。

「「!?」」

何故指輪が輝いたんだ？　指輪交換したら光るものなのか？

俺は思わず神官の方を見る。どうも神官も驚いているようでじっと俺とユーリの指輪を見詰めていた。

「驚きました……まさか、指輪が輝くとは」

「滅多にないことなのか？」

尋ねる俺に神官は頷いた。

「私もこの目で見るのは初めてです。結婚指輪は神官が祈りを捧げ、エルディナの祝福を受けて初めて効力が発揮されるようになります」

この指輪は攻撃力の上昇、魔力の消費の軽減という効力があるが、そいつは神官が祈りを捧げないと発揮しないようになっているみたいだ。

「不思議な話なのですが、エルディナの祝福を受けた指輪はお互いの愛情が深いほど、強い力を発揮するそうです。あなたたちはエルディナにとても祝福されているようですね」

神官に言われ俺とユーリは顔を見合わせ、頬を赤くする。

すると後ろにいたウォルクが言った。

「反対に夫婦愛が冷めたら効力がなくなるからな。愛のない結婚もそうだ。俺たちのように効力がずっと続くよう仲良くしろよ」

お節介ウォルクの隣では、小柄なエルフ族の奥さんがニコニコ笑っていた。

ユーリは少し驚いたような小声で「エルディナ……」と呟く。

彼女はしばらくの間指輪をじっと見詰めていたが、やがてその目からぽろぽろと涙がこぼれ落ちた。

「ユーリ？」

声をかける俺にユーリは、ハッと我に返り、涙を指で拭って言った。

「ごめん……何故かエルディナという名前を聞いたら涙が出てきて」

「ユーリ……」

「僕はとても幸せだよ」

何故エルディナという名前を聞いて涙が出てきたのかは気になったが、嬉しそうに笑いかけてくるユーリに、何とも言えない愛しさを感じた。

だから俺は自分も同じ気持ちであることをユーリに告げることにした。

「俺も幸せだよ、ユーリ」

そして――

誓いのキス。

人前でキスをするなど、もの凄く恥ずかしいのだが儀式だから仕方がない。

俺はユーリの両肩に手を置いて唇を重ねた。

礼拝堂に拍手と歓声が起きる。

……ん？　歓声？　そんなに人数、いなかったよな？

俺がギョッとして席の方を見ると、いつの間にか結婚式を手伝っていたギルド職員や、顔見知りの冒険者、更に顔見知りでもない冒険者たちも集まっていた。

その昔俺が育った孤児院の隣には小さな神殿があった。そこで結婚式があった時も、祭りに参加するノリで通りすがりの人が結婚式に途中参加していたものだが。

結婚式ってこんなに人が集まるもんなのか？

「なんか照れくさいね」

照れ笑いするユーリに俺も思わず笑ってしまう。

今までは注目されるような派手なことは避けたいと思って生きてきた。

けれども祝福してくれるたくさんの人々の笑顔を見ていたら、まぁ、たまにはこういうのもいいか、とも思えた。

ふと視線を感じたのでそちらへ目をやると、結婚の女神であるエルディナの像が俺たちを祝福するかのように微笑んでいるように見えた。

ゴミクズが……。
ゴミクズが……。
ゴミクズが……。

◇・◇・◇

その言葉は呪いのように、事あるごとに俺の頭の中で繰り返されていた。

俺はヴァンロスト・レイン。神に選ばれた勇者のはずだ。

にも拘わらず、俺は今情けないほど恐怖のあまり身体が震えていた。

ロイロット・ブレイクが放った爆破魔法を食らった瞬間、完全に死んだと思った。

一瞬、幼い頃から今までの出来事が脳内に蘇り、意識が飛んだのだ。

辛《かろ》うじてまだ生きていたが全身はボロボロ。回復薬をいつもより多く飲んで何とか動けるようになったが、まだ節々が痛い。身体は完全に回復しなかった。

ローザは瀕死《ひんし》状態だったイリナとカミュラを治療し始めた。

勇者一行と行動を共にしていた時は攻撃役の彼女だったが、どんなパーティーと組んでも適応できるように治癒魔法の心得もあった。

「私がいるのに、勇者のパーティーを死なせたってことになったら寝覚めが悪いからね」

イリナとカミュラはローザの手による治癒魔法と大量の回復薬を使い、どうにか動けるまで復活した。

そうして夜が来る前に何とかアイスヒートトランドを脱出し、エンクリスの町にたどり着いた。

俺たちはそこの宿でずっと寝込んでいたのだった。

薬屋で売っている回復薬を購入し、追加で飲んで身体は良くなってきたものの、何よりも精神的なダメージが大きかった。

ただ一人、ローザだけは爆破に巻き込まれなかったので、肉体的なダメージも精神的なダメージもほとんどなかった。

それから何日経ったのか分からない。

身体が完全回復した俺たちはまず身なりを整えることにした。服は防具屋で新品の服が買えたからいいが、毬栗《いがぐり》のような頭は整髪料で整えてもやっぱりトゲトゲとしてしまう。潔く丸刈りにして、カツラを被った方がいいのかもしれないな。

そう考え再び防具屋を訪れたが、あまりいいカツラが売っていなかった。

置いてあるカツラはブロッコリーヘアか、キノコヘアのみだ。

フルフェイスのマスクがないか、と店員に尋ねたら、やたらにクマの着ぐるみを勧められた。

もちろん因縁のクマの着ぐるみなんかごめんなので断ったが、店員はしょんぼりしていた。

新たなカツラを手に入れるまでは仕方がないので毬栗頭のままでいることにした。

通りすがりの子供が「ウニだ、ウニだー!!」とこっちを指差しているが、取りあえず今は我慢するしかない。

俺より十日ほど遅れて回復したイリナとカミュラ。彼女たちも真っ先に向かったのは美容室だ。イリナはショートヘア、カミュラも髪を切り揃えた。

そしてエンクリスの中でも最も高価な装備を買ったり、新しいアクセサリーを買ったりするなどして、ひたすら浪費していくのだった。

そして現在、全員揃って酒場の個室で夕食をとっているところだが、俺は麦酒を一気飲みしてから大きく息を吐いた。

いくら酒を飲んでもあの時の恐怖を拭いきれなかった。

忘れられないのが、ロイロット・ブレイクのあの冷ややかな視線。

目が合った瞬間、動けなくなった。蛇に睨まれたカエルどころではない。

あの目はまさにゴミクズでも見るかのような目だった。

今まで戦ってきた魔物や魔族などとは比べものにならない重圧を感じた。

あの男の前では本当に自分がちっぽけな存在に過ぎないくらいに力の差を感じたのだ。

「ユーリ……」

美しくなったユーリの顔を思い出し思わず呟く。

ユーリはずっと美少年だと思っていた。だから彼（彼女）に前髪を切ることを禁じた。女性の視線が自分よりユーリの方へ行くと分かっていたからだ。

しかし前髪を伸ばしただけではユーリの綺麗な顔はなかなか隠しきれなかった。だから身なりも整えさせないようにした。新しい服を買うことを禁じ、食事もろくに与えなかった。思った通り、ユーリは貧相な男になり、女たちは寄ってこなくなった。

まさかそのユーリが女だったなんて。髪を整え、前髪も切ったユーリは眩しいくらいに美しかった。

何故、何故、今まで気づかなかったのか!! 早く気づいていれば、追放なんかしなかった。

ダンッ!!

俺はジョッキをテーブルに叩きつけた。向かいに座るイリナはビクンッと肩を震わせる。窓際でワインを飲むローザは肩を竦めた。

「まさかあの坊やが女の子だったとはね……私でも見抜けなかったくらいだから、相当上手く化けていたよね」

ローザもユーリのことを思い出しているのか感心したように呟いている。

本当に全然分からなかった。村長も他の村人もユーリのことを男扱いしていた……何で女だってことを俺に教えてくれなかった!?

隣の席でお茶を飲んでいたカミュラは、とても冷静な声で言った。

「ロイロット・ブレイクの力は人間の能力を遥かに超えています。もしかしたら、人間のように見えて魔族なのでは？」

「耳の尖ってない魔族なんて聞いたことがないねぇ」

ローザはワインのグラスをくるくると回しながら言った。

魔族の姿形は人間とよく似ているが、角が生えていたり、皮膚が鱗に覆われていたり、個性的な姿をした者が多い。しかし彼らに共通しているのはエルフ族と同様の長い耳を持っていることだ。

ロイロットはどう思い返しても耳は長くなかった。人間との間に生まれた可能性も考えられるが、半分魔族の血が流れているからといって、あそこまで強い理由にはならない。

「ですが、あの魔力は人間の常識を超えています。それに上位貴族の魔族であれば、人間に化けることも可能……ただ、ロイロット・ブレイクはその上位貴族以上の力を感じます」

カミュラが言わんとしていることに気づいたローザは、やや引きつった笑みを浮かべて問いかける。

「待ちなよ……まさか……魔王が人間に化けて冒険者になりすましている、とか言うんじゃないだろうね？」

「でも、あの巨大な爆破魔法は人間では考えられません、恐らく魔王ではなくても、魔王に次ぐ王族だと思います!!」

二人の会話を聞いていた俺は目を見開く。

魔王……魔王だと？　魔王というのは、あんなにとてつもない力があるのか？

ゴミクズが……。

ロイロットの冷たい眼差しを思い出し、俺の背筋が凍る。また、身体が震えてきやがった。

カミュラが語気を強めた。

「魔王だったら、王国やギルド機関にも協力を要請した方がいいでしょうね」

「うんうん。皆で協力してあのおじさんを追い詰めよう。世界中が敵に回ればあのおじさんだって」

「あんたたち、それであの男に勝てるの？　国やギルドに協力を要請したところで、最終的にロイと戦うのはあんたらなんだけど？」

「「……」」

冷めた口調で指摘するローザに、カミュラとイリナは黙り込む。

ローザの言う通りだ。国やギルドがしてくれることといったら、せいぜい俺たちに魔王の行方を知らせるぐらい。もしあいつが魔王だったら行方を知らされるたびに戦いを挑まなければならなくなる……またあんな爆破魔法を食らったら……。

くそっっ、震えが止まらない……!!　俺は勇者なのに、あのおっさんの冷たい眼差しを思い出すと、ひとりでに身体が震えてしまう。

カミュラは大きな溜め息をついてから、眼鏡を押し上げ、淡々とした口調で言った。

「ロイロットが魔王かどうかは分かりませんが、今の我々では勝てないことは確かですね」

「そ……そうだね……よく考えたら王国の軍隊を引き連れても一掃されそうだもんね」

イリナも爆破魔法の恐怖を思い出したのか、青ざめた顔になる。

俺たちが死なずに済んだのは奇跡に近い。最高級品の装備で固めていなかったら、呆気なく死んでいたかもしれない。

ローザはそんなイリナをジト目で見た。

「あんた……自分たちだけじゃ魔王は倒せないから軍を貸してくれ、って王国に頼む気だったの？　いくら勇者様相手でもそんな気前よく軍隊を貸してくれる国なんかないよ？」

「そ、そんなわけないでしょ!!　例えで言ったの。例え!!」

イリナは慌てて首を横に振る。

俺も国やギルドに協力を要請するのは反対だ。そんなことをしたら、絶対〝B級冒険者に負けた勇者〟という汚名がついてくる。

特にニック・ブルースター率いる夕闇の鴉を支持する勢力は嬉々としてその噂を流すに決まっている。

後からロイが魔王であることが証明できたとしても、その噂を払拭するのは相当な時間がかかるだろう。

Ｂ級冒険者が魔王だって、信じてくれる人間が果たしてどれだけいるのかも分からない。

カミュラは眼鏡を押し上げ重苦しげな口調で言った。

「今、我々ができることといったら、地道に経験値を上げて力をつけていくしかなさそうですね」

「えー、野営しなきゃいけないダンジョンはやだよー。ユーリがいないいんだから」

「……そうですね。ユーリに代わる雑用係は必要ですが」

ごちゃごちゃ言う女二人に、俺は密《ひそ》かに長い溜め息をつく。

地道に経験値を上げていくなんて俺の性に合わない。それにユーリなしの旅をこのまま続けるなんて……何故俺はユーリを追放してしまったんだ……畜生……!!

ユーリとの冒険の日々を思い出すたびに、後悔が津波のように押し寄せてくる。

あいつさえいてくれれば、この身体の負傷ももっと早く治っていたはずだ。どんな大怪我をしても、彼女はいつも治癒魔法ですぐに治してくれた。食事だって体調に合わせたものを出してくれていたはずだ。

今なら分かる。あいつは俺にとって必要な奴だったんだ。クソ……何であんなおっさんの元に。

あんなおっさん、と思いかけて俺は思わず自分の身体を抱きしめる。

あの冷ややかな眼差しを思い出すたびに悪寒が走り、身体の震えが止まらなくなる……何故だ？　何故怖《お》じ気《け》づいてしまう!?

クソ、クソ、クソ、クソ、くそっっ!!　俺は勇者なのに!!

このままでは絶対に終わらせない。

あいつがもし魔王だったら、奴を倒さなければならない!!

今よりも強くなって、いつか絶対にあの男を倒す！　そして今度こそユーリを……。

俺が打倒ロイロット・ブレイクの誓いを心の中で立てかけた時、ローザが飲み干したワイングラスを置いてから立ち上がった。

「じゃ、私はもう行くね」

「え……行くってどこへ？」

立ち去ろうとするローザに俺は困惑して呼び止める。

彼女は一度立ち止まり、フッと妖艶な笑みを浮かべた。

「あんたらとの契約期間、今日で終わりだから」

「ま……待て!!　金は払うから契約期間を延長してくれ」

「悪いけど、先に誘われているトコがあるんでね。そこと の契約期間が終わったら考えとくわ」

ローザはそう言って俺たちに背を向け、ひらひらと手を振った。

イリナとカミュラは呆気にとられてそんな彼女の後ろ姿を見送っている。

俺もあまりに唐突だったから呆然としていたが、しばらくして我に返り席を立った。

今残っているメンバーで一番使える女がローザだったのに!!　ここで去られてしまっては困る!!

ローザを引き留めようと酒場を出た俺だが、彼女は既にグリフォンに乗って空へ飛んでいった。

うぉぉぉぉぉい!!　待ってくれよ、ローザ!!

うるさいだけで全然使えねえイリナとカミュラで、どうしろっていうんだ!?

俺たちはロイロットを……いや魔王を倒さなきゃならないのに!!

◇・◇・◇

「――いや、魔王じゃないから」

アルニード王国行きの客船にて。

俺とユーリはデッキから暮れなずむ夕日を見ていた。

会話の中でユーリが「ロイの前世って、もしかして先代の魔王だったりする？」と尋ねてくるものだから俺は思い切り否定したのだった。

ものすごく心外だ。あいつに間違えられるなんて。

まぁ俺の遊び相手になってくれた忠実な下僕……いや配下みたいなもんか？　何とも言えな

い関係性なので、説明する時は〝知り合い〟って言っていたけど。

魔王か……あいつとの最後の会話を思い出した。

『主様《あるじ》、魔王領にて勇者たちの存在が確認されました。魔王城に来るのもそう遠くはないと思います。その前にぜひお会いしたかった』

『……ここまで来るとは。あの勇者は強すぎたな。悪いが俺はお前たちの戦いには介入できない』

『承知しております。これはあくまで私と勇者の戦い。主様は見守ってくださいませ』

ぼんやり思い出す先代魔王との会話。

そういやあの時に譲ってもらったんだよな。幻影城を。

『どうかこの城をお役立てください』

『別に俺はいらんけどな』

『まぁそう言わずに。このような過酷な地でも快適に過ごせるようにしていますので』

『まぁくれるのなら遠慮なく貰うけど』

魔王。

名前は確かネゼルだったか。もっと長い名前だった気もするが、俺はネゼルと呼んでいた。

絶大な力でもって魔族たちを支配していたその男は、魔族からエルフ族、人間の女も魅了するほどの美貌の主で、種族かまわず何人もの愛人を抱えていた。

しかも前勇者との決戦を前に、俺を呼び出して愛人たちの服ごとあの城を譲りやがった。

あの城のおかげで俺とユーリの仲が進展したものの、もうちょっと、こう、趣味の良い服を置いていって欲しかった。

危うく俺の趣味だと思われかけたからな。

何とも言えない複雑な表情になる俺に対し、ユーリは頬をポリポリと掻いて、申し訳なさそうに言った。

「……ごめん。あの爆破魔法、本当に凄すぎたから、ロイの前世ってまさか魔王かなぁ？　と思って尋ねてみたんだけど」

「あれでもかなり手加減した方なんだが」

「あ、あれで手加減!?」

ユーリは目をまん丸にして、まじまじと俺の顔を見ていた。まぁ、普通の人間だったら、あの爆破魔法は無理かもな。

人間どころか上級クラスの魔族でも無理だろう。だからといって、魔王《アイツ》とは思われたくねぇな。

今、現魔王の座はネゼルの子供が受け継いでいるはずだ。

ちょうど今回の勇者もクズだし、うん百年かけて多くの兄弟を排し、魔族の頂点に立った現魔王もどれだけ強いか分からないが、性格はろくなもんじゃないだろう。

ゴミクズ同士だけで戦っていろって感じだな。俺からすれば。

「そっか。前世は魔王じゃないのか」

「俺の前世が何なのか、知りたいか？」

「……いや、いいよ。ロイは言いたくないんだよね？　だったらどんな存在でも関係ない。僕の気持ちは変わらないよ」

そう言ってから、ユーリはにっこり笑った。俺の嫁さんは思った以上に肝が据わっているみたいだ。

ふとユーリは少し不安そうな表情を浮かべ俺の方を見た。

「僕はヴァンを生かすことを選択した」

「ああ……」

「そのことは後悔していないけど、ヴァンは勇者だ。もしかしたらもっと凄い力に目覚めて強くなって、またロイに戦いを挑むかも」

「俺に再び戦いを挑む根性が出来上がっているくらいなら、心の方も多少成長していると思うから受けて立つさ」

「ロイ……」

「ここから先、もっと強くなるには勇者自身が地道に努力することが重要になってくる。更なる勇者の力が目覚めるには、相応の強さを手に入れないと駄目だからな」

もっともあのクズが地道な努力をするかどうかは謎だけどな。あいつ俺のこと相当に恐れていたからな。再戦を挑んでくる日はまだまだ遠そうだが。

俺からすりゃ勇者なんぞ神からちょこっと力を貰った人間に過ぎないからな。更なる力に目覚めたとしてもたかが知れているし。

俺の答えにユーリは少し驚いていたみたいだが、やがてクスクスと笑った。

「僕はもしかしたらものすごい人と結婚しちゃったのかな」

「今更気づいてももう遅いぞ」

「後悔はしてないよ。ただ僕ももっと強くならないとね。ロイに釣り合える妻になれるように」

「俺もユーリに釣り合えるよう男を磨かないとな」

「えー、ロイは充分男前だと思うけどなぁ」

ユーリは俺と同じ気持ちで、お互いのことが大切で、守りたいと思っている。

同じように想い合えるというのは幸せなことなんだな……生まれ変わってから初めて知った。

間もなくアルニード王国のプネリ港にたどり着く。

この船は定期的にエト港とプネリ港そして周辺の島も行き来する。

豪華客船なので運賃は高いが、アイスディアを生け捕りにした報酬で得たダイヤモンドパスカードのおかげでタダで乗ることができる。

エト港からプネリ港までは、他の島も経由するので二日ほどかかる。

一昨日から俺たちはゆったりと船旅を楽しんでいた。

夕日が沈み空が暗くなり、一番星が輝き始めた。

空を見上げるユーリの横顔はとても綺麗だ。

時折、彼女のブルーパープルの瞳を見詰めていると、既視感と共に胸が締め付けられる。

何となく俺はユーリとは前世にも出会っているような気がしていた……しかも、とても大切な存在だったような気がする。

だから夫婦として共にいるのも、実は必然的なことのような気もするのだ。

前世のことが全部思い出せないのはもどかしいが、今ある幸せをゆっくり嚙みしめたいと思う。

「なぁ、ユーリ」

「どうしたの？　ロイ」

「その……これからもよろしくな」

「うん、よろしく」

嬉しそうにユーリは笑う。俺を見詰めてくる彼女の目には何の迷いもない。

先ほど、彼女は俺がどんな存在でも関係ないと言ってくれた。

彼女はたとえ俺が全人類の敵だったとしても共にいる覚悟でいるのだ。

俺もまた同じ気持ちだ。たとえ全人類を敵に回しても、ユーリは俺の妻だ。

誰にも渡さない。

俺はユーリの肩を抱いて、自分の方に引き寄せた。

船の汽笛が鳴る。間もなくアルニード王国に到着する合図だ。

アルニード王国の港都プネリの夜景が見えてきた。

この島国でのんびりできるといいんだけどな。

俺のささやかな願いを乗せ、船はゆっくりとプネリ港に近づいていくのであった。

あとがき

このたびは『前世がアレだったB級冒険者のおっさんは、勇者に追放された雑用係と暮らすことになりました』をお手に取って頂きありがとうございます。

本作品は第9回カクヨムＷｅｂ小説コンテストでカクヨムプロ作家部門特別賞、Comic Walker漫画賞、およびカクヨムプロ作家部門関連賞「カクヨム1日ひとりじめ賞」と「最多フォロー賞」を受賞しました。

受賞の連絡を頂いた時は、なかなか信じられず、何度もメールを見直しました。そして「もしかして一生分の運を使い果たしてしまったのでは？」と、小心者の私は一人ビクビクしておりました。

長いこと小説を書いてきましたが、実はカクヨムＷｅｂコンテストは初参加。しかもいきなりプロ作家部門での参加……もう初期装備で魔王城に乗り込むような気持ちでした。

不安な気持ちもありましたが、運営様からコンテストの傾向や対策など様々な情報を発信して頂き、とてもありがたかったです。

そしてカクヨムで応援、ご支援くださった読者の皆様やコンテストに参加していた作家の皆様とも交流ができて、本当に素晴らしい経験をさせて頂きました。

今回私が書きたかったのが、モブなおじさんを主人公にした話。

悪役令嬢が婚約破棄されているところを見ているモブか、勇者のパーティーを追放される場面を見ているモブか、どちらにするか迷ったのですが、悪役令嬢ものは既に書いていたので、今回は追放ものにしようと思いました。

そしてヒロインは、勇者のパーティーから追放された少年が実は有能だった……しかも実は美少女だった（年齢的には美女？）という、自分の中の憧れを盛り込みました。

強いヒロインが好きなもので、ついつい彼女の戦闘シーンに力が入ってしまい、ロイの存在感が薄くなりがちで、戦闘シーンは何度か書き直しました。あやうく主人公を本物のモブにしてしまうところでした。

ほのぼのライフあり、甘い恋愛もあり、そして冒険もあり。作者の好きを全部詰め込んだ作品ではありますが、読者の皆様にも楽しんで頂けたら嬉《うれ》しいです。

最後に担当のN様をはじめ、この本の製作に携わってくださった全ての皆様、ロイとユーリを想像以上に素敵に描いてくださった星らすく先生、そして読者の皆様に、心より感謝を申し上げます。

電撃の新文芸

前世《ぜんせ》がアレだったB級冒険者《きゅうぼうけんしゃ》のおっさんは、勇者《ゆうしゃ》に追放《ついほう》された雑用係《ざつようがかり》と暮《く》らすことになりました

著者／秋作《しゅうさく》
イラスト／星《ほし》らすく

2025年4月17日　初版発行

発行者／山下直久
発行／株式会社KADOKAWA
〒102-8177　東京都千代田区富士見2-13-3
0570-002-301（ナビダイヤル）
印刷／TOPPANクロレ株式会社
製本／TOPPANクロレ株式会社

【初出】……………………………………………………………………………………………

本書は、2023年から2024年にカクヨムで実施された「第9回カクヨムWeb小説コンテスト」でカクヨム1日ひとりじめ賞・最多フォロー賞・ComicWalker漫画賞・特別賞（カクヨムプロ作家部門）を受賞した『前世がアレだったB級冒険者のおっさんは、勇者に追放された雑用係と暮らすことになりました～今更仲間を返せと言われても返さない～』を加筆・修正したものです。

ISBN978-4-04-916146-5　C0093　Printed in Japan

●お問い合わせ
https://www.kadokawa.co.jp/（「お問い合わせ」へお進みください）
※内容によっては、お答えできない場合があります。
※サポートは日本国内のみとさせていただきます。
※Japanese text only

ファンレターあて先
〒102-8177
東京都千代田区富士見2-13-3
電撃の新文芸編集部
「秋作先生」係
「星らすく先生」係

この物語はフィクションです。実在の人物・団体等とは一切関係ありません。

Unnamed Memory I

青き月の魔女と呪われし王

著／古宮九時
イラスト／chibi

**読者を熱狂させ続ける
伝説的webノベル、
ついに待望の書籍化!**

「俺の望みはお前を妻にして、子を産んでもらうことだ」
「受け付けられません！」
　永い時を生き、絶大な力で災厄を呼ぶ異端――魔女。強国ファルサスの王太子・オスカーは、幼い頃に受けた『子孫を残せない呪い』を解呪するため、世界最強と名高い魔女・ティナーシャのもとを訪れる。“魔女の塔”の試練を乗り越えて契約者となったオスカーだが、彼が望んだのはティナーシャを妻として迎えることで……。

電撃の新文芸

異修羅Ⅰ

新魔王戦争

著／珪素
イラスト／クレタ

**全員が最強、全員が英雄、
一人だけが勇者。“本物”を決める
激闘が今、幕を開ける——。**

魔王が殺された後の世界。そこには魔王さえも殺しうる修羅達が残った。一目で相手の殺し方を見出す異世界の剣豪、音すら置き去りにする神速の槍兵、伝説の武器を三本の腕で同時に扱う鳥竜の冒険者、一言で全てを実現する全能の詞術士、不可知でありながら即死を司る天使の暗殺者……。ありとあらゆる種族、能力の頂点を極めた修羅達はさらなる強敵を、“本物の勇者”という栄光を求め、新たな闘争の火種を生みだす。

勇者刑に処す

懲罰勇者9004隊刑務記録

著／ロケット商会
イラスト／めふぃすと

世界は、最強の《極悪勇者》どもに託された。絶望を蹴散らす傑作アクションファンタジー！

　勇者刑とは、もっとも重大な刑罰である。大罪を犯し勇者刑に処された者は、勇者としての罰を与えられる。罰とは、突如として魔王軍を発生させる魔王現象の最前線で、魔物に殺されようとも蘇生され戦い続けなければならないというもの。数百年戦いを止めぬ狂戦士、史上最悪のコソ泥、自称・国王のテロリスト、成功率ゼロの暗殺者など、全員が性格破綻者で構成される懲罰勇者部隊。彼らのリーダーであり、《女神殺し》の罪で自身も勇者刑に処された元聖騎士団長のザイロ・フォルバーツは、戦の最中に今まで存在を隠されていた《剣の女神》テオリッタと出会い——。二人が契約を交わすとき、絶望に覆われた世界を変える儚くも熾烈な英雄の物語が幕を開ける。

電撃の新文芸

ある魔女が死ぬまで

-終わりの言葉と始まりの涙-

著／坂

イラスト／コレフジ

定められた
別れの宣告から始まる、
魔女の師弟のひととせの物語。

「お前、あと一年で死ぬよ、呪いのせいでね」「は?」

十七歳の誕生日。見習い魔女のメグは、師である永年の魔女ファウストから余命宣告を受ける。呪いを解く方法は、人の嬉し涙を千粒集めて『命の種』を生み出すことだけ。メグは涙を集めるため、閉じていた自分の世界を広げ、たくさんの人と関わっていく。

出会い、別れ、友情、愛情——そして、涙。たくさんの想いを受け取り約束を誓ったその先で、メグは魔女として大切なことを学び、そして師が自分に託そうとするものに気づいていく。

「私、全然お師匠様に恩返しできてない。だから、まだ——」

明るく愉快で少し切ない、魔女の師弟が送るひととせの物語。

電撃の新文芸

リビルドワールドⅠ〈上〉

誘う亡霊

電撃《新文芸》スタートアップコンテスト《大賞》受賞作！
科学文明の崩壊後、再構築《リビルド》された世界で巻き起こる
壮大で痛快なハンター稼業録！

旧文明の遺産を求め、数多の遺跡にハンターがひしめき合う世界。新米ハンターのアキラは、スラム街から成り上がるため命賭けで足を踏み入れた旧世界の遺跡で、全裸でたたずむ謎の美女《アルファ》と出会う。彼女はアキラに力を貸す代わりに、ある遺跡を極秘に攻略する依頼を持ちかけてきて――!?

二人の契約が成立したその時から、アキラとアルファの数奇なハンター稼業が幕を開ける！

著／ナフセ
イラスト／吟
世界観イラスト／わいっしゅ
メカニックデザイン／cell

電撃の新文芸

煤まみれの騎士 I

著／美浜ヨシヒコ
イラスト／fame

**どこかに届くまで、
この剣を振り続ける――。
魔力なき男が世界に抗う英雄譚！**

知勇ともに優れた神童・ロルフは、十五歳の時に誰もが神から授かるはずの魔力を授からなかった。彼の恵まれた人生は一転、男爵家を廃嫡、さらには幼馴染のエミリーとの婚約までも破棄され、騎士団では"煤まみれ"と罵られる地獄の日々が始まる。

しかし、それでもロルフは悲観せず、ただひたすら剣を振り続けた。そうして磨き上げた剣技と膨大な知識、そして不屈の精神によって、彼は襲い掛かる様々な苦難を乗り越えていく――！

騎士とは何か。正しさとは何か。守るべきものとは何か。そして彼がやがて行き着く未来とは――。神に棄てられた男の峻烈な生き様を描く、壮大な物語がいま始まる。

電撃の新文芸

ご近所ＪＫ伊勢崎さんは異世界帰りの大聖女

～そして俺は彼女専用の魔力供給おじさんとして、突如目覚めた時空魔法で地球と異世界を駆け巡る～

「さすがです、おじさま！」会社を辞めた社畜が、地球と異世界を飛び回る！

　アラサーリーマン・松永はある日、近所に住む女子高生・伊勢崎聖奈をかばい、自分が暴漢に刺されてしまう。松永の生命が尽きようとしたその瞬間、なぜか聖奈の身体が輝き始め、彼女の謎の力で瀕死の重傷から蘇り――気づいたら二人で異世界に!?　そこは、かつて聖奈が大聖女として生きていた剣と魔法の世界。そこで時空魔法にまで目覚めた松永は、地球と異世界を自由自在に転移できるようになり……!?　アラサーリーマンとおじ専JKによる、地球と異世界を飛び回るゆかいな冒険活劇！

著／深見おしお
イラスト／えいひ

電撃の新文芸

ダンジョン付き古民家シェアハウス

著／猫野美羽
イラスト／しの

ダンジョン付きの古民家シェアハウスで自給自足のスローライフを楽しもう！

大学を卒業したばかりの塚森美沙は、友人たちと田舎の古民家でシェア生活を送ることに。心機一転、新たな我が家を探索をしていると、古びた土蔵の中で不可思議なドアを見つけてしまい……？　扉の向こうに広がるのは、うっすらと光る洞窟――なんとそこはダンジョンだった!!　可愛いニャンコやスライムを仲間に加え、男女四人の食い気はあるが色気は皆無な古民家シェアハウスの物語が始まる。

チュートリアルが始まる前に

ボスキャラ達を破滅させない為に俺ができる幾つかの事

著／髙橋炬燵

イラスト／カカオ・ランタン

この世界のボスを“攻略”し、あらゆる理不尽を「攻略」せよ！

目が覚めると、男は大作RPG『精霊大戦ダンジョンマギア』の世界に転生していた。しかし、転生したのは能力は控えめ、性能はポンコツ、口癖はヒャッハー……チュートリアルで必ず死ぬ運命にある、クソ雑魚底辺ボスだった！　もちろん、自分はそう遠くない未来にデッドエンド。さらには、最愛の姉まで病で死ぬ運命にあることを知った男は——。

「この世界の理不尽なお約束なんて全部まとめてブッ潰してやる」

男は、持ち前の膨大なゲーム知識を活かし、正史への反逆を決意する！『第7回カクヨムWeb小説コンテスト』異世界ファンタジー部門大賞》受賞作！

神の庭付き楠木邸

お隣のモフモフ神様とスローライフ……してたら自宅が神域に!?

著／えんじゅ
イラスト／ox

田舎の新築一軒家の管理人を任された楠木湊。実はそこは悪霊がはびこるとんでもない物件……のはずが、規格外の祓いの力を持っていた湊は、知らぬ間に悪霊を一掃してしまう！　すっかり清められた楠木邸の居心地の良さに惹かれ、個性豊かな神々が集まってくるように！　甘味好きな山神や、そのモフモフな眷属、酒好きの霊亀……。そして、気づけば庭が常春の神域になっていて!?　さらには、湊の祓いの力を頼りに、現代の陰陽師も訪ねてくるほどで……。

お隣の山神さんたちとほのぼの田舎暮らし、はじまりはじまりです。